铁骨铮铮

TIEGU
ZHENGZHENG

我本疯狂
著

黄河出版传媒集团
阳 光 出 版 社

图书在版编目（CIP）数据

铁骨铮铮 / 我本疯狂著. -- 银川：阳光出版社，2021.3
ISBN 978-7-5525-5838-8

Ⅰ. ①铁… Ⅱ. ①我… Ⅲ. ①长篇小说－中国－当代 Ⅳ. ①I247.5

中国版本图书馆CIP数据核字(2021)第067609号

铁骨铮铮　　我本疯狂　著

责任编辑　李媛媛　陈建琼
封面设计　张　宁
责任印制　岳建宁

黄河出版传媒集团
阳光出版社　出版发行

出 版 人　薛文斌
地　　址　宁夏银川市北京东路139号出版大厦（750001）
网　　址　http：//www.ygchbs.com
网上书店　http：//shop129132959.taobao.com
电子信箱　yangguangchubanshe@163.com
邮购电话　0951-5047283
经　　销　全国新华书店
印刷装订　宁夏凤鸣彩印广告有限公司
印刷委托书号　（宁）0020328

开　　本　710 mm × 1000 mm　1/16
印　　张　20
字　　数　300千字
版　　次　2021年5月第1版
印　　次　2021年5月第1次印刷
书　　号　ISBN 978-7-5525-5838-8
定　　价　58.00元

目 录

第一章　苦尽甘来

刘建驾驶着一辆科鲁兹轿车行驶在西市的大街上，按照导航指挥驶向省交通厅，准备去接女朋友下班，然后做一件人生中的大事——求婚！

西市是陕北省的省会，也是西北的经济、政治、文化中心和交通枢纽，在过去十二年里发展迅速，甚至可以用日新月异来形容，城市面积扩大了很多，城市的基础建设也发生了翻天覆地的变化，西市北高铁站是全国站场规模、站房面积最大的高铁站。

刘建虽然是土生土长的西市人，但大学就读于同济大学土木工程学院，毕业后被分配到中铁工程局北方公司，投身于国家铁路建设，很少回家，如今在西市开车出行只能靠导航。

十一月底的西市已进入冬季，气温已降到零度以下，车里开着暖风，吹得副驾驶座位上的玫瑰花微微颤动，玫瑰的芳香弥漫到整个车厢，让人心旷神怡。

芳香的玫瑰旁边，摆着一个精致的首饰盒，里面装着一枚钻戒。钻戒是刘建刚才买的，花了他好几个月的薪水。

刘建对钻戒没什么研究，买的时候让店员帮忙推荐。店员挑选好了款式，让刘建找女朋友确认戒指尺寸，没想到他第一时间报出了精准的尺寸，让店员先是一阵诧异，而后羡慕不已。

店员见过太多为女人买戒指的男人，但能精准说出女人佩戴戒指尺寸的人屈指可数。在她看来，这个小细节比买钻戒本身更能体现男人对女人的爱和重视。

五点三十分，刘建驱车来到省交通厅，将车驶入交通厅大院，停在停车场里，然后将首饰盒装进单肩包中，拿起副驾驶上的玫瑰花，下车走向办公楼。

傍晚寒风呼啸，吹在脸上跟刀割一般，但刘建手捧鲜花，身子笔直地站在办公楼前，任由冷风吹袭，一动不动。

作为土生土长的西市人，刘建从小就有抗冻的属性，大学毕业后又到寒冷的祁连山下参与了兰新高铁建设，早已适应了寒冷的天气。

刘建身材健壮，长相谈不上英俊，但眉目之间透着一股英气，皮肤因为长年累月在野外工作，被风吹日晒得有些黝黑、干燥。由于工作压力大，短短五年时间，他的发际线后退了两厘米，额头上也爬上了皱纹。他今天穿着一件黑色呢子大衣，搭配着西裤，配上一双皮鞋。

这一切，让他看上去比实际年龄更大一些。

铁路施工一线职工往往都是工作精细、生活粗犷，这一点在刘建身上展现得淋漓尽致。

“小颖，快来看，你男朋友来接你了！”

交通厅规划处一间办公室里，一名少妇完成了今天的工作，正站在窗边调整放松，被手捧玫瑰花的刘建所吸引，隐隐觉得有些熟悉，而后想到了什么，连忙转身冲身后一名年轻女子说道。

年轻女子姓李名颖，留着一头飘逸的长发，上班期间将长发挽了起来，脸上化着淡妆，有着让办公室里已婚少妇们羡慕的漂亮脸蛋和性感身材。

她只有二十八岁，是规划处年纪最小的女人，也是唯一一个未婚的女人。

毕业于名牌大学、好的工作单位、出众的长相和身材，这一切让李颖在过去几年里的追求者络绎不绝，甚至不少热心的同事和远房亲戚还会专门给她介绍对象。面对一位位优秀的追求者，她从一开始坚定拒绝，到后来有些动摇。那段时间，她在爱情和现实之间徘徊，直到刘建答应她要调回公司总部，留在西市工作，她才重新坚定与刘建在一起的信心。

听到同事的话，李颖放下手中的工作，起身走到窗边，顺着同事手指的方向，一眼便看到刘建手捧鲜花站在寒风中，心情很是复杂。

曾几何时，当她看到同事的男友、老公来接她们下班的时候，她羡慕而嫉妒，心中十分渴望刘建也可以这样做。但残酷的现实碾碎了她心中的渴望。刘建每年过年能够回来一两个星期，其他时间都在施工现场忙碌，不要说接送她上下班，双方连见面的机会都没有，甚至连视频聊天也只能抽空进行。

时间和距离让她与刘建之间的共同话题变得越来越少，视频聊天次数越来越少，也让她的爱情从甜蜜变成了苦涩，最后产生了一肚子的怨言——他们的感情出现了危机。

就在几个月前，她无法忍受，找到闺蜜哭诉：我这辈子不求大富大贵，只希望能够嫁给一个心爱的男人，有一个温馨的家，陪伴爱人、孩子走完余生。我有错吗？舍小家、顾大家，这个道理我懂，但刘建现在的工作让我们无法过上正常人的生活。如果我真的跟他结婚了，一旦有了孩子，孩子让我一个人照顾吗？孩子常年见不到父亲，缺乏父爱，怎么能健康地成长？这样的婚姻和守活寡有什么区别？

那一天，她流着泪倾诉，闺蜜劝她与刘建分手，并且告诉她，以她的条件，在西市本地找一个优秀的老公，实现她那不算过分的愿望，跟小孩子过家家一样容易。她没有听取闺蜜的建议，但向刘建表态，如果刘建不能调回公司总部工作，继续在施工一线工作的话，那就分手。第二天，刘建便请假飞回了西市，向她保证，等他参与的在建工程竣工后，便向组织申请调回西市公司总部，与她结婚。

李颖得到刘建的保证后，继续选择了等待，等到了刘建归来，等到了刘建来接她，并且带着鲜花而来，但她发现自己却开心不起来。

“还有二十分钟就下班了，你男朋友难得来接你，不要干活了，快回去吧。”

“是啊，小颖，这么冷的天，不要把你男朋友冻坏了。”

就在李颖看到刘建手捧鲜花心情复杂的同时，身边的同事先后说道。

“嗯。”

李颖点了点头，然后转身，径直走到自己的办公桌前，将未完成的工作文档保存，然后关闭电脑，脱下工作时穿的小西装，换上一件黑色的大衣，拎着挎包，离开了办公室。

几分钟后，刘建看到李颖从办公楼里走出，连忙捧着玫瑰迎了上去：

“还没到下班的点呢，你怎么就出来了。”

“你以为谁都和你一样是工作狂？”

李颖没好气地翻了个白眼，然后看到刘建那捧着鲜花的右手干燥、冻得发红，心中有些感动，但更多的是埋怨，“告诉你多少回了，要用洗面奶、护肤霜、防晒霜、护手霜，你就是不听，你看你的手都成什么样子了！”

“大老爷们的在意这些干啥？送给你的！”刘建不以为然地笑了笑，然后将手中的玫瑰递到李颖的面前。

“唉……”

听到刘建的话，李颖默默地接过了鲜花。虽然她喜欢鲜花，喜欢浪漫，但这束迟到的玫瑰并没有让她感到感动和惊喜，有的只是一声暗暗的叹息。

片刻后，李颖与刘建来到停车场，上了车，发现车并未熄火，而且开着暖风，车里暖烘烘的。她的心在这一刻也被温暖了，心中的埋怨和牢骚也随之渐渐退去。刘建是一个不懂浪漫的男人，也不会说情话，但却是一个心细的人，往往会有一些小细节让她感动不已。这也是她即便满腹牢骚和怨言，但依然忍受异地恋之苦，苦苦等待刘建回来娶她的原因。

“系上安全带，我们出发。”刘建看到李颖将花放在汽车后排座位之后，笑着说道。

“不用系，市内监控不拍。”李颖说道。

“我知道市内监控不拍，但如果遇到事故的话，系安全带要安全得多，而且按照规定要系的。”刘建说着，启动了汽车。

“你什么时候才能不这样死板？凡事都较真，这样活着多累啊。”李颖有些不情愿地系上安全带，刘建无论做什么事情都极其认真，这固然是优秀的品质，但在生活中难免会缺少趣味。

“我们搞工程技术的不认真怎么行？”刘建笑着说道，他在工作中不但严于律己，不允许出现任何差错，而且对下属也是这般要求。

这样的工作作风让项目部施工队的包工头很是头疼——没法在刘建这里偷工减料！

“嗡……嗡……”

刘建的话音刚落，手机震动了起来，而且连续震动，是短信或微信的提示声。刘建见状，笑着打趣道：“不用猜疑，不是小姑娘发的信息。公司今天成功中标宁西高铁银吴标段，领导晚上要带经营部的人庆功，公司群里热闹得很。”

“猜疑？就你现在这样，哪个小姑娘会给你发信息？另外，你就不能把群消息设置成免打扰模式吗？”李颖翻了个白眼，话虽不好听，但心情却好了一些。

因为，刘建的话让她想起了学生时代。那时候，刘建是校足球队的队长，追求者如同过江之鲫，但最终成为了她的男友。那时候，她为了捍卫自己的爱情，将刘建的手机开屏密码设置成了她的生日，每次听到刘建的手机响，都会检查。

刘建笑笑不说话。

工程单位相对其他单位而言，突发事情较多，刘建从来不主动将手机关机，也不会将单位工作群调整成免打扰模式，这样可以第一时间接听电话和接收消息。

……

塞纳河餐厅是西市最好的西餐厅之一，餐厅从装修到餐桌、餐具，再到服务员的服饰全部都是标准的法国风格，而且拥有私密的空间，环境幽雅。

刘建选择在塞纳河餐厅与李颖共进晚餐，然后求婚。

由于时间尚早，当刘建和李颖来到餐厅的时候，餐厅里的客人不算太多，客人们低声交谈，气氛极佳。

刘建和李颖步入餐厅，在服务员的引导下，来到早已预定好的位置。服务员面带微笑地将菜单递到刘建面前，刘建微笑着指了指李颖："点菜是美女的特权。"

耳畔响起刘建的话，望着环境优雅的餐厅，感受着浪漫的氛围，李颖今天第一次露出了开心而甜蜜的笑容。今天的刘建有些特别，不但罕见地选了这样一家环境幽雅、气氛浪漫的西餐厅用餐，而且像是回到了大学时代，时不时冒出两句俏皮话逗她开心，让她找回了当初恋爱的感觉。

看到这一幕，刘建暗自松了口气。虽然他不是一个浪漫的人，但求婚这种大事马虎不得，故而在网上看了很多攻略，而且在本地美食 APP 上查了许久，找到这家名叫塞纳河的西餐厅，可谓是用心良苦。

李颖接过菜单，看着琳琅满目的菜单和昂贵的价格，有些发懵。她下意识地看了刘建一眼，发现刘建一脸你随便点的表情，便不再考虑价格，按照自己的喜好开始点菜，鹅肝、牛排、甜点、蔬菜汤、水果沙拉应有尽有。

"再要一瓶红酒吧。"当李颖结束点餐后，刘建微笑着提议，然后在李颖有些惊愕的表情中拿起菜单，点了一瓶法国产的红酒。

“你今天有些不对劲，不会是做了什么对不起我的事或者有事求我吧？”李颖诧异地看着刘建，心中隐隐有些不安。

“你到现在还在生我的气，我自然要好好表现，努力讨好你，早日获得你的原谅。”刘建半真半假地说道，同时暗中决定等气氛最佳的时候，再向女友求婚，给女友一个惊喜。

“你少来！”李颖翻了个白眼，但脸上却挂着开心的笑容。相对工作一丝不苟、凡事较真的刘建而言，她更喜欢生活中偶尔露出可爱一面的刘建，后者更像她记忆中那个叱咤球场的阳光男孩。

……

唐来饭店规模不大、档次不高，在西市的餐饮行业默默无名，曾经连续几个月亏损，差点倒闭，结果赶上中央八项规定，规定中对公务招待、宴请有了严厉而明确的要求，包括招待人员、规格等。规定下达之后，公家单位的饭局开始从高档餐厅向中档餐厅和特色餐厅转移，唐来饭店因此受益，生意变得好了起来。

宁西高铁银吴段中标庆功宴在唐来饭店举行。中铁工程局北方公司总经理高金东、主管经营的副总经理黄德清、经营部部长蒋丽萍和投标工作组的全体成员都在。除此之外，还有中铁工程局北方公司能力最强的项目经理周林生。

周林生是总经理高金东特地要求参加庆功宴的。这让所有参与庆功宴的人都暗暗猜测高金东想让周林生担任宁西高铁银吴标段的项目经理。尚且连外人都猜出这一点了，周林生自然也是心如明镜，但他没有主动提及，而是等着领导主动找他谈话。

“第一杯，祝贺公司成功中标宁西高铁银吴标段，为公司未来几年完成运营任务打下坚实基础！”唐来饭店一间摆有四张餐桌的大包厢里，所有参加庆功宴的人全部站了起来，总经理高金东提议喝第一杯酒。

“第二杯，敬黄总、蒋部长和在座的诸位，你们在宁西高铁银吴标段投标工作中辛苦了！”很快，高金东提议喝第二杯酒，同时左手下压，示意众人这一次不必站起来。

“高总，第二杯酒应该敬您和黄总，我们是在领导的大力支持下才拿下宁西高铁银吴标段的。而且，我们这次投标工作，在编制施工组织设计的时候得到了周经理、王总工和刘建的大力支持。”经营部部长蒋丽萍连忙起身回应，情商极高，将功劳让给领导和其他同事。

高金东闻言，笑了笑，也不解释，与众人喝下第二杯酒，然后侧头对一旁的副总黄德清道：“黄总，今天应该把王忠国和刘建也喊过来。”

“高总，是我疏忽了，我现在就给他们打电话。”黄德清说着就要拿出手机打电话。

“都开始了，就不喊他们了。”高金东摇了摇头。

黄德清点点头，然后提议大家喝第三杯酒，这也是一般酒局的规矩，先提议一起喝三杯，然后再互相敬酒。

三杯酒过后，庆功宴的气氛变得热烈了起来，众人挨个敬酒，第一个敬的是总经理高金东，这也是酒场规矩。酒过三巡，当周林生再次向高金东敬酒的时候，高金东提议去休息区抽烟。

高金东是一个老烟枪，以前开会能抽一盒烟，后来为了整顿会风，要求所有会议严禁在会场抽烟，并且以身作则，非但不在会场抽烟，在饭桌上也不抽烟。

“林生，宁西高铁银吴标段中标之后，我与贺书记和几位副总私下讨论过该项目项目经理的合适人选，大家一致认为你是最适合的。在上公司党委会之前，我想先听听你的想法。”高金东走到休息区入座，接过周林生递来的香烟，让周林生将其点着，深吸了几口，然后才缓缓开口说道。

“高总，我完全服从组织安排。”高林生连忙做出回应。

“那你对项目有什么想法或者建议？”高金东弹了弹烟灰，又问道。

“高总，我看过宁西高铁银吴标段的图纸，投标工作组也让我对施工组织方案提出过不少建议。我对该项目的情况还是比较了解的。银吴标段是整个宁西高铁的重中之重，该标段连接宁省城际铁路，关系到宁省省内高铁线路的贯通和未来一带一路高铁线路的连通。而且，据我得到的消息，宁省主要领导将省内高铁贯通作为宁省未来几年的重点工作来抓，要求务必在宁省成立六十周年前竣工开通，为六十周年大庆献礼。而我查过资料，宁省六十周年大庆是 2018 年 10 月 25 日。这也就是说，该项目的工期非常紧。

“第二，该项目的工程量虽然不是很大，但有两个重难点工程，分别是银市黄河铁路大桥和银市站改施工。前者施工难度大、技术标准高，后者是营业线施工，施工安全压力大——银市是宁省的省会和交通枢纽，每天到站、过站列车很多，我们必须要在施工的同时确保列车正常运行。

“第三，据我所知，为了确保宁西高铁银吴标段在保证安全和质量的前提下按期完工。宁省政府特地协调宁西高铁指挥部，商议决定由宁省城际铁路公司和宁西高铁指挥部一同负责该标段的项目管理。一个是地方政府的城际铁路公司，一个是铁总的高铁指挥部，两个部门一起管理，容易出现意见分歧和“肠梗阻”的现象，这将对我们的施工造成影响。

“第四，我从其他工程局朋友那里打探到消息，宁省地理位置偏僻，民风彪悍，可能会出现当地村民阻挠施工的情况，这也是一个大问题。”

周林生掐灭香烟，沉声做出汇报，提出宁西高铁银吴标段的四个难点，比较全面、详细。

“好嘛，你小子觉悟很高嘛，不但猜测到组织可能委派你去负责此项目工程建设，而且做了大量的准备工作。”

高金东对周林生的汇报很满意，他笑着调侃了一句，然后话锋一转，正色道：“不过，你的汇报的第三条信息是错误的。宁省与宁西高铁指挥部沟通、协商过后，决定由主管宁省铁路的西北铁路局成立银吴指挥部负责银吴标段的项目管理。目前，宁省正在与铁总那边积极沟通，想必问题不大。”

“那就太好了！”周林生心中一喜，西北铁路局主管甘宁两省铁路，若是由西北铁路局抽调人员组成银吴指挥部的话，那将给施工协调带来很大的便利。

“林生，虽然大家一致认为你是此项目的最佳项目经理人选，但还需要上党委会讨论研究决定。不过，如果让你当项目经理的话，你对项目部人员组成有什么建议？”高金东再次问道，既然领导班子成员都推荐让周林生当项目经理，那么上会只是走程序罢了。他找周林生谈，主要是谈周林生对该工程施工的规划和项目部的组建问题。

“高总，如果让我当项目经理的话，其他人我没特别要求，但有两个人我必须要。”周林生稍作沉吟，便说出自己的意见。

“谁？”

“王忠国和刘建！”

周林生缓缓开口，语气坚定。

“你选他们的理由是什么？”高金东问。

“高总，王忠国的技术在咱们公司若说第二，没人敢说第一，而且有着极其丰富的铁路建设施工经验，他当项目部总工是最合适的。刘建是王忠国一手带出来的，很好地继承了王忠国在技术领域的衣钵，是公司的技术尖兵、青年骨干，为人正直，讲原则，工作认真负责、吃苦耐劳，他是项目部最好的工程技术部部长人选。”周林生说出自己的理由。

“他们师徒两人可是公司的宝贝疙瘩啊，每个项目经理都想要。”高金东笑了笑，没有立即表态，而是仰靠在沙发上，默默吸烟，一脸若有所思。

……

与此同时，塞纳河西餐厅服务员已经上了三道菜，第一道菜是海鲜，然后撤掉餐盘上第二道汤，第三道是主菜法式牛排，顺序很讲究，菜式精美，味道可口，配上红酒，让李颖心情极为舒畅，脸上始终挂着开心的笑容。

“小颖，闭上眼睛，我送你一样礼物。”

当侍者将第四道端上餐桌之后，刘建与李颖端起红酒杯碰了一下，然后突然开口说道。

“又是你从工作所在地带回来的特产吧？”话虽然这样说，但李颖今天心情格外开心，还是按照刘建所说的那样闭上了双眼。

看到这一幕，刘建迅速地从单肩包中拿出首饰盒，打开，然后起身，走到李颖身前，单膝跪地：“好了，小颖，睁开眼睛吧。”

李颖缓缓睁开双眼，赫然看到刘建单膝跪在自己身前，手中捧着一个首饰盒，首饰盒里的钻戒在灯光下闪闪发光，让人恍惚。或许是这一幕太过突然，或许是这一幕完全不符合刘建的作风，李颖直接呆住了。

“小颖，这五年辛苦你了。我知道，因为我们长期两地分开，我不能陪伴在你身边，而且成天忙于工作，冷落了你，让你心里有怨言和牢骚，甚至想要跟我分手。我也知道，你一直渴望我能够调回西市，每天陪伴在你左右。仔细想想，你的要求并不过分，你只是想要一个正常的婚姻，一个温馨的家，一切都是我的错。我向你保证，明天我就去向组织申请调回公司总部工作，如果组织不同意的话，那我就辞职，重新在西市找一份工作，今后陪伴在你的身边。小颖，你愿意嫁给我吗？”在李颖满脸呆涩的表情中，刘建开口了，语气真诚而紧张。

是的。

在这一刻，身为中铁工程局北方公司青年骨干、曾镇定自若参与过多次重大施工的他，在向女友求婚的时刻，感到了莫名的紧张。

没有回答。

李颖只觉得心中最柔软的地方被瞬间击中，娇躯颤抖、双眼泛红地看着眼前的一幕。泪水夺眶而出，模糊了她的双眼，让她有一种置身梦境的感觉。解脱、感动、激动、不敢置信，种种情绪在她的心中交织，令她泪流不止，她用手捂住嘴巴，不让自己哭出声。

女人的青春有几年？

她等了刘建五年，青春只剩下了尾巴，爱情被时间腐蚀得千疮百孔，心里滋生了太多的怨言和不满，幸福变得遥不可及。就在她快坚持不下去的时候，刘建回来了，在这个浪漫的地方许下了承诺，向她求婚，重新带给了她幸福的憧憬！

这一切，带给了她极大的震动，也让她的脑海一片空白。

“小颖，难道你不愿意吗？”眼看李颖迟迟不回应自己，也没有拿钻戒，刘建更加紧张了，忍不住再次问道。

“我愿意。”

李颖红着眼，说出女人最珍贵的三个字，然后俯身直接扑进了刘建的怀中，紧紧地抱住了刘建，生怕一松手，刘建便会消失不见。

苦尽甘来，苦苦等待了五年，终于等到了男友的求婚。

这一刻，她心中所有的委屈和怨言全部化为乌有，只觉得自己是世界上最幸福的女人！

也是在这一刻，身在唐来饭店包厢休息区的高金东，掐灭手中的香烟，冲周林生道：“小周，有关银吴项目部组建的问题，明天公司会上党委会进行研究。如果经党委会研究，最终决定任命你当银吴项目部经理，并且将王忠国、刘建师徒两人调拨给你，你能保证在确保施工安全和工程质量的前提下，按期完成施工任务吗？”

“高总，如果变成现实，我定不负众望！”

周林生立下军令状。

他知道，既然高金东这么问，那么多半会让他去负责银吴高铁建设，并且会将王忠国、刘建师徒二人交给他。

他不知道的是，就在刚才，那个他口中的中铁工程局北方公司技术尖兵、青年骨干，为了爱情、婚姻和即将组成的家庭，已决定向组织递交工作调动申请！

第二章　五味杂陈

第二天早上九点钟，刘建驱车来到中铁工程局北方公司的总部，将车停在院子里，然后拎着公文包，进入办公楼，直奔人力资源部部长的办公室。

昨晚，他向李颖求婚成功，一起度过了一个甜蜜的夜晚。两人躺在床上，拥抱在一起，憧憬着即将举办的婚礼和未来的生活。

今早，他驱车将李颖送到单位之后，便直接来到公司，准备按照计划向组织提出工作调动申请。

刘建来到人力资源部部长罗立的办公室门口，发现办公室的门只留了一条缝隙，里面隐约有交谈声传出，于是退到一旁，打算等人力资源部部长和客人交谈结束之后再进去。

“金龙啊，你准备什么时候结婚？”

办公室里，罗立坐在办公前，一边抽着烟，一边与经营部副部长赵金龙闲聊，丝毫没有人力资源部部长的架子，反而热情地关心赵金龙的婚姻大事。

一方面，他与赵金龙私交关系还不错。另一方面，赵金龙是单位最年轻的中层，而且其父亲赵永刚退休前曾是中铁工程局的副局长。赵金龙在单位内部被称为中铁工程局的太子。

“我可不想过早被埋进婚姻的坟墓。”

赵金龙跷着二郎腿，笑着打趣，脑海里却浮现出了李颖那妙曼的身影。

因为赵金龙家境优越，外加长相英俊，会穿着、懂时尚、玩潮流，身边一直不缺女人，甚至换女朋友的速度和换衣服的有得一拼，但他交往的那些女朋友全都未能入父亲赵永刚的法眼。

赵永刚并不关心赵金龙谈女朋友和私生活糜烂，但对其婚姻要求极为严格——哪怕赵金龙不能找一个门当户对的，最差也要找一个在厅级以上机关大院上班，上得厅堂、下得厨房的媳妇！

赵金龙游戏花丛腻了，偶尔萌生结婚念头的时候，会按照父亲的要求在自己所接触的年轻女性之中进行筛选，结果发现刘建的女友李颖最为符合。

“哈哈，也是，赵公子的媳妇要精挑细选。”罗立笑着打了个哈哈，他对于赵金龙的私生活有所耳闻，也见过赵金龙几个所谓的女朋友。

“罗哥，今天党委会应该是要定宁西高铁银吴项目部的事情吧？”赵金龙掐灭香烟，冷不丁地问道。

“应该是。”罗立仿佛早就料到赵金龙为此来找自己，并未感到惊讶，而是笑着点点头。

"昨晚庆功宴，高总中途跟周林生抽烟聊了很久，应该是要让周林生当项目经理，不知道其他人怎么选。"赵金龙看似无意地说着，却始终观察着罗立的表情变化，既是想印证自己的判断，也是想打探消息。

"金龙，你也清楚，领导在党委会前会找相关人员了解情况，而且班子成员之间也会先私下沟通，从而避免会议出现问题。我也不瞒你，关于银吴项目部的人员配置问题，我确实听到了一些风声，但我不确定，也不能乱说。"罗立略微收敛了笑容，开口回应。

"了解，这是人事工作的原则嘛。好了，罗哥，烟也抽了，茶也喝了，我回去工作了，就不打扰你了。"

赵金龙脸上笑容不减，心中却有些不满。他之所以一大早来找罗立聊天，就是想打探银吴项目部的人员配置情况，然后以此为自己即将要做的事情做一些准备，却没有想到罗立口风这般严实。

"好嘞，有空多来，茶和烟管够。"罗立起身，微笑着送赵金龙离开，心中却是为赵金龙叹息。

赵金龙自从进入公司之后，心思压根没有放在工作业务上，而是不断利用其父亲赵永刚留下的人际关系，做一些偷鸡摸狗的勾当。这世上没有不透风的墙，罗立知道赵金龙的不少事，甚至有些事情已经在公司内部流传了。这对赵金龙而言是很危险的信号，但赵金龙浑然不觉。

在罗立看来，赵金龙将一手王炸的牌打得稀巴烂，典型的误入歧途，但他没有吃力不讨好地开口提醒。

赵金龙走出罗立的办公室，见刘建站在不远处，眉头不由微微一挑。刘建刚完成一个工程项目的建设，没有在家休息，而是出现在公司总部，这让赵金龙不由将刘建与即将开工的宁西高铁银吴标段联系在一起。

宁西高铁银吴标段投资巨大，是一块大肥肉，赵金龙盯了很久了。而刘建为人正直，一向按规矩办事，油盐不进，曾影响了赵金龙好几件生意。赵金龙一点也不希望刘建成为宁西高铁银吴标段部核心成员。

除此之外，赵金龙一直认为李颖和刘建在一起，属于一朵鲜花插在牛粪上，颇为不忿。

“赵部长。”

刘建见到赵金龙，主动打了声招呼，既不讨好，也不清高，不卑不亢。这也是他一贯的作风，无论见到任何人都是如此。

“嗯。”

赵金龙闻声，像是一只骄傲的孔雀一样昂着头，轻轻应了一声，目光中有着无法掩饰的鄙夷。

虽然刘建的业务能力在整个中铁工程局北方公司的年轻人之中首屈一指，而且一直在施工一线磨炼，但论提拔速度根本无法与赵金龙相提并论。例如青干班培训这种机会，只有赵金龙不想去的时候才会轮到刘建。

刘建与赵金龙擦肩而过，然后在罗立的办公室前停下脚步，轻轻敲了敲门。

“进来。”

办公室里，罗立将赵金龙之前喝茶的一次性茶杯丢进垃圾桶，听到有人敲门，便坐回办公桌前。

“您好，罗部长。”刘建推门而入，主动向罗立打招呼问好。

“小刘，你难得从施工现场回来休息，不好好陪家人和女朋友，跑到单位来做什么？”罗立见到刘建，起身相迎，面带诧异地问道。

“罗部长，我是来给您递交申请的。”刘建直奔主题，说话间便从公文包中拿出自己提前打好的工作调动申请，双手递给罗立。

“申请？”罗立有些疑惑地接过申请，但并没有立即看，而是放在桌上，道：“你坐，我先给你泡杯茶，再聊。”

“不用麻烦了，罗部长。”刘建客气拒绝，但被罗立推着坐在沙发上。

“刘建，你要申请调回公司总部？”罗立为刘建泡好茶后，看了一遍刘建的申请，有些惊奇地说道。

“是的，罗部长。我准备和女朋友结婚了，继续留在项目部的话，两人长期两地分居，女朋友不同意。”刘建点头回应，更进一步说明自己申请调动的原因。

“这样啊……”

罗立闻言，沉吟了一番，语重心长地提醒道：“刘建，你这几年一直在施工一线工作，工作能力突出，积累了不少施工经验，领导都看在眼里。我个人建议你先不要急着回公司总部，再磨炼几年，最好等升为项目经理之后，再回来。到时候，你回来至少是部门负责人，甚至有可能直接当副总。”

“谢谢罗部长提醒，其实我对升职并不看重。”刘建直言不讳道。

“好吧，我回头把你的申请交给领导。”罗立欲言又止地盯着刘建看了几秒钟，发现刘建一脸的坚定，便又将到嘴边的话咽回了肚子。

“罗部长，那我先回去了，就不打扰您工作了。”刘建起身，准备告辞，结果话音刚落，敲门声突然响起。

“请进。”罗立刚要起身送刘建，听到敲门声，便将目光投向办公室门口，看到来人之后，立刻起身，主动迎了上去，语气很尊重，“王总工，好久不见。”

“师傅。”刘建也第一时间站了起来，来人是他的师傅王忠国。

王忠国是恢复高考后第一批本科生，含金量十足，毕业之后一直在施工一线工作，参与过铁路大桥和隧道施工，有着丰富的铁路施工经验，是中铁工程局北方公司的技术大拿，也是西北铁路施工领域有名的专家。

王忠国留着20世纪80年代比较流行的三七分发型，鼻梁上架着一副眼镜，气质儒雅，一副知识分子的形象。他身上穿着一件棕色的外套，外套并不宽大，但因为他实在太瘦了，显得很宽松。

“你好，罗部长。”王忠国与罗立握了握手，然后看了一眼刘建，“刘建，你也在啊。”

“王总工，你最近黑了很多啊，也瘦了不少。”罗立与王忠国握手的同时，发现了王忠国的异常。

“这不在施工现场累的嘛，哪像你们坐办公室舒服。”

王忠国笑着说道，看似在羡慕，实则在打趣。一直以来，他都不喜欢窝在办公室里喝茶看报，而是喜欢在施工现场奔波，是一个闲不住的人。他曾不止一次给刘建等晚辈讲自己年轻时扛着测量仪器在山上、河边奔波测量的事情，以此告诫他们，干工程的人不要怕吃苦，搞技术一定要精益求精，容不得半点差错，否则会造成重大损失。

刘建一直将王忠国的教诲铭记于心，并且以王忠国为榜样，严格要求自己。

“王总工，我说真的，你的气色看着很不好，是不是身体不舒服？”罗立邀请王忠国坐下，然后递给王忠国一支香烟，关心地问道。

“胃病犯了。”王忠国点燃香烟，摆了摆手，毫不在意地说道。

“王总工，我建议你去医院检查一下。”罗立提醒道。

“我老婆也天天嚷嚷着让我去检查。我的身体我知道，年轻时候测量放线，一跑就是一天，饱一顿饿一顿，得了胃病，这些年一直没好，是老毛病了，没什么可检查的。”

王忠国笑了笑，最近几天，妻子也一直提醒他去医院检查，他本来不想去，但架不住妻子唠叨，挂了今天的号，结果恰好今天单位有事，便先来了单位，打算等处理完单位的事情再去。

王忠国不等罗立回话，主动问道：“对了，罗部长，你今天把我跟刘建一起喊来，是领导想让我和刘建去宁西高铁银吴标段部吧？”

唰！

愕然听到王忠国的话，刘建的脸色不由一变，当下将目光投向罗立。

“丁零零……”

罗立正要开口回应，办公室的电话响了起来。罗立歉意地冲王忠国、刘建师徒两人笑了笑，然后转身回到办公桌前，看了一眼来电显示的号码，才接起电话：“龙主任，你们开完会了？”

“刚开完，王忠国来了吗？”电话那头，身为办公室主任的龙真问道。

“王总工已经来了。”罗立回道。

“那你让他来找我，我带他去高总办公室。”龙真说道，他是办公室主任，也算总经理高金东的半个秘书，凡是有人要见高金东都是由他带着。

“好的。”罗立立刻答应下来。

“另外，你通知一下刘建，让他也来趟公司，高总和贺书记也要见他。”龙真又想到什么，补充道。

“刘建恰好也在我这里，他刚给我递交了一份工作调动的申请，想申请调回公司总部。”罗立心中一动，明白领导既然要见刘建，多半是党委会决定让刘建参与宁西高铁银吴标段建设。

“哦？”电话那头，龙真感到一阵诧异，然后沉吟了一下，道：“这样吧，你等我一下，我去跟高总和贺书记汇报一下这件事情。”

“好。”罗立回了一句，然后挂掉电话，对王忠国和刘建师徒二人说道：“王总工、刘建，领导要见你们，你们稍等一下。”

“好。”

王忠国点头，刘建则皱起了眉头。

之前，王忠国询问罗立的时候，刘建便意识到不妙，此刻听到领导要见自己和王忠国，心中那份不安顿时呈直线上升。

五分钟后，刘建揣着心中那份不安，与王忠国一同来到三楼，先是去和办公室主任龙真打了个照面，客套寒暄了两句，然后便由龙真带着前往总经理高金东的办公室。

办公室里，除了总经理高金东之外，党委书记贺建华和项目经理周林生都在。

“高总，贺书记，周经理。”

王忠国带着刘建进门，先后与高金东、贺建华和周林生握手，然后在高金东的示意下，坐在了沙发上，与周林生坐在一起。

“林生，你先跟王总工和小刘说一下情况。”高金东点了根烟，对周林生说道。

“好的，高总。”周林生点头，然后对王忠国和刘建说道：“王总工、刘建，你们应该已经知道公司中标宁西高铁项目银吴标段的事情了。该项目的具体情况，你们大概也了解，我这里就不细说了。公司早上召开了党委会，经会议研究决定，由我担任该项目的项目经理，王总工担任项目副经理兼总工，刘建担任工程技术部部长。”

“听从组织安排。”王忠国仿佛早已料到，并未感到惊讶，而是第一时间领命。

咯噔！

与此同时，刘建心中一震。

虽然他刚才已经有了预感，但当他知道自己真的被安排参与宁西高铁银吴标段建设的时候，还是有些发懵。

“小刘，我和高总刚才已经看了你的工作调动申请。你自从进入公司以来一直在施工一线工作，想调回公司总部，我们都很理解，原则上也同意你的申请。”

就在刘建沉默、发懵的同时，党委书记贺建华和高金东交流了一个眼神，开口道：“但是，党委会已经研究决定好了。而且，我和高总一致认为，宁西高铁银吴标段是公司未来几年最大的项目，也是你施展才华的最佳平台，你不应该错过。参与这个项目的建设，对你的能力提升有很大帮助，对你未来的工作乃至人生很关键。”

“谢谢组织的信任和领导的关爱。”

刘建如梦惊醒，下意识地回了一句，然后脑海里浮现出昨晚求婚的画面和许下的诺言，咬了咬牙道：“不过，高总、贺书记，我马上要结婚了，如果参与这个项目的话，女朋友那边会有意见……”

“刘建，你是公司的青年标兵、技术骨干和后备干部，未来的路还很长，不要因小失大。”周林生开口打断了刘建的话，既是认为刘建未做思考便拒绝组织的安排太过草率，也是有惜才心理，认为刘建错过宁西高铁银吴标段建设太过可惜。

“刘建，你可以给你女朋友那边做做思想工作，等这个项目结束后，你再申请调回公司总部。”高金东掐灭香烟，给刘建许诺。

刘建能够清晰地看到高金东、贺建华、周林生脸上的期待，心中也很想参与宁西高铁银吴标段建设，但他已对李颖许诺了，不能再让李颖失望，故而选择了沉默。

就在这时，王忠国开口圆场道：“高总、贺书记，我建议先让刘建回去和女朋友商量一下。”

“好！”

高金东、贺建华异口同声回应，他们都看出了刘建很抵触组织的安排，认为王忠国的建议很好。

随后，王忠国和刘建先离开了高金东的办公室。两人一路沉默，直到出了公司楼，王忠国递给刘建一支烟，开口问道：“刘建，你怎么想的？”

“我个人是想跟您一起参与这个项目的，但我昨天刚跟李颖求婚，并且答应她一定调回来跟她结婚，不能食言。她肯定不同意我去。”刘建开口回应，情绪有些低落。

“先回去跟她商量吧，等做出决定之后，给我打个电话。”王忠国拍了拍刘建的肩膀，鼓励道：“无论你做出什么决定，我都支持你！”

“谢谢师傅！”

刘建郑重地点点头，心中五味杂陈。

第三章　艰难抉择

西市第九人民医院的前身是西市铁路中心医院，曾是铁路系统内部的医院。

2004 年之前，铁路被誉为独立小王国，拥有铁路公检法、学校、医院等许多单位。

2004 年，铁道部几乎将所有归属铁路系统的学校、医院等单位全部移交地方，拉开了中国铁路改革的序幕。

2005 年 3 月 18 日，铁道部正式对外宣布改革方案，撤销铁路分局，减少管理层次。由原来的铁道部—铁路局—铁路分局—站段四级管理体制，改为铁道部—铁路局—站段三级管理模式。

这次改革和 2013 年 3 月 10 日撤销铁道部成为了中国铁路改革的里程碑事件，影响深远。

王忠国离开单位之后，直接去了西市第九人民医院，在消化内科主任的建议下进行检查。

下午四点，当王忠国拿到检查报告的瞬间，整个人懵了。

因为，胃镜检查报告显示，他的胃里有肿瘤，而且已经很大了。胃镜中心的医生让王忠国拿着检查报告先去找消化内科的主任，并建议他进行病理检查，确定肿瘤是良性还是恶性。

王忠国看了一遍检查报告之后，没有惊慌地掏出手机在网上搜索，而是用一分钟调整了情绪，然后便拿着检查报告去找消化内科主任。

专业的事让专业的人做。这是王忠国一直坚守的理念，并且将这份理念贯穿于自己的工作和生活之中。

"你应该已经看了胃镜检查报告。你的胃部有一个肿瘤，肿瘤已经很大了，应该是恶性。"消化内科主任金晓飞看完王忠国所有的检查报告后，直接做出了诊断。

通常来说，医生是不会直接告诉癌症病人真实病情，而是告诉病人的家属，避免病人精神承受不住打击，但也有一种例外——癌症病人的病情已经非常恶劣，癌细胞彻底扩散，身体其他部位也出现恶性肿瘤，无法通过医学手段救治，只能延续患者生存时间，提高患者生存质量。

此刻，王忠国的病情便属于这种情况。而且，王忠国是一个人来看病的，金晓飞只能跟王忠国讲。

"金主任，检查报告上不是说要通过病理检查来确定肿瘤是良性还是恶性吗？"王忠国的心猛地一沉，但还是保持着冷静，开口问道。

"严格意义上来说，要确定肿瘤是良性或恶性，病理检查是最准确的方式。我刚才之所以那么说，是因为我看了你的血检肿瘤标志物检测报告，报告显示你的 CEA、CA19-9、CA72-4 三项指标全部有问题。

除此之外，你的加强 CT 报告显示，癌细胞已经扩散，转移到腹腔及肝部，这些部位都有结节，而且部分结节已经很大了。”

金晓飞做出解释，然后看了王忠国一眼，发现王忠国表情很镇定，心中有些诧异，然后又补充道：“当然，病理检查还是要做，需要明确肿瘤的分级和分期，从而制订相应的治疗方案。”

“金主任，那我这应该属于晚期了吧？”王忠国深吸一口气问道。

“早期、中期和晚期，这属于大众说法，医学术语是我刚才说的分级和分期。根据你的检查报告，按照大众说法，你这的确属于晚期了。你应该很早之前就有症状了，但一直没有来医院检查，错过了最佳治疗时机。”金晓飞叹了口气。

这一次，王忠国沉默了。身为医学门外汉的他，对于恶性肿瘤的分级、分期没有任何概念，只知道如果是癌症晚期的话，治愈的可能性微乎其微。而正如金晓飞所说，王忠国的确在去年年初的时候就察觉到胃部不适，但因为当时在施工现场参与攻坚战，没有时间去医院检查，而且他也认为是胃病犯了，没当回事。

“金主任，像我这种情况，该怎么治疗？治愈的希望大吗？”王忠国的表情很快又恢复了正常，开口问道。

“具体治疗方案要等病理检查报告出来才能确定，通常情况下是要手术切除肿瘤，然后通过化疗、放疗和药物来消灭和抑制癌细胞生长。”

金晓飞先是给予标准答复，然后见王忠国依然直勾勾地看着自己，又补充道：“你胃部的肿瘤已经很大了，如果做手术的话，需要先进行放疗缩小肿瘤，然后再进行切除。不过，如我之前所说，你体内的癌细胞已经扩散，转移，其他部位也有肿瘤了，想彻底根除的可能性几乎没有。我个人建议你进行保守治疗。”

“什么叫保守治疗？”王忠国认真请教。

“保守治疗就是不进行手术，通过药物控制和放化疗等医学手段，抑制体内肿瘤生长和癌细胞继续扩散、转移。这种方式其实等于放弃了根治，主要目的在于延长患者生命，提高患者生活质量。”金晓飞直言不讳，他看出王忠国和普通的患者不同，自始至终都很镇定。

“能延长多久？”王忠国突然眼前一亮。

“这个时间不好说，主要取决于患者的心态和身体情况。”金晓飞说道：“通常来说，几个月到五年之间不等。”

“五年……五年……”

王忠国默念了两遍，然后向金晓飞仔细请教了药物治疗和病情控制的一些问题，最后向对方表示了衷心的感谢。

六点半的时候，王忠国驱车回到自己所住的小区，将车停在地下停车位，将检查报告藏在了汽车后备箱。做完这一切，王忠国像没事人一样回到家中，发现妻子蒋秀芳已经下班回家了。

“你怎么现在才回来？检查结果怎么样？”蒋秀芳看到丈夫进门，立刻迎上去问道。

“医院人多，排队排了半天。检查没什么事，还是老毛病，吃点药就好了。”王忠国笑着说道，整个人看上去与往常没什么不同。

“那就好。”蒋秀芳闻言，不由松了口气。

“对了，今天单位召开了党委会议，决定让我担任宁西高铁银吴高铁标段项目部副经理兼总工，可能这几天就要走了。”王忠国换了拖鞋，对蒋秀芳道。

“你期盼这一天已经很久了，可算让你等到了。”

蒋秀芳早已习惯了王忠国奔赴施工一线的日子，而且记得王忠国曾说过，宁省是他的故乡，如果中铁工程局北方公司能够中标宁西高铁项目，他一定要参与，为故乡出一份力，力争要将该项目建造成中国高铁的标杆。

“玲玲也老大不小了，你多催催她，早点找对象，把婚结了。”王忠国突然想到了什么。

“哎哟，我说老王，今天太阳打西边出来了，你竟然关心起你女儿找对象和结婚的事情了。”蒋秀芳一脸意外，过去这些年，王忠国因为一直在施工一线，对家庭的照顾很少，对女儿的事情操心更是少之又少。

“我今天去单位碰到刘建了，那小子说快要和李颖结婚了，这不就想到咱家玲玲了嘛。”王忠国微笑着用刘建的婚事来当挡箭牌，实则是希望自己在离开世界之前能够参加女儿的婚礼，亲手将女儿放心地交到另一个男人手中。

“好，好，难得你有这份心，我明天就跟她说。”蒋秀芳笑成了一朵花，却不知眼前这个陪伴了自己大半生的男人，在不久的将来就要离开她了。

望着妻子那开心的笑容，王忠国心中暗暗叹息，然后收敛情绪，忍不住在心中暗想：也不知道刘建那小子最终会怎么决定?

刘建并不知道王忠国得了胃癌，而且一点也不担心自己的身体，反而是惦记着他的事情。此刻的他，拎着两瓶茅台、两条软中华和一套化妆品，来到了李颖家所在的小区，准备拜访李颖的父母，却丝毫没有女婿要见丈母娘的紧张，也没有即将与女友完成恋爱长跑、步入婚姻殿堂的激动，而是一脸的忧愁。

“来啦。”

李颖站在单元门口，看到刘建拎着礼物前来，心中一喜，立即迎了上去。她的家境不错，对礼物本身并不看重，看重的是刘建的心意，那代表着刘建对自己父母的态度。

“这么冷的天，你怎么在楼下站着？”刘建闻声，从忧愁的状态中回过神，快步走向李颖。

“我爸妈知道你要来，特地让我在楼下等你。他们已经做好菜了，快上去吧。”李颖说着，开心地挽住了刘建的胳膊。

“李颖，你还记得我昨天说过，我们单位中标了宁西高铁银吴标段的事情吗？”刘建一边走一边斟酌着说道。

“刘建，你什么意思？你不会是想告诉我，你要去宁省修高铁吧？我告诉你，你要是敢去，我们就分手！”李颖听到刘建的话，像是被踩到尾巴的猫，瞬间就炸毛了，不但松开了刘建的胳膊，而且一脸恼怒的样子。

“你不要激动，听我说完。原本单位党委会决定让我去，但我不打算去，而且已经向单位递交了工作调动申请。如果单位不批的话，我就离职，在西市重新找份工作。”刘建连忙赔笑解释。

“这还差不多。”李颖态度顿时好转，变脸的速度比翻书还快，重新挽住了刘建的胳膊。

刘建心中暗暗叹息。虽然他早就预料到，李颖绝不允许他去宁西高铁银吴标段部，但当这一刻真正来临的时候，他还是感到有些难过。

这一刻，他并不知道这份难过是因为女友的不支持，还是因为失去与师傅王忠国一同参与宁西高铁银吴标段建设的机会。

晚上十点，刘建离开李颖家的时候，心中的难过非但没有消除，反而愈演愈烈，很想找人倾诉，最后拨通了王忠国的电话："师傅，您这会儿方便出门吗？我想找您聊聊。"

"方便啊，你来接我。"王忠国了解刘建，知道刘建无论做出什么决定都会有心结，而且多半会给自己打电话，故而没感到半分意外，而是第一时间给予了回复。

晚上十点半，刘建开车在小区门口接上了王忠国，开门见山道："师傅，我找个地儿，跟您喝点？"

"好。"

虽然西市第九人民医院消化内科主任金晓飞下午再三叮嘱王忠国，哪怕是保守治疗也要改变生活习惯，清淡饮食、戒烟戒酒，但王忠国看得出刘建的心绪很乱，而且刘建所做的决定会对其人生造成重大影响，于是决定今晚陪刘建喝自己人生中最后一顿酒。

西市的夜生活谈不上丰富，但晚上想找个吃夜宵、喝酒的地方还是很容易的。几分钟后，刘建便驱车带着王忠国来到了附近一家烧烤店。

"李颖不同意你去？"等刘建点单之后，王忠国才开口问道。

"嗯，我刚一提，她就炸毛了，我就赶紧打住了。"刘建苦笑。

"那你决定放弃参与宁西高铁银吴标段了？"王忠国听出了刘建的意思。

"是的，师傅。"刘建面色难看地点点头，道："虽然我很想参与这个项目，但我不能再辜负李颖了。如果组织不批准我的工作调动申请的话，那我就考虑辞职，在西市重新找一份工作。”

话音落下，刘建打开一瓶二锅头，倒了两杯，将其中一杯递给王忠国，然后自己拿起一杯，没有跟王忠国碰杯，便一口闷了。

如他刚才所说，他已经做出了决定，但心中堵得厉害，所以才这么晚找王忠国出来聊天。

“辞职不至于。你在施工一线工作时间不短了，调回公司总部也是合理诉求。退一步讲，就算领导不同意，我去帮你找他们。我在单位兢兢业业干了这么多年，从来没求过任何人，这张老脸多少还是有些用的。”王忠国笑了笑。

“师傅，虽然我做出了决定，但我心里空荡荡的，像是丢掉了什么。您觉得，我这个选择对吗？”刘建没有在意未来工作的问题，而是吐露心声，想让王忠国给自己解惑。

“刘建，你自从进入公司，便一直跟着我在施工现场，已经好几年了。我还有几年就退休了，从内心深处来说，我很想带着你完成宁西高铁银吴标段建设。但对你而言，结婚也是人生大事，我不能给你说对错，但要提醒你一句话。”王忠国吸了口烟，烟雾环绕着他那略显灰黑的脸庞，让他看起来有些沧桑。

“什么？”

“遵循自己内心的召唤，不要让自己留下遗憾。”王忠国看着刘建，像是看到了曾经的自己。

“遗憾肯定会有。”刘建苦笑一声，再次端起酒杯，一口气喝了一杯白酒，然后想到了王忠国年轻时候的事，忍不住开口问道：“师傅，我记得您当年为了家庭，也进行过工作调动。您当时为什么要做出这样的决定？后悔吗？”

“当时，我也纠结了很久，最后在工作和家庭之间选择了后者。要说后悔，确实有些后悔。”王忠国轻轻叹了口气。

“您后悔是因为工作调动失去了升职空间？”刘建下意识地问道。他知道，王忠国在二十多年前就是副科了，而且也是单位最早的一位高级工程师，但如今还是副科。

刘建曾不止一次想，如果王忠国当初不调回西市，在原单位发展的话，如今绝对是正处级以上职务，而且极有可能会成为中国铁路建设者里的标杆人物之一。

“刘建，你跟我有些年头了，你觉得我在乎职位的高低吗？”王忠国苦笑了一下，“而且，以我的性格，也不适合担任领导职务。”

“那您为什么后悔？”刘建暗骂自己糊涂，王忠国因为深钻技术，拥有丰富的现场施工经验，每个项目都坚持严格执行技术标准，从而得罪了不少领导，甚至被人认为一身书生气，不懂得变通，否则绝对不会混了一辈子还是副科。

“如果我当年没有调回西市，我会在原单位参与京沪高铁和港珠澳大桥建设！”

王忠国一脸神往地说道：“刘建，我们搞建筑的其实和搞艺术的没有区别，都是工匠，都想留下传世之作。京沪高铁也好，港珠澳大桥也罢，都是现代建筑的巅峰之作。如果我参与了这两项工程，那会成为我这辈子最大的骄傲，死而无憾！”

刘建闻声，心头一震，一脸恍惚，只觉得内心的一扇门被打开了，有个声音在呼唤他。

“王忠国，你怎么在这里喝酒啊？你有病在身，喝酒等于喝毒药，你不知道吗？”

不等刘建从恍惚中回过神，西市第九人民医院消化内科主任金晓飞突然来到了餐桌旁，有些生气地对王忠国说道。他刚才跟几个朋友在楼上喝酒，结束离开的时候，看到了王忠国。

听到金晓飞的话，王忠国和刘建都是一愣。王忠国刚才说到自己的遗憾，情不自禁地拿起酒杯喝了一口酒，压根没看到金晓飞走来。而刘建则是直接被有病在身四个字惊醒了！

“金主任，实在抱歉，今晚对我而言是个极为特殊的日子。我向您保证，这是我最后一次喝酒。”短暂的愣神过后，王忠国立刻起身向金晓飞道歉。

“唉……你们这些患者啊，总是将医生的话当成耳旁风。”金晓飞叹了口气，然后又冲刘建训斥道：“还有你，明知道他是胃癌，还跟他吃烧烤、喝酒……”

哐当——

这一次，不等金晓飞将后面的话说完，刘建像是被针扎了屁股一样，猛地站了起来。因为他起身的动作太过剧烈，直接撞翻了桌上的酒杯，但他没有在意，而是一脸惊骇地看着王忠国：“师……师傅，您……您得了胃癌？”

“金主任，我徒弟还不知道这件事。我不喝了，一口都不喝了，谢谢您。”王忠国没有回答刘建的问题，而是扶着金晓飞的胳膊致歉。

“好。”

金晓飞点了点头，然后转身与朋友离开。

“刘建，我是今天下午查出来的，还没来得及告诉你。”王忠国回到自己的座位上，对刘建说道。

“师……师傅，您怎么不早跟我说啊，您看……我还带您出来喝酒，我真是……”刘建说着，就想给自己一个嘴巴，但被王忠国给拦下了。

“师傅，您既然检查出来是胃癌，怎么不在医院治疗？”刘建稳定了一下情绪，重新坐下，开口问道。

“医生说我是胃癌晚期，建议让我保守治疗，延长生命，保证生存质量。”王忠国如实说道，表情十分坦然。

“呃……”

刘建愣住了，眉目之间充斥着恐慌。虽然他不懂医学，但他身边曾有过癌症患者，知道保守治疗的意思——没法治了，只能拖着等死！

“好了，你不要担心我。刚才那个金主任回头会给我制订一个保守治疗的方案，控制我的病情，我短期内不会有什么事。”王忠国笑了笑，仿佛一点也不在意自己的病情。

“师傅，您不能放弃。西市治不好，我陪您去北京上海。那边的医疗水平比我们这发达……”刘建回过神，语气有些激动地说道。

“刘建啊，我们要相信专业。刚才那个金主任是咱们省消化内科领域的知名专家之一，北京上海的那些专家未必就比他强到哪里去，他既然那么说肯定是有道理的。而且，保守治疗也是我自己的选择。”王忠国摇摇头。

“为什么？”刘建下意识地问道。

“我要参与宁西高铁银吴标段建设！”王忠国语气坚定地说出理由。

“师……师傅，您都胃癌了，还想着工作呢？”刘建直接急了。

“刘建，不要激动，你听我说。”

王忠国摆摆手，等刘建情绪稳定了一些，才继续道：“我刚才跟你说了，我们搞建筑的是工匠，应该留下自己的作品。我这辈子参与了很多施工，其中不乏大型施工，但亲自主导的大型施工，其实只有兰新高铁的那个标段。而你也知道，因为一些原因，那个项目完成得并不好，在我心中留下了很大的遗憾。我是宁省人，宁西高铁是造福一方的项目，我理应为家乡出力，必须尽我所能将宁西高铁银吴标段建成中国高铁的标杆——这是我想留下的作品，也是我人生最后的愿望！”

“可是，师傅，您得了胃癌，根本没法去施工现场工作啊！这会加重您的病情，透支您最后的生命！”刘建开口反驳，但情绪不再像先前那般激动。

“刘建，人都有一死。死对我而言，并不可怕。”

王忠国再次开口，面色平静，但语气斩钉截铁，“我因为年轻时候的决定，错过了京沪高铁和港珠澳大桥的建设。如果我能在临死之前，将宁西高铁银吴标段建设成中国高铁的标杆，我会含笑九泉！相反，如果让我放弃参与宁西高铁银吴标段建设，在医学治疗中苟延残喘，我会死不瞑目！”

刘建沉默了。

这一刻，他能够感受到王忠国的决心，也能从王忠国身上感受到老一辈铁路建设者的工匠精神。他知道，自己不可能说服王忠国改变决定。这世上，也没有人可以说服王忠国改变决定！

“好了，刘建，今天就到这吧。你不要将我的病情告诉任何人，包括你师母。”王忠国说着，端起酒杯，笑了笑道：“来，陪我喝最后一杯酒。”

“师傅，我陪您去宁省！”

刘建没有陪王忠国喝最后一杯酒，而是要陪王忠国建设最后一个工程项目、走完人生最后一段路。

第四章　初次见面

三天后，刘建与宁西高铁银吴标段部部分成员乘汽车前往宁省。他坐在一辆别克商务车里，望着窗外飞逝的景物，脑海里不断浮现着自己与李颖告别的场景。

“刘建，你答应过我，你要调回西市的！你也说过，如果单位领导不同意，你就辞职，在西市重新找一份工作！你最后为什么变卦了？既然你做不到，你为什么要向我许诺？为什么要向我求婚？”

“骗子！刘建，你就是一个大骗子！我们分手吧！我恨你，恨你一辈子！”

那一天，李颖听到刘建的决定之后，整个人瞬间狂暴，当着自己父母的面，对着刘建嘶吼，并且摘下钻戒，直接砸在了刘建的脸上。

“对不起。”

那一天，刘建最终只说了这三个字，然后对着李颖及其父母鞠了一躬，最后默默地捡起钻戒，转身离开。

刘建的举动，让李颖彻底绝望，也让李颖的父母愤怒，甚至说出了瞎了眼才同意李颖嫁给刘建这样的话。

刘建没有做任何辩解，而是默默承受这一切，只因他答应过王忠国，不能将王国患胃癌的事情告诉任何人。

汽车里，王忠国与刘建坐在同一排的座位上，早就发现了刘建的异常，但并未说什么。既是因为汽车里有其他人在，有些话不方便说，也是因为他觉得，有些事情只能自己消化，外人说一千道一万都无济于事。

何况，当刘建在前几天做出决定的时候，王忠国曾提醒过刘建，不要因为自己的病情一时冲动，要慎重考虑后再做选择，结果刘建坚持要前往宁省参与宁西高铁工程银吴标段建设。

刘建等人抵达宁省省会银市的时候，天已经黑了。由于项目部办公场地还没有找好，众人只能入住酒店。晚上，刘建等人简单地吃了顿晚饭，项目经理周林生便组织项目部核心成员在酒店的会议室召开会议。

项目部的核心成员由前些天的党委会决定了，周林生担任项目经理，王忠国担任项目部副经理兼总工，刘建担任工程技术部部长。除此之外，项目部核心成员里还有党支部书记、副经理、总经济师、安全总监，及材料设备部、综合管理部、计划财务部、安全质量部部长，管理人员总共 80 人。

在项目部的核心成员里，项目经理周林生统筹全局，副经理负责协调关系，副经理兼总工王忠国主管技术和施工组织，是整个项目部中最关键的人员。

而刘建身为工程技术部部长，相当于王忠国的左右手，极其重要。

从某种意义上说，王忠国和刘建师徒是宁西高铁银吴标段施工组织的灵魂。也正是因为此，周林生当初挑人的时候，首先点的就是王忠国刘建师徒。而当刘建有些抵触参与该工程的时候，包括高金东和贺建华在内的公司领导都有些发愁。刘建最后决定服从组织安排，参与该工程施工，让他们都松了口气，但他们都不知道其中缘由。

“同志们，我知道大家坐了一天车，都很辛苦，但我还是决定召开这个会议，对我们施工前的准备工作进行统筹安排。因为，一个月后，铁总和宁省领导要亲自出席宁西高铁项目银吴标段的开工建设动员大会。这要求我们必须在一个月内完成所有开工前的准备工作，包括施工组织方案的审查，与相关单位、部门协调和签订施工安全协议，施工队准入、征地拆迁，等等。”

会议开始，周林生率先开口，说明召开会议的原因和目的。会议紧扣主题，围绕施工前的准备工作讨论和研究，明确分工。

其中，王忠国和刘建主要负责施工现场勘察，然后按照设计图纸、结合施工现场情况，编制实施性强的施工组织方案，然后拿到银吴高铁指挥部，由银吴高铁指挥部召集跟此次施工有关的单位、部门进行审核。开工后，所有施工都要严格按照审核会签的施工组织方案和审查纪要进行，如有变更，再按照相关规定做变更手续。

会议结束，刘建和王忠国回到房间已经将近凌晨一点了。

“师傅，时间不早了，您洗漱一下，早点休息。”刘建回到房间后说道。

“刘建，你对施工组织方案有什么想法？”王忠国那张灰黑的脸上毫无睡意，他习惯性地摸了一下口袋，结果发现口袋空空，没有香烟。自从检查出胃癌之后，王忠国便按照医生叮嘱，强行戒烟了。

“师傅，我大致有思路，晚上再理一理，明天向您汇报。”刘建回道。若在以往，他肯定会和王忠国一边抽烟，一边沟通施工组织方案的事情，但王忠国如今有病在身，不能再熬夜工作了。

“刘建，周经理在会上明确表示了，今晚过后，项目部全员进入会战状态。时间不等人，我们今晚先沟通一下，直接定下明天施工现场勘查的路线，起床就出发。”

王忠国坚持现在讨论，除了口中所说的原因，也是想让刘建尽快抛弃心中乱七八糟的想法，将心思放到工作上来。毕竟，刘建已经做出了决定，再去纠结和忧愁，没有任何意义。

“可是，师傅，您的身体……”刘建有些担忧。

然而，不等刘建说完，王忠国便摆手打断：“正因为我身体有问题，所剩时间有限，更要将时间用在刀刃上。”

“师傅，宁西高铁银吴标段工程施工组织方案，我个人认为需要注意以下几点。第一，银市黄河大桥和银市站改工程是此次施工的两个重难点工程。前者施工难度大，后者将影响银市火车站列车正常运行，施工安全压力大。第二，路基、线路、桥梁、房屋和四电各项工程之间的结合，不能出半点差错，一旦出问题将会牵一发而动全身，影响整体工期。第三，征地拆迁。虽然宁省政府对此次工程极其重视，要求所在地方政府和相关部门全力配合，但需要协调的单位和部门较多。只要有个别单位和部门配合不力，就会影响征地拆迁进度，从而影响总工期。而且，宁省民风彪悍，征地拆迁绝对不是一件容易的事情。第五，安全压力大。包括银市站改施工在内，一些施工是营业线施工和邻近营业线施工，需要做好万无一失的安全防护，确保不影响列车正常运行。否则，一旦出现问题，轻则停工整顿，造成工期延误，重则造成重大事故，后果不堪设想。”

刘建这几天除了因为李颖的事情而犯愁之外，也在琢磨施工组织方案，此刻几乎是一口气说出了自己的想法。

“你想得还是比较全面的，但遗漏了一点。”王忠国先是点头对刘建刚才所说表示认可，然后又补充道：“你漏掉了内部配合。银吴段全长76公里，牵扯到多个专业，需要很多施工队。我们项目部各部门之间的无缝衔接和各施工队之间的配合也是重中之重。”

“对，我把这点给遗漏了。”刘建闻言，暗骂自己糊涂。内部衔接和配合如果出问题的话，将会出现巨大内耗，对施工是极其不利的。

“好了，我们明天先去勘查银市黄河大桥和银市站改两个重难点施工现场。”王忠国做出了安排，这两项施工是宁西高铁银吴段项目的关键。

从第二天开始，刘建便带着工程技术部九名成员，跟随王忠国东奔西跑，白天进行施工现场勘查，晚上开会交流，统一意见，编制施工组织方案。

时间和新欢是忘记旧爱的最佳途径。忙碌的生活，让刘建几乎没有时间再去想李颖的事情，渐渐地也就放下了，全身心地投入到了工作之中。

二十天后，在王忠国和刘建的带领下，工程技术部全员加班加点，完成了施工组织方案编制，然后在项目部进行内审。因为工程技术部在编制施工组织方案的时候与项目部其他部门认真沟通，故而在施工组织方案内审的时候，几乎没有进行任何改动。

第二十二天，王忠国带领刘建和工程技术部人员前往银吴高铁指挥部参加施工组织方案审查。银吴高铁指挥部是建设单位，也是西北铁路局为该工程专门成立的机构，为正处级单位。

刘建抵达银吴高铁指挥部办公楼后，让部门人员带着施工组织方案和图纸前往会议室，自已则和王忠国去拜访银吴高铁指挥部的常务副指挥长林云峰。

“刘建，林云峰是铁路局工务系统的名人，以工作严谨著称。我曾在建设宝中铁路的时候和他打过交道，也听过他的不少事情。林云峰是工人出身，参加工作后善于学习、钻研，将《铁路技术安全规程》《铁路技术管理规程》等规章制度熟记于心，工作表现突出，年轻时成功提干，然后平步青云，当过工务段党委书记、段长和铁路局工务处处长等职务。原本，林云峰还有望晋升铁路局主管工务的副局长，但就在提拔前夕，西北铁路局管辖区出了一起事故，事故主体责任在工务部门，林云峰负有领导责任，被撤销了工务处处长职务。在那之后，林云峰调到铁路局下属某施工企业干了几年副总，此次成立银吴高铁指挥部，被委以重任，担任常务副指挥长。”

前往林云峰办公室的途中，王忠国先是向刘建介绍了林云峰的情况，然后提醒道：“所以，你等会介绍施工组织方案的时候，他可能会问一些技术性的问题，你要有心理准备。”

“放心吧，师傅，我对我们的施工组织方案有信心，我不会掉链子。”刘建自信一笑。

很快，王忠国带着刘建来到林云峰的办公室。办公室里林云峰正在笔记本上写开会时要提的一些重点问题，见到王忠国刘建师徒进门，立刻起身，主动迎上，笑着握住王忠国的手："王总工，宝中铁路竣工之后，我再也没见过你。这次银吴高铁建设，我们再次合作，真是缘分。"

"能够和林总合作是福气。"王忠国笑了笑，然后向林云峰介绍刘建，"林总，这是我们项目部的工程技术部部长刘建。"

"小伙子这么年轻，就在银吴高铁这么大的项目上担任工程技术部长，前途不可限量啊。"林云峰与刘建握手，笑着赞道。

"林总过奖了，主要是跟着我师傅学习。"刘建微笑着回应，并未像一般年轻人见到领导时那样大大咧咧或卑躬屈膝，而是不卑不亢，甚至连恭维的话都没有说。

刘建的表现，让林云峰略感诧异，而后松开手，道："原来是王总工的徒弟，怪不得年轻有为。"

"刘建，要多向林总学习。"王忠国客套了一句，然后与刘建入座。

林云峰为两人泡了茶，闲聊了几句，便将话题转到了正事上面："王总工，宁省政府对此次工程极其重视，尤其是对工期要求很严，要求必须在宁省成立六十周年之前竣工通车。所以，只要你们的施工组织方案没有大的问题，这次会议原则上先通过，你们再按照相关单位意见修改完善。但如果存在比较严重的问题，那我这边是没法给你们通过的。当然，你是铁路施工的专家，亲自负责此次施工组织方案的编制，我肯定是放心的。"

"林总，如果施工组织方案存在问题，我们按照相关单位意见加班加点修改，直到没问题为止。"王忠国保证道。

“好。”

林云峰点点头，然后看了刘建一眼，发现刘建一脸自信，看上去对施工组织方案充满了信心。

随后，王忠国带着刘建离开林云峰的办公室，前往会议室。此刻，距离会议开始还有二十分钟，各单位、部门相关人员也陆续来了。作为此次带队的领导，王忠国和刘建需要跟那些人打照面，便于会中、会后联系沟通。

九点钟的时候，会议正式召开，整个会议室坐满了人，有六十多人。按照会议程序，参会人员签到。

签到结束之后，负责主持会议的林云峰挨个介绍了参会人员的姓名、单位和职务，最后道：“下面有请施工单位介绍施工组织方案。”

“各位领导、各位专家，大家早上好。我是宁西高铁银吴标段部工程技术部刘建。下面，由我为大家介绍本项工程的施工组织方案。”刘建起身走到会议室最前方，打开提前准备好的PPT，开始向参会人员介绍。

参会人员每人手上都有一本纸质版的施工组织方案，但他们没有着急翻阅，而是打算听完刘建介绍完毕后，再在纸质版施工组织方案中找与自己单位和专业有关的内容，查找问题。

工程概况，组织结构，技术方案，安全防护方案……

刘建站在会议室前方，抬头挺胸，身子笔直如枪，自信地介绍着精心准备了二十多天的施工组织方案。一时间，所有人的目光都聚焦在刘建身上。会议室成为了刘建的个人表演舞台，回荡着他沉稳的声音。

渐渐地，包括林云峰在内的所有参会人员脸上都露出了惊讶的表情，望向刘建的目光饱含着赞许。因为，刘建介绍的施工组织方案既全面又突出重点，里面包含着大量技术数据，展现了极高的专业性。这在施工组织方案审查会上是极为少见的。因为，通常来说，很多施工单位并不重视施工组织方案审查，只是简单讲述一下，然后让参会人员自己翻阅纸质版。

就在所有参会人员都沉浸在刘建的介绍中的时候，会议室的门被人悄然无息地推开。一名年轻女人手持照相机走进了会议室。女人留着一头女性中比较少见的中短发，有着精致耐看的五官，皮肤呈小麦色，给人一种健康的美感。她穿着一身蓝色的西装搭配白色衬衣，脚下是一双高跟鞋，浑身上下透露着精干的感觉。

年轻女人进入会议室后，没有惊动任何人，而是安静地站在会议室的一个角落，像其他参会人员那样将目光投向刘建。听着刘建充满磁性的声音和各种隐晦难懂的专业术语，望着刘建一脸认真、专注而自信的模样，年轻女人一时竟有些入迷，直到几分钟后刘建稍作停顿的时候才回过神。她拿起相机，对准会议室前方的刘建，连拍了几张照片，然后看了看，觉得没有问题，又沿着墙边朝着会议室左前方走去，想给刘建拍一张近距离的特写照。

年轻女人每一步都迈得很轻很慢，生怕会惊动参会人员，影响到刘建的介绍。然而，等她走到合适的位置之后，却没有立即拍摄照片，而是如同一开始那样仔细聆听。直到刘建的介绍快要结束的时候，年轻女人才再次拿起相机，给刘建拍了一张特写。

那一瞬间，刘建恰好正对着年轻女人所在的方向，角度堪称完美。这个发现，让年轻女人心中一喜，脸上绽放出了灿烂的笑容。作为宁省日报社的记者，她的每篇报道都很用心，也很专业，不但文字精雕细琢，照片也是精挑细选，力求最好。

那一瞬间，刘建看到了女人灿烂的笑脸，只觉得像是黑夜里的一道光，格外醒目，出现了刹那间的恍惚，也令他的介绍第一次出现非主动性停顿。

那一瞬间，参会人员也顺着刘建的目光看向了年轻女子。年轻女子意识到自己影响到了刘建的介绍和吸引了参会人员的注意力，立刻报以歉意的微笑，然后迅速离开了会议室。

十二点的时候，宁西高铁银吴标段施工组织方案审查会议结束，林云峰返回办公室，赫然看到之前拍照的年轻女子坐在沙发上，身前放着一杯咖啡和笔记本电脑。她左手托着下巴，右手用咖啡勺搅动着咖啡，心中也不知道在想些什么，表情有些恍惚。

“小楠，你怎么还没走？”林云峰见状，有些诧异地问道。

“啊——”

年轻女子如梦惊醒，像是做什么坏事被发现了似的，下意识地起叫了一声，然后拍了拍傲人的胸脯，一脸幽怨道：“爸，你进来怎么也不说一声？吓死我了！”

“你自己不知道想什么入神了，连我开门的声音都没有听到。”林云峰哭笑不得。因为自己和妻子工作忙碌，很少照顾女儿的生活，导致女儿养成了独立的性格，这还是他第一次见到女儿惊慌的样子。

“爸，我今天来是要报道宁西高铁银吴标段施工方案审查会的，我还不知道具体审查情况呢，当然不能走了。”林楠很快镇定了下来，说出自己留下的原因，然后问道：“你们会开得怎么样？我看那个人介绍施工组织方案的时候认真而自信，一副胸有成竹的样子，应该没问题吧？”

“他们的施工组织方案编制得非常好，可以说是我所见过的最好的施工组织方案了，大问题一个都没有，只有一些可以忽略不计的小问题，参会人员都赞不绝口，真是名师出高徒。”林云峰回想起刚才的会议，一脸赞许。

“名师出高徒？爸，你的意思是那个介绍施工方案的人很有来头？”

林楠展现了一名记者极高的专业性，她在林云峰说话的时候便飞快地敲击着桌上的笔记本键盘，将林云峰的话一字不落地全部记录了下来，最后听到名师出高徒五个字，她两眼放光，像是发现了新大陆一样。

“不是他很有来头，而是他师傅王忠国很有名气，算是我们西北数得上的铁路施工专家了。”林云峰解释道。

“这样啊……对了，爸，那个介绍施工组织方案的叫什么名字啊？是中铁工程局北方公司哪个部门的？你对他的信息了解吗？”林楠又问道。

“小楠，你这不对啊，我怎么感觉你在打探人家的隐私啊？”林云峰有些疑惑地问道。

“哪有……我这不是要写报道吗？那个人是今天的施工组织方案审查会的主角，我肯定要在报道中写他的一些信息。”林楠义正词严地反驳。

“刘建，银吴项目部工程技术部部长，其他信息，我一概不知。”林云峰半信半疑地看着自己的女儿，总觉得女儿今天有些不对劲。

"刘建……刘建。"

林楠默念着刘建的名字，脑海里浮现着之前刘建在会议室前方介绍施工组织方案的画面。

那画面，像是带着某种魔力一般，深深地烙印在了她的脑海里。

……

西市。

赵金龙中午下班后，驱车抵达一家高档的中餐厅门口，将车停好之后，来到了一间包厢。包厢里，一名中年男子带着一名年轻女子已等候多时，见到赵金龙进门，立刻起身迎接："赵部长，您来了。"

赵金龙没有回应中年男人，而是将目光投向了年轻女子，眼中闪过一抹惊艳。年轻女子一身名牌，服饰搭配很有讲究，而且耳环项链和服饰也极为般配，是一个很时尚的女孩。当然，年轻女子吸引赵金龙的并非这些，而是她有着一张漂亮的脸蛋和凹凸有致的身材，尤其是胸前的峰峦十分挺拔。

"赵部长，这是我女儿徐娇娇。"

中年男人察觉到赵金龙在打量自己的女儿，联想到赵金龙的私生活很糜烂，心中一紧，连忙开口介绍道。

"徐老板，你倒是生了一个漂亮的女儿。"赵金龙闻声，收回目光。他虽然喜欢女色，但也有一定原则，有危险的女人不碰，比如施工队老板身边的女人。何况，他知道眼前的中年男人徐爱华是一条老狐狸，绝对不会让自己接近其女儿。

"您好，赵部长，很高兴见到您。"徐娇娇大大方方地上前与赵金龙握手，道："我男朋友吴振涛也在你们公司。"

“吴振涛？”赵金龙有些诧异，确认自己不认识这个人，然后问道：“今年新进的大学生吗？”

“是的，赵部长。我和他是同学，今年刚毕业，他被你们公司聘用了，去宁西高铁银吴标段项目部了……”徐娇娇笑着说道，想让赵金龙今后有机会多多照顾自己的男友。

然而，不等她将后面的话说出口，徐爱华便咳嗽了一声打断，问道：“对了，赵部长，您晚上确定抽不出时间吗？西市最近新开了一家KTV，从装修到姑娘穿着打扮全部都是大唐风，要不要去看看一下？”

“我跟你说了，晚上有一个很重要的饭局。”赵金龙皱了皱眉，他今天来这里是为了拿帮助徐爱华中标宁西高铁银吴标段银市黄河大桥项目的报酬，对徐爱华的宴请和其他安排没有任何兴趣。而且，他晚上的确有一个谋划很久的饭局。

“明白。”徐爱华见状，不敢再多嘴，而是立刻让服务员上菜。

一个小时后，赵金龙用餐结束，徐爱华徐娇娇父女两人将赵金龙送到汽车旁边。徐爱华的司机将四箱茅台搬到了赵金龙的汽车后备箱。

对于徐爱华的好意，赵金龙欣然接受，然后与徐爱华三人挥了挥手，直接驱车离开，前往自己在某高档小区的别墅。该别墅的户主并非赵金龙，可实际控制人却是他，这里是赵金龙和自己那些女人住的地方。赵金龙将车开进车库，打开汽车后备箱，将四箱茅台酒的箱子打开，看到其中两个箱子里装满了红灿灿的百元大钞。

赵金龙心满意足地笑了笑，将两箱百元大钞搬进别墅的一间屋子，然后回到客厅，点燃一支正宗的古巴雪茄，惬意地吸了两口，同时拿出一部手机，拨通一个电话，开门见山地问道：“季红，你确定李颖晚上会一起吃饭吧？”

“赵公子，我办事你还不放心啊？我既然答应你了，肯定会将李颖带到。”听筒里传出一个娇滴滴的声音，听着像是撒娇，又带着几分幽怨的味道，“不过，赵公子，你接触我是为了我闺蜜李颖，你就不怕我的心会痛吗？”

“爱马仕新出了一款包，改天送你。”赵金龙轻蔑地说道。对他而言，季红这种可以用钱打发的女人，他没兴趣。

“奴家谢谢赵公子。”电话那头，季红咯咯地笑了起来，信誓旦旦道：“我保证全力配合赵公子拿下我闺蜜李颖。”

这一次，赵金龙没说话，而是直接终止了通话。

“刘建啊刘建，你为了当银吴项目部的工程技术部部长，连李颖这样好的老婆都不要，脑袋简直被驴踢了。不过，我要谢谢你。如果不是你辜负了李颖的爱和苦苦等候，我怎么可能有乘虚而入的机会。”

赵金龙将手机随意地丢在沙发上，然后仰靠在沙发上，踩着镶嵌着金边的茶几，吐出一口浓密的烟雾，一脸戏谑地自言自语。

第五章　建设动员大会

2015 年 12 月 26 日注定要成为载入宁省铁路建设史册的一天。宁西高铁（宁省境内标段）建设动员大会在这一天召开。这意味着宁省各族人民期盼已久的“高铁梦”即将成真。宁西高铁建成后，银市至西市通行时间将由 14 小时缩短至 3 小时左右。

下午两点钟的时候，刘建与项目部核心成员在中铁工程局北方公司总经理高金东、党委书记贺建华的带领下，来到了建设动员大会现场。他们与项目设计、咨询和监理等单位负责同志和工程技术人员列队，等待宁省和铁总的领导到来。

两点三十分钟，包括宁省省委书记、省长在内多位宁省主要领导，中国铁路总公司的一位副总和西北铁路局局长、党委书记等领导走上建设动员大会的主席台。宁省常务副省长主持建设动员大会，首先邀请宁省省长致辞。

“首先，我要代表宁省省委、省政府和全省人民，向大力支持项目建设的中国铁路总公司等有关部门表示感谢。”

宁省省长走到前方，先是表示感谢，然后等掌声落下后，继续道：“宁西高铁（宁省境内标段）正式开工建设，是国家‘一带一路’建设中的一件大事，也是西部铁路建设史上的一件要事，更是宁省经济社会发展进程中的盛事和喜事。宁西高速铁路是国家‘八纵八横’高速铁路网中‘包海通道’的重要组成部分，它的建设填补了宁省、蒙西地区没有高铁的空白，大大拉近了宁省与中东部发达地区的时空距离，将强化区域之间的横向联系和交流合作，全面提升沿线地区对外开放水平。宁西高铁的建设，将构建起国家‘一带一路’的大通道和推动西部发展的主动脉，对进一步优化完善国家高速铁路网络布局，加快西部大开发，推动向西开放，意义重大、影响深远。

“宁西高铁的开工建设，饱含着党中央、国务院对民族地区发展的关怀和期望，承载着陕甘宁三省区人民的希望和梦想。我们将举全区之力，为工程施工创造良好的建设环境，提供一流的服务保障。省直各有关部门、沿线各市、县（区）要识大体、顾大局，主动尽责，紧密配合，形成合力，切实抓好征地拆迁、安全生产、后勤保障等工作，及时处理好工程建设中的有关问题，确保工程顺利推进；各参建单位和广大建设者，要坚持质量与进度并重、效益与安全并重，高标准建设、高效率推进，开创高铁建设的‘宁省速度’！”

啪啪啪……

随着宁省省长的致辞结束，包括刘建在内，所有参加建设动员大会的人员全部鼓掌。

待掌声落下后，中国铁路总公司的副总走上前，道：“我代表中国铁路总公司对宁西高铁宁省段的开工建设表示祝贺。宁西铁路是连接沿黄河城市带和关中天水经济带的快捷通道，是加快宁省内陆开放型经济试验区建设、推动区域融合发展的重要基础设施，对于形成内陆地区全方位开放格局，带动革命老区发展，全面建成小康社会具有重大意义。希望全体建设者共同努力，推进标准化管理，不断提升项目质量安全管控水平，把宁西高铁建设成为经得起历史检验和运营检验，人民群众满意的优质工程、安全工程，为更好地服务宁省经济社会发展作出新的更大的贡献。”

当中国铁路总公司副总的发言结束之后，宁西高铁筹备组组长和群众代表也登台进行了发言。

“下面，我宣布，宁西高铁（宁省段）正式开工！”

最后，宁省省委书记徐宁精神抖擞地走上前，宣布项目开工，声音铿锵有力。

宁西高铁（宁省段）建设动员大会在热烈的掌声中结束。宁省和铁总的领导离开，中铁工程局北方公司总经理高金东、党委书记贺建华和项目设计、咨询和监理等单位的负责人也离开了。他们要参加大会之后的专题会议。

当天晚上八点，项目经理高林生在项目部的办公大楼里召开了紧急会议。该办公楼是项目部租用的，用于日常办公。除此之外，项目部还设置了四个据点，部分项目部成员要前往据点工作和生活。

“同志们，今天上级领导召开了项目建设动员大会，宁省和铁总领导在会上发表了重要讲话。这是对我们的鼓舞，也是对我们的鞭策。

下午的时候，高总和贺书记参加了铁总和西北铁路局领导主持的专题会议。在专题会议上，铁总领导表示，宁西高铁必须在2018年10月1日正式运营通车，为宁省成立六十周年献礼。”

周林生说到这里，停顿了一下，目光挨个从众人脸上扫过，然后才继续道：“2018年10月1日，这是宁省政府和铁总要求的最后运营通车时间。西北铁路局和银吴高铁指挥部给我们要求的运营通车时间是2018年9月1日。高总和贺书记在会上表态，保证完成任务。会后，高总给我发了一条信息，要求我们项目部必须在2018年8月1日前完成任务！”

周林生的话音落下，会议室里一片安静，所有人的表情都有些凝重。虽然上级领导的指示层层传递，任务层层下压，竣工时间层层提前，这是众人心知肚明的，但工期一下提前两个月，还是打了众人一个措手不及，也让众人感到了巨大的压力。

“周经理，我们施工组织方案是按照10月1日正式运营来编制的，提前两个月完工的话等于要重新编排工期，而且几乎无法保证合理工期……”刘建开口打破了会议室的安静。

然而，不等刘建将后面的话说完，周林生便皱着眉头，沉声打断：“刘建，这是建设任务，也是政治任务，没有讨价还价的余地，只能不折不扣地执行上级领导的命令！工期不合理，王总工和你们工程技术部就想办法重新编排工期，将工期编排到合理为止！”

“周经理，哪怕这项工程是政治任务，也要讲究科学，不能因为赶工期而影响施工质量和施工安全，更不能建设豆腐渣工程！”王忠国也发表了自己的意见。

“王总工，你说的是对的，工程质量和施工安全必须确保。我的意思很明确，我们要在保证质量和安全的前提下，确保 2018 年 8 月 1 日前让宁西高铁银吴标段达到正式运营通车条件！”周林生加重语气，他要坚决贯彻执行上级领导指示，为会议定调，让参会人员统一思想。

“想在确保施工质量和安全的前提下将工期提前两个月，难度非常大。”王忠国摇头说道。

“难度大，就想办法。还是那句话，办法总比困难多。这施工还没开始，你们就提困难，打退堂鼓，这种思想是不对的！”周林生的眉头皱得更紧了，看上去对王忠国刘建师徒在这个会议上与自己唱反调有些生气。

“周经理，我们会想各种办法，竭尽全力去完成上级领导的指示，但如果工期和工程质量和施工安全发生冲突，我一定会保工程质量和施工安全！”王忠国没有在意周林生是否生气，直接表明了态度，语气十分坚决。

“王总工，就像你刚才说的，我们先想办法克服困难，重新编排工期，力争完成领导的指示。至于你所说工期和质量、安全发生冲突的情况，等遇到之后，我们再针对性地解决，现在先不说这个。”

眼看会议室里的气氛有些紧张，王忠国和周林生两人互不退让，身为党支部书记的赵新社开口说道。他对周林生和王忠国两人都很了解，前者强势，习惯说一不二，后者固执，不撞南墙不回头。若是让两人争论下去，最终的结果是不欢而散，将完全违背这次会议的初衷，甚至起到反作用。

赵新社的圆场让周林生和王忠国刘建师徒两人的争执结束，后面的会议进行得十分顺利。经会议研究决定，王忠国带领工程技术部全员加班加点重新编排工期，但工期不对外公布，内部执行。对此，王忠国和刘建都没有再开口反驳，但两人都明白，质量、安全和工期冲突的那一天一定会到来，到时候一定会是一个大难题。

然而，这一天，刘建做梦也没有想到，会以那样一种形式出现。

“周经理，宁省日报社的记者要采访您，已经等了快一个小时了，您看要不要先接受采访？”就当会议快到尾声的时候，综合部一名工作人员进入会议室，走到综合部部长身前，低声汇报了一个信息，后者当众请示周林生。

“王总工，你是我们这次施工的总指挥，对各种情况了解比我清楚，你去接受采访吧。”周林生将目光投向王忠国。刚才，他与王忠国发生争执，当时有些生气，但并未放在心里。此刻当众让王忠国去接受采访，既是对王忠国没有对会议决定重新编排工期再提出异议投桃报李，也是对王忠国的尊重，表现出了宽广的心胸。

“让刘建去吧。”王忠国摇了摇头道。

“刘建，那你去吧，注意说辞，不要透漏我们太多的信息。”周林生同意王忠国的提议，同时对刘建进行叮嘱。

“好的。”刘建点头领命，然后拿起笔记本，率先离开会议室，前往接待室。

接待室里，林楠已经等了将近一个小时了，但她脸上没有丝毫的焦急，相反，她将接待室当成了自己的办公室，在笔记本电脑上修改新闻稿件。

“不好意思，林记者，让您久等了。”

刘建进入接待室，看到林楠在那里工作，先是一怔，然后走上前，满脸歉意地说道。

“你好，刘建部长。”

林楠抬头，看到刘建朝自己走来，先是一怔，然后直接站起身，主动伸出了手。

“林记者，您怎么知道我的名字？”刘建握住林楠白嫩的手，有些诧异地问道。

“我专门发表了一篇关于宁西高铁银吴标段施工组织方案审查会的新闻报道，你是那场会议的主角，我怎么可能不知道你的名字？”林楠眨了眨眼睛，笑着说道：“我们同龄，不要用您这个称呼，我听着别扭。”

“林记者过奖了，我只是在会议中介绍了施工组织方案而已，哪里是什么主角。”刘建哭笑不得，然后意识到自己握着林楠的手已经好几秒钟了，连忙松开，“对了，林记者，周经理正在组织召开会议，特地让我来代表他接受你的采访。”

“好啊。”林楠闻声，眼前一亮，不但很干脆地答应了下来，而且看上去有些兴奋。

“就在这里吗？”刘建问道。

“去你办公室吧。”林楠说着，直接合起笔记本电脑，装进电脑包里。

“好。”刘建点头，然后带着林楠去自己的办公室。

“你不是工程技术部部长吗？怎么连一个独立的办公室都没有？”林楠走进刘建的办公室后，发现办公室里有十个工位，有些疑惑地问道。

“我们项目部级别很低的，我这个部长连芝麻官都算不上，还没资格配独立办公室。而且，我喜欢和部门的人一起工作。这样有什么问题，可以第一时间沟通、解决，提高工作效率。”刘建笑着回应。

“这样啊，挺好。”林楠说着，目光像是扫描仪，扫描着刘建的办公桌，发现办公桌上堆满了各种技术规范、文件，但收拾得很整齐。

“我们搞技术的，办公桌一般比较乱，让林记者见笑了。”刘建察觉到林楠的目光，当下要将桌上的东西搬走。

“不用搬，这样正好。”林楠立即阻止刘建。

“好吧。”刘建只好停下来，然后坐在座位上，有些疑惑地问道：“林记者，今天建设动员会来了那么多上级领导，你不去采访那些领导，来采访我们，我感觉有点奇怪。”

“刘部长，论工程技术我肯定是拍马也赶不上你，但谈到记者这个行业，你可就是外行了。”林楠笑了笑道：“就像你说的，今天来了很多领导，而且有很多大领导，几乎所有的新闻媒体记者都扑向那些领导了。在这种情形下，你觉得我再去采访，还有意义吗？我采访你们，这叫另辟蹊径。毕竟，你们是施工单位，是建设这项工程的主角。”

“有道理。”刘建不好意思地笑了笑，冲林楠竖起大拇指。

“刘部长，那我们开始？”林楠坐在刘建对面的办公桌前，打开笔记本电脑，开口问道。

“好的。”刘建坐直身子，一副严肃的表情。

“这不是视频采访，你不用那么正式，就当是朋友之间聊天好了。”林楠见状，忍不住笑了笑，然后直接进入主题，“刘部长，请谈谈你对本工程的看法。”

“林记者，关于这项工程的意义，领导们已经说了很多了，我这里就不重复了。”刘建苦笑。

“刘部长，那你认为你们在本次施工中最大的难题是什么？”林楠问。

“对我们而言，施工中遇到的每一个问题都是难题。因为，任何一个问题，都有可能影响工程质量、施工安全和工程进度。但同时，对我们而言，本次施工没有难题。因为，我们会克服所有困难，解决所有问题，在保证工程质量和施工安全的前提下，按期完工。”刘建认真地回答道。

“工程质量、施工安全和工程进度，你们最看重哪一个？”林楠问出第二个问题。

“都看重，三者相辅相成。”刘建回答道。

“如果三者之间发生冲突，你们会优先选择保住三者中的哪一个？”林楠继续追问。

“全保。如我刚才所说，它们都很重要。”

刘建言简意赅，然后见林楠似乎对这个答案不满意，又补充道：“安全是施工的生命线。一旦发生安全事故，不但会造成经济损失，而且会造成人员伤亡。质量是每一项工程的灵魂，必须经得起人民和时间的考验。工程进度关系到效益，影响我们企业的发展和职工的收入。”

“上级领导要求你们高标准建设、高效率推进，开创高铁建设的‘宁省速度’，把宁西高铁建设成为经得起历史检验和运营检验，人民群众满意的优质工程、安全工程，你们能做到吗？”林楠对刘建刚才的补充很满意，一字不差地记录下来之后，又问道。

“我们将竭尽全力将宁西高铁银吴标段建设成中国高铁的标杆！”

刘建一字一句给出回应，语气坚决，声音铿锵有力。这是王忠国生前最后的愿望，也是刘建参与此项工程的终极目标。

林楠闻声，敲击键盘的双手突然停了下来，望向刘建的目光充满着诧异。诧异之余，她也能清晰地感受到刘建所流露出的信心和决心，就像是战士出征前的军令状——不破楼兰终不还！

一个小时后，林楠结束了采访，保存好记录稿，合上笔记本电脑，问道："刘部长，你结婚了吗？"

"啊？"

刘建有些发懵，满脸不可思议地看着林楠，"林……林记者，你怎么还问个人问题啊？"

"据我所知，像你们这种施工单位，在一个地方一待就是几年，几乎无暇顾及家里，甚至连回家都会很困难。我回头准备写一篇关于施工单位，尤其是施工一线职工婚姻、家庭状况的报道，想先在你这里取取经。"林楠解释道。

"我们施工一线的职工确实很难顾及家庭。不过，我还没结婚，感触可能没那么深，回头你采访其他人更好些。"刘建苦笑。

"好。"林楠闻言，眼睛一亮，心中竟然感到了一丝窃喜，然后收起笔记本电脑，上前与刘建握手，"刘部长，谢谢你，今晚的采访很顺利也很愉快。希望今后还有采访你的机会。"

"林记者，客气了。"刘建说着，想到了什么，道："对了，时间已经很晚了，我让综合部派车送你回去吧？"

"不用，我自己开车来的。"林楠先是摇头拒绝，然后笑着眨了眨眼睛，"当然，如果刘部长亲自开车送我，我可以考虑下，毕竟可以在路上继续采访你。”

“呵呵，林记者真会开玩笑。”刘建笑了笑，然后将林楠送下楼。

“刘部长，再见。”林楠启动汽车，微笑着冲刘建挥手道别，驱车离开，心中忍不住暗问自己：这么优秀的男人，为什么没结婚呢？

“李颖，你还好吗？”

刘建目送着林楠驱车离开，脑海中不由浮现出了李颖的身影，同样在心中暗问自己。过去一段时间，他一直忙于工作，几乎忘记了李颖。刚才，他被林楠问及结婚的事情，这才想起自己和李颖分手已经一个月了，他对于李颖目前的状况一无所知。

没有答案，刘建轻轻摇了摇头，调整了一下情绪，然后转身返回办公楼，继续去参加项目部的会议。

与此同时，项目部指定入住的酒店里，身为工程技术部新人的吴振涛，结束一天繁忙的工作之后，没有像一般的年轻人那样玩手机，而是在房间里做仰卧起坐和俯卧撑。他在大学期间一直是校篮球队的主力，毕业参加工作之后打球的时间少了，但每天都会坚持锻炼身体，是项目部的健身达人。

突然，手机铃声打破了房间的安静，吴振涛停止锻炼，拿起手机，发现是女友徐娇娇的来电，当下接通。

“亲爱的，你在干吗？”徐娇娇温柔地问道。

“我在锻炼呢，你呢？”吴振涛先答后问。

“我在想你。”徐娇娇深情地说道。

“我也想你。”吴振涛心头一甜，温柔地回道。

“唉，早知道这样，就不让你去施工单位了，跟我爸干多好，这样我可以经常见你。”徐娇娇有些懊悔地说道。

“傻瓜，如果我去你爸那里的话，你爸肯定会看不起我，也不会同意我们在一起。”吴振涛苦笑，他出身于工薪家庭，而徐娇娇是标准的富二代，双方家庭的差距像是一道天堑挡在了爱情和婚姻之间。他知道自己只有努力上进，得到徐娇娇父亲徐爱华的认可，才有可能迎娶徐娇娇。

“唉……”

徐娇娇郁闷地叹了口气。她知道吴振涛说的是事实。甚至，当她毕业之后，父亲徐爱华曾要求她与吴振涛分手，是她自己坚持要跟吴振涛在一起。虽然徐爱华最终没有强迫徐娇娇与吴振涛分手，但也明确表示，如果吴振涛工作之后不能展现出出色的能力，没有进步和上升的空间，他绝对不允许两人结婚。

恋爱是个人的事情，结婚是两个家庭的事情，徐娇娇对此心如明镜。而她之所以想讨好赵金龙，是想恳请赵金龙能够照顾吴振涛，以便于吴振涛能够在单位表现得好一点乃至提拔。这样一来，她便可以说服自己的父亲了。

“娇娇，不用叹气，我会努力的，一定会得到你爸的认可！”吴振涛坚定地说道。穷小子爱上富千金通常没有好结果，但他不愿放弃，而是想拼尽全力去争取自己的爱情、婚姻和未来。

“我相信你一定可以做到。”徐娇娇给吴振涛加油鼓劲，然后想到了什么，问道：“对了，亲爱的，你要不要想办法调个部门？”

“为什么要调部门？”吴振涛疑惑地问。

“因为你们部门的负责人刘建的人品和能力都不行。”徐娇娇直言不讳道。

“娇娇，你连我师傅见都没见过，怎么能这样说他？”吴振涛有些生气，他进入银吴项目部工程技术部已经一个月了，既是刘建的下属，也是刘建的徒弟。

“亲爱的，我没有乱说。他为了当银吴项目部工程技术部部长，抛弃了他的女友。他的女友等了他好几年，他在前往宁省之前，曾答应他女友要调回西市，还向他女友求婚了，结果为了那个破职位，直接变卦了，简直就是渣男！”徐娇娇义正词严地说道：“至于能力，据我所知，他是一个很死板的人，不懂得变通，能够当上银吴项目部工程技术部部长完全是沾他师傅王忠国的光。”

“娇娇，你从哪里听到的这些？”吴振涛有些发懵，下意识地问道。

“他跟他女友的事情是你们公司经营开发部副部长赵金龙说的。至于他的工作能力，赵金龙和我爸都说过类似的话。”徐娇娇如实答道。

“娇娇，我不知道我师傅和他女友的事情，但我可以肯定地告诉你，我师傅工作能力超强，尤其是技术方面，完全继承了王总工的衣钵，无论是我们项目部的领导，还是公司的领导，对他都极其认可。而且，我师傅亲自主导编制的施工组织方案在专家会审会上一次通过，几乎没有什么大问题。我觉得，你爸和赵部长可能对我师傅有误解。”吴振涛为刘建辩解，这是他跟随刘建工作、学习一个月的真实感受。

“刘建，我爸在你们公司干了好多年了，对你们公司的情况了如指掌，而赵部长也在你们公司好几年了，他们不会看错人的。而且，我爸说了，如果没有王忠国，刘建拿不下宁西高铁银吴标段的技术工作，更不要谈施工组织。你初来乍到，多半被那个刘建的表面给蒙骗了。”

徐娇娇对吴振涛所说的压根不信，反而叮嘱吴振涛，最后又想到了什么，补充道："另外，差点忘记告诉你了。赵部长他爸是你们工程局以前的一个副局长，在你们单位有太子之称。他正在追求刘建的前女友，而且两人的关系发展迅速，多半要成。原本赵部长就对刘建有意见，如果再娶了刘建的前女友，他和刘建的关系肯定会进一步恶化。如果你跟着刘建的话，我都没法找赵部长帮你。"

"娇娇，技术是工程核心，我还是想学技术，不想换部门。而且，通过这一个月的接触，我觉得我师傅不像你说的那样。另外，你不用找那个赵部长帮我。是金子总会发光的，只要我努力工作，学习本领，展现能力，领导会看在眼里。"吴振涛想了想说道。

"我不是不相信你的能力，而是觉得有赵金龙在单位照顾你，你会更好一些。至于那个刘建……算了，我现在说再多你都不信！你等着看吧，一旦你们施工遇到问题，刘建自己肯定解决不了，只能求助他师傅王忠国！"徐娇娇有些生气，同时决定等吴振涛撞了南墙回头之后，用事实说服吴振涛。

第六章　半夜抓小偷

宁西高铁（宁省段）建设动员大会后的第二天，银吴标段除营业线施工和邻近既有线施工之外的项目全部开工了。

营业线和邻近营业线施工是指在既有铁路两侧20米之内进行施工，施工区域有既有铁路的设备。此类施工需要与铁路相关设备管理单位签订施工安全协议，然后在设备管理单位工作人员的监管下进行，否则很有可能会破坏既有铁路线路的设备，影响铁路行车安全，酿成事故。

施工单位与铁路设备管理签订施工安全协议，需要拿着审核通过并且会签的施工组织方案到相关设备管理单位，然后与该单位的人员一起到施工现场明确既有设备的数量和具体位置。双方根据现场情况，结合施工组织方案，制订详细的施工防护措施。

施工单位还要拿着与各设备管理单位签订的施工安全协议到铁路局相关处室审批。设备管理单位拿到审批后的施工安全协议后，才会派人前往施工现场监控和指导施工。

这个过程极为复杂和繁琐，但因为牵扯到施工和铁路行车安全，又极其重要，是既有线和临近既有线施工的必备手续。

银吴标段涉及邻近营业线和营业线施工的项目很少，主要是银市站站场改造工程，放到了明年。

施工开始之后，项目部的大部分成员像是被撒豆子一样撒在银吴标段施工现场的各个地点，负责包保盯控施工，确保责任到人。

刘建和王忠国负责盯控银市黄河大桥工程。该工程是银吴标段施工的重中之重，施工难度大，而且工期要求很紧。

为了确保银市黄河大桥工程能够顺利完工，银吴项目部特地在该分项工程建立了据点。项目部据点搭建了几间彩钢板房，除了银吴项目部的人员办公居住之外，还有监理、咨询等单位的工作人员驻守。距离项目部据点不远处，施工队也搭建了几十间彩钢板房。

施工开始的前三天，刘建一直待在银市黄河大桥工程的施工现场，就连晚上都没有回酒店休息，而是住在项目部据点的彩钢板房里。王忠国本来也要这样，但被刘建坚决拒绝了。

“师傅，我们为什么晚上也要坚守在这里呢？这几天晚上没有关键施工啊？”第三天晚上，吴振涛有些疑惑地问道。因为他刚进单位，还是实习生，不能独立盯控施工，他在过去三天里一直跟着刘建学习，同时也算是刘建的助手，帮助刘建处理一些简单的事务。

“怎么？吃不了苦了？”刘建笑着问。

“师傅，那倒不是，我是三天不洗澡，觉得浑身不舒服。主要是好奇你为什么这么做。”吴振涛挠挠头，有些不好意思地说道。他每天都坚持锻炼，每次锻炼完都会出一身汗，项目部据点没有热水淋浴，只能用毛巾擦，三天下来身上汗味很重。

“我明天回趟酒店，你要是今晚想洗澡，我让施工队的人开车送你回去。”刘建说道：“至于我这样做的原因很简单。施工刚开始，我们施工队的管理人员必须树立高标准、严要求和吃苦耐劳的工作作风。我是这里的包保盯控负责人，自然要以身作则。只有这样，项目部其他人和施工队的管理人员才会服从管理。”

“原来是这样啊……”吴振涛若有所思。

“振涛，你一会儿拟订一份处罚通知，明早发给综合部。我已经跟周经理和综合部部长沟通过了。内容就写项目部已经三次通知西市宏远建筑工程有限公司负责人徐爱华到施工现场开会，但开工三天，徐爱华一直没有出现，对本工程开工和施工极其不重视，罚款十万元。”刘建沉声说道。

“啊？”

吴振涛从思考中回过神，有些发懵。自从得知自己要跟着刘建来银市黄河大桥施工现场后，他一直在思考遇到女友的父亲，也就是宏远建筑工程有限公司的负责人徐爱华后该怎么办。结果一连三天，他连徐爱华的影子都没有见到。昨晚，他跟徐娇娇通电话的时候，从徐娇娇嘴中得知，徐爱华这几天一直在公司总部活动，想尽可能地多拿一些项目。此刻，刘建突然要处罚徐爱华，让吴振涛有些惊讶。

“怎么了？”刘建有些疑惑地看着吴振涛。

“没事，师傅，我这就去写处罚通知。”吴振涛回过神，摇摇头，然后起身去拟订处罚通知，同时在心中犹豫这件事情是否要告诉徐娇娇。

吴振涛办事效率很快，只用了几分钟便按照刘建的要求拟订了处罚通知单，交给刘建审核，同时决定不告诉徐娇娇这件事情。因为，理智告诉他，擅自泄露项目部的决定和秘密，属于违规行为。

当晚，吴振涛并没有回去，而是和刘建一同住在项目部据点的彩钢板房里。

“有人偷东西！”

“抓贼了！”

零点的时候，施工队住处响起了惊呼声，打破了夜晚的安静。随后，施工队住处乱成了一锅粥，追喊声、狗叫声，声声不息。

突如其来的声音也将刘建和吴振涛惊醒了。刘建坐起身子，一边穿衣服一边对吴振涛道：“振涛，穿衣服，我们过去看看。”

“好的，师傅。”吴振涛点头，然后飞快地穿上衣服。

几分钟后，刘建带着吴振涛来到施工队住处。施工队住处的彩钢板房几乎全部亮着灯光，院子里围满了人，水泄不通。

“大家让让。”吴振涛走在前面，大声喊道。

听到吴振涛的话，那些看热闹的劳务工下意识地回头看到是刘建和吴振涛，纷纷让开一条通道，让两人过去。刘建与吴振涛快步穿过人群，赫然看到一名少年跪在施工队现场负责人冯文斌的面前。

少年身材弱小，头发像鸟窝一样乱糟糟的，衣服脏兮兮的，脚下穿着一双白色的运动鞋，此刻已经变成了灰色。不知是因为天气太冷，还是受到了惊吓，少年跪在那里，低着头，瑟瑟发抖。

“刘部长，吴工。”冯文斌本来在打电话，见到刘建和吴振涛两人，立刻放下电话，迎了上来。

“冯工，怎么回事？”刘建指了指跪在地上的少年，冲冯文斌问道。

“这小屁孩来这里偷东西被抓住了。”冯文斌回道。

刘建闻声，再次看向少年，发现少年的头低得更低了，恨不得埋到两腿间。虽然项目部丢东西的事情会经常发生，甚至有偷盗团伙专门偷盗施工现场的电缆等材料，但刘建看到少年的表现后，隐隐觉得少年应该不是惯犯。

“刘部长，您回去休息吧，这种小事，我来处理就好了。我刚才已经打电话报警了，警察一会儿就来了。”眼看刘建不说话，冯文斌又开口说道。

“求……求求您，不要让警察抓我，我错了，我给您磕头……”少年听到冯文斌的话，浑身抖动得更加厉害了，同时抬头，一脸恐慌地向冯文斌求饶。话说到一半，少年便像是小鸡啄米一样磕起头，力度很大，以至于能够听到“砰砰”的响声，额头瞬间红了，染着血迹。

“你先起来。”刘建见状，立刻上前一把拉起少年。少年有些恐慌和茫然地看了刘建一眼，下意识地站起身，但身子依旧在发抖。与此同时，吴振涛、冯文斌和劳务工们都有些疑惑地看着刘建，不知道刘建想干什么。

“冯工，让你的人早点休息，明天还要干活呢。我问问他具体的情况。如果警察同志来了，你让他们去我办公室。”刘建对冯文斌说道，也揭开了众人心中的谜团。

“好的，刘部长。”冯文斌第一时间点头。虽然他不知道刘建要干什么，但刘建是项目部工程技术部部长，又是这项工程的包保盯控负责人，他对刘建的安排自然不会有异议。

刘建不再废话，转身离开。少年低着头，恐慌不安地跟在刘建身后，吴振涛走在最后面。

出了施工队住处的院子，少年的一颗心提到了嗓子眼上，左右瞄了瞄，然后猛地屏住呼吸，拔腿就跑。

“站住！”吴振涛眼疾手快，几步便追上了少年，将少年摁在了地上。他在大学期间是校篮球队主力，毕业后又坚持锻炼，身体素质一流。而少年面黄肌瘦，又受到惊吓，哪里跑得过他。

“求……求求你们，不要把我交给警察……”少年瘫在地上，红着眼，带着哭腔向刘建和吴振涛求饶。

“放心吧，我只是问一下你的情况，不会将你交给警察。”刘建走了过去，低声安抚少年，同时拍了拍少年身上的灰土。

不知是因为刘建的话，还是因为刘建暖心的举动，少年不再惊慌，而是哭着起身，然后一路跟着刘建和吴振涛两人回到刘建在项目部据点的办公室。

“振涛，给他打一盆热水，让他洗洗脸和手，然后用微波炉给他热一下馒头和晚上的菜，让他先吃饭。”刘建回到办公室后，没有立刻审问少年，而是向吴振涛做出指示。

“好……好的，师傅。”吴振涛有些诧异，但没有多问，而是立刻答应下来，前去执行刘建的指示。

与此同时，少年呆呆地看着刘建，不敢置信，甚至怀疑自己的耳朵是不是出现了幻觉。

“你应该很久没吃东西了，等吃了东西，我们再聊。”刘建笑了笑道。

五分钟后，少年清洗了一番，吴振涛将热好的馒头和晚上的剩菜端了过来。少年看到热腾腾的馒头，闻着肉香，两眼放光，喉结蠕动，直吞口水，但他强行克制着上前的冲动，艰难地将目光从食物上挪开。

“快吃吧。”刘建将这一切看在眼里，愈加觉得少年不是真正的小偷。

听到刘建的话，少年这才起身，走到桌子旁，抓起馒头往嘴里猛塞，那叫一个狼吞虎咽。很快，少年便吃掉了一个馒头，然后似乎意识到了自己的吃相很难看，低着头，不敢去看刘建和吴振涛两人，同时放慢了进食速度。刘建见状，递给吴振涛一个眼神，然后带着吴振涛离开了办公室。

“师傅，您这是？”吴振涛出门后，一脸疑惑。

“我们在里面，他吃饭会很不自在。”刘建说道。

“师傅，我不是问这个。我意思是，您为什么对一个小偷这么好？”吴振涛不解。

“从某种意义上说，他不算小偷。”刘建说出缘由。吴振涛更加不解，但没有继续追问下去，而是打算看看刘建接下来怎么办。

十分钟后，刘建和吴振涛回到办公室，发现少年将四个馒头和两盘剩菜全部吃完了。而且，两盘菜连一丝汤都没剩，盘子光亮得很——最后一个馒头，少年是蘸着油汤吃的。

少年见到刘建、吴振涛两人回来，立刻站了起来，脸色已不再像先前那样苍白，而是多了几分血色。他也不再像之前那样低着头，而是仰着头，真诚地看着刘建、吴振涛两人：“谢……谢谢你们。”

“不用谢，也不要紧张，坐下来，我们坐下说。”刘建笑了笑，然后等少年坐下后才继续问道：“你叫什么名字？多大了？哪里人？”

“我叫马强，过完年就十八了，家住在黄土村。”马强如实回答道。

“还不到十八岁，你应该在上学才对啊？”吴振涛忍不住插嘴道。

马强闻声，低着头，似乎有什么难言之隐。

“黄土村离这里有十几公里呢，你怎么大半夜跑这里来了？”刘建再次问道，没有提偷这个字。

“我……我今年上高三。上次模拟考试成绩不好，爸妈训我，我心里难过就跑出来了。我想去城里打工，但没带钱，就一路走，不知怎么的就来到了这里。我两天没吃东西，晚上实在饿得不行，就想……”马强鼓足勇气说。

“所以，你不是要偷东西，而是想找吃的，对吗？”刘建笑了，马强的话印证了他的判断。

“是的！”马强用力地点了点头。

“马强，我答应你不让警察把你带走，你也答应我一件事好不好？”刘建想了想说道。

“好！”

马强一脸激动，几乎瞬间便点头，并且开口补充道：“就是十件、百件事情，我也愿意！”

“你回去后跟你爸妈敞开心扉地聊一聊，让他们不要给你压力，然后你在未来几个月里拼尽全力，力争在高考中考出最好成绩。”刘建说出自己的要求。

“好！”

马强再次点头，眼圈又一次红了。他因为初中时候没有好好学习，学习底子差，上了高中后开始努力，但成绩只能在班里排中不溜。而他所上的高中是镇里的学校，师资力量完全没法和城里的高中相比，每年能考上本科的并不多，以他的成绩很难考上。但是父母对他期望很大，这让他心里压力很大。上次模拟考试，他发挥失常，成绩一落千丈，心中很难过。本想找父母诉说从而获取支持，结果父亲不问青红皂白骂他不争气，甚至说出了让他辍学去打工的话。这种截然的反差，直接让他内心的压力达到了临界值，心态崩了，他选择了离家出走。

半个小时后，一辆警车来到了项目部门口。虽然刘建说过不会将马强交给警察，但马强见到警车，还是有些慌。刘建拍了拍马强的肩膀，示意马强不用紧张，然后让吴振涛留下来陪马强，自己出去迎接警察。

“警察同志，你们好，我是银吴项目部工程部的刘建。”刘建迎上两名警察,主动介绍自己,然后给两名警察发烟,可两名警察都没有接。

“你好。我叫江涛，这位是我同事陈伟。我们刚才接到报警电话，报警的人是你们项目部的冯文斌，他说有人在你们这偷东西，被抓到了。刚才，我们联系冯文斌，他说小偷在你这里，什么情况？”江涛问道。

“江警官、陈警官，具体情况是这样的……”刘建立刻将马强的情况如实告知了两名警察。

“原来是这样啊，那你把他交给我们吧，我们送他回家。”那名警察说道。

“江警官、陈警官，实在抱歉，大半夜给你们添麻烦，还让你们白跑一趟。我担心你们送那孩子回去，他会害怕甚至留下阴影，要不你们回去休息，我送他回去，怎么样？”刘建想了想说道。

“好，那我们见一见那孩子。”江涛和陈伟两人交换了一下眼神，回应刘建。他们需要见到马强，确认一切都如刘建所说，才会放心让刘建送马强回家。

如同刘建所想的一样，马强见到两名警察进门后有些恐慌，一个劲地往吴振涛的身后躲，同时不安地看着刘建，那感觉生怕刘建会欺骗他。刘建见状，连忙说道：“马强，别担心，警察同志只是来看看你，同时问问你，是他们送你回家，还是我送你回家。”

“您……您送我回去吧。”马强立刻答道。

“好的，马强，刘工送你回家。不过，在这之前，我们跟你确认几个问题。”江涛附和着马强的话，然后向马强确认了刘建刚才所说，确定没有问题后，便与同事陈伟离开了项目部。

“振涛，你休息吧，我送马强回去。”当江涛和陈伟两人离开之后，刘建对吴振涛说道。

“师傅，我跟您一起。”吴振涛摇头说道。

“好吧，你给马强找一件军大衣，先给他披上，我让施工队安排车。”刘建没有拒绝吴振涛的请求，然后直接拿出手机给冯文斌打电话。

黄土村在宁西高铁银吴标段施工的沿线上，距离银市黄河大桥项目所在地只有十几公里的路程。因为改革开放和西部大开发的政策支持，宁省现在县县通高速，村村通公路。从银市黄河大桥项目部据点到黄土村，开车不到半个小时。刘建带着马强来到黄土村的时候，已是凌晨两点了，整个村子漆黑一片，但还有一家亮着灯。

“马强，亮灯那个就是你家吧？”刘建坐在副驾驶位置上，扭头冲马强问道。

“是的。”马强点头，意识到父母肯定在担心自己，到现在还没有睡，心中不免有些懊悔。刘建见状，像是猜到了马强的心思，没有再说什么。

很快，汽车在马强家门口停了下来。屋子里，马强的父母正在商量天亮之后去报警，让警察帮忙寻找马强，猛然听到汽车的声音，同时冲了出来，一眼便看到了马强从汽车上走下来，激动地喊道：“强子！”

话音落下，马强的父母飞快地冲向院子门口，那感觉恨不得用上吃奶的劲。其中，马强的父亲双眼通红，而马强的母亲则是一边流泪一边跑，差点摔倒在地。

“爸，妈！”马强也是哭着冲向院子门口。

哐当!

伴随着一声脆响，院子的铁门打开，马强与父母紧紧抱在一起，不约而同地说出“对不起”三个字。这一刻，他们都在为自己的所作所为向对方道歉。结果，这三个字一出口，三人都哭了。

看到这一幕，刘建笑了，他没有下车与马强的父母打招呼，而是让施工队的司机直接驱车离开。

他不忍心打扰马强一家，也不想让马强的父母知道今晚所发生的一切，而是让马强一家人沉浸在失而复得的激动和喜悦中。

第七章　拆迁问题

银市黄河大桥工程开工的第四天下午，徐爱华风风火火地来到了施工现场，并且让司机直接将车停到了项目部据点门口，结果下车后发现王忠国、刘建师徒并不在办公室。徐爱华打电话给冯文斌，得知王忠国、刘建师徒两人在盯控施工，于是又立刻奔向施工现场。

高铁大桥施工的顺序是：施工前准备—桩基施工—承台施工—墩身施工—支撑垫石施工—预制梁片—架梁施工—桥面施工—无砟轨道施工—验收。

其中，桩基施工是整个施工中的重中之重。

施工现场，劳务工正在制作桩基施工所需的钢围堰，王忠国、刘建和吴振涛三人和安全质量部的张骞及总监范春海在现场盯控。

“王总、范总、刘部长、张工、吴工，你们都在啊。”徐爱华来到施工现场，面带微笑地向每个人打招呼，连吴振涛都没有漏掉，然后一边发烟一边致歉道："实在抱歉，我这两天在公司处理其他工程投标的事情，没赶过来。"

"徐老板，光银市黄河大桥工程就够你赚的了，你再揽下其他工程，人力物力和资金能跟上吗？小心贪多嚼不烂。"王忠国开口提醒道。

"王总，我们公司这几年发展迅速，没问题的。"徐爱华拍胸脯说道。

"徐老板，不管你揽多少工程，这项工程是重中之重。"总监范春海沉声说道。

"是，是，范总监说得对。"徐爱华连连点头，然后道："为了表示歉意，我今晚请大家吃饭，饭桌上先自罚三杯……"

"饭就不吃了，先把会开了。"刘建直接开口打断了徐爱华的话。

"刘部长，工作要干，饭也要吃的，不耽误。"徐爱华脸色微变，脸上却笑容不减。虽然刘建打断了他的话，而且他也打听到是刘建给他的公司开了处罚单，但他没有跟刘建翻脸，甚至连一丝生气的迹象都没有。因为，他想通过晚上这顿饭，与王忠国刘建师徒搞好关系，甚至想让刘建撤掉之前的处罚单。

"师傅，范总，我们现在开会吧？"刘建没有理会徐爱华，甚至没有看徐爱华一眼，而是询问王忠国和范春海。

"好。"

王忠国和范春海异口同声，然后一同转身朝着项目部据点走去。钢围堰的施工工艺很简单，而且后面还要进行检测，几乎不会出问题，用不着一直盯着。这也是刘建提议现在开会的原因，否则肯定是先盯施工，等晚上收工后再开会。

徐爱华见状，眼中闪过一抹阴霾，眉目之间也涌现出不悦，但表情很快又恢复正常，快步跟了上去，并且让施工队的几位管理人员也跟着去开会。吴振涛和安全质量部的张骞走在后面，自始至终没有跟徐爱华说一句话，但亲眼见到了徐爱华的变脸，速度比翻书还快。

项目部据点有专门的会议室，配有会议桌、投影仪、电视，墙壁上挂着规章制度。椭圆形的会议桌上摆着国旗和党旗，四周可以坐二十几人，这是为了上级领导来检查、开会的时候能够坐下。

会议开始前，徐爱华让手下一名管理人员去给参会人员泡茶，但再次被刘建制止："徐老板，泡茶就不用了，让你的人做好会议记录。"

"好的，刘部长。"徐爱华笑着点头，但并没有掏出笔记本做记录。他没有开会做记录的习惯，公文包中也没有笔记本。

"原本，这个会议应该在施工前召开，但因为徐老板你一直没有到，会议拖到了现在。项目部因此对你的公司进行了处罚，想必你已经收到处罚单了。"刘建主持会议，率先开口道。

"嗯，收到了。"徐爱华脸色有些难看地点头。原本他还想私下跟王忠国和刘建沟通一下，看能否撤回处罚单。如今，刘建在会上说出这件事，那么撤回处罚单的可能性直接被抹杀了。

"徐老板，在会议正式开始之前，我再明确一点。今后，如果项目部通知你开会和关键施工盯控，你不到场或迟到，一次处罚十万！"刘建一脸严肃地说道。

"不……不是，刘部长，你知道的，我的公司承揽银吴标段很多项施工。如果施工冲突或者我有其他重要的事情，顾不过来怎么办？这里有我的管理人员，他们可以代替我，我不一定非要到场吧？"徐爱华忍不住开始反驳了，心中对刘建的不满也直线上升。

“徐老板，第一，如范总监之前所说，银市黄河大桥施工是银吴标段所有施工的重中之重。如果这里开会和盯控与其他施工冲突，你来这边，我去跟项目部其他据点打招呼。第二，你配多少管理人员和你本人是否到场没关系。第三，你公司的事情我不管，除非你个人和家庭遇到极其特殊的情况，否则必须到场！”刘建开口回应，语气毋庸置疑。

这一次，徐爱华没有吭声，而是有些生气地点燃了一支香烟。

“徐老板，刘建的决定可以代表项目部关于这项施工的决定，你如果不同意，可以去找项目部乃至公司领导反映。”王忠国开口支持刘建。

“我支持刘部长的决定。”范春海也表态了。他知道这项施工的难度和重要性，也知道施工队老板在施工现场，施工队的管理人员会尽职尽责，劳务工会卖力干活。反之，施工队的管理人员会思想懈怠，劳务工会出现干活不认真乃至出工不出力的情况。

“好。”眼看王忠国和范春海先后表态，徐爱华只能强忍着不满答应。哪怕他在项目部乃至公司有关系，也不能得罪王忠国和范春海两人，否则后面会有很多麻烦。

吴振涛看到这一幕，心中有些担忧。理智告诉他，徐爱华原本就对刘建有意见，如今这么一闹，心中的意见更大了，他夹在两人中间，今后的日子绝对不会好过。

正所谓怕什么来什么。会议结束之后，徐爱华在上卫生间的时候与吴振涛相遇，一脸阴沉地说道：“吴振涛，你在这个单位工作，我没有意见，你想证明自己，我也没有意见。但我提醒你，绝对不要学刘建那一身臭毛病，否则我肯定不会同意你跟娇娇在一起，更不可能同意你们结婚。另外，你最好尽快换一个部门，离那个刘建远一点！他根本没什么真本事，全靠他师傅王忠国挺他！”

“徐叔叔，我……”吴振涛有些犯难，想说什么，但又不知道该怎么说，一时有些语塞。

徐爱华不再说话，直接离开了卫生间，洗了洗手，然后来到总监范春海的办公室，向范春海发出邀请：“范总，马上六点了，晚上一起吃饭吧？”

不得不说，徐爱华很聪明，他看出刘建晚上不想去吃饭，这样一来，他去邀请王忠国，王忠国多半是不会同意的。而如果他邀请范春海成功，王忠国和刘建两人哪怕不想去，也要给范春海面子。毕竟，监理代表建设单位在施工现场监管施工。

“徐老板，吃饭就不去了，我建议你再单独给你的管理人员开个会，再安排一下。银市黄河大桥施工真的很关键，一旦工程质量出了问题，后果不堪设想。”范春海摇头拒绝，然后开口建议。身为总监的他，见过太多的施工队老板，也知道徐爱华心中的想法。刘建已经明确表示不去吃饭了，若是他同意的话，等于让刘建难堪。

听完范春海的话，徐爱华刚要继续劝说，突然听到手机响了起来，便歉意地冲范春海笑了笑，拿出手机，发现是另外一处分项工程施工现场负责人的来电，便走出范春海的办公室，接通电话。

“徐总，距离我们现场最近的黄土村的村民刚才集体到施工现场阻拦施工，而且拦下了项目部的汽车，说是我们施工车辆和压路机压坏了他们的田地，要求赔偿。”徐爱华在黄土村附近揽下的分项工程的施工现场负责人高铁军说道。

“征地手续不是早就办完了吗？”徐爱华觉得有些奇怪。

“徐总，我也不太清楚具体情况，项目部的人正在协调。”高铁军也是丈二的和尚摸不着头脑。

“你不要管这件事，让项目部去处理。”徐爱华做出安排。征地是项目部的事情，跟施工队没关系。如果因为征地问题影响施工、耽误工期，责任全部在项目部，项目部还要因此给施工队增加误工费用。

话音落下，徐爱华不等高铁军回话，便直接挂断电话，然后见王忠国朝这边走来，便主动迎了上去：“王总，我正要去找您呢。晚上一起吃饭吧？我刚正跟范总说呢，结果接到了另外一处施工现场的电话，说是征地出了问题。”

“是，周经理刚也给刘建打了电话，让刘建去协调处理这件事了。”王忠国回道。负责包保盯控那段施工的是工程技术部的人，出了问题，由部门负责人前去解决。

“刘部长去了啊，那问题肯定很快就解决了。”徐爱华闻言，先是一怔，而后忍不住笑了起来。话虽然这样说，但在他看来，以刘建死板的处事风格，根本处理不了征地问题，没准还会让问题变得更加严重。

刘建接到项目经理周林生的电话后，便带着吴振涛风驰电掣般地赶往黄土村附近的施工现场。

“师傅，杨叔人没事吧？”

汽车里，吴振涛见刘建一脸严肃，有些担忧地问道。他口中的杨叔叫杨朝晖，今年已经五十七岁了，是工程技术部乃至整个项目部年龄最大的职工，若是被村民殴打的话，很有可能会闹出人命。

“没事，村民只是阻拦施工和拦车，没有打人。”刘建摇头，但表情依然很凝重。

杨朝晖因父辈当年援建西部来到宁省，按照当年的政策接父母的班，工作后一直奋斗在施工一线。因为杨朝晖的年龄太大了，刘建本来让他退居二线，干一些清闲的工作，然后等着退休。但杨朝晖自告奋勇要加入银吴项目部，既是想多赚些施工津贴给儿子结婚筹备钱，也是想发挥自己最后的余热，为西部高铁建设作贡献。

刘建最终同意了杨朝晖的请求，并且将杨朝晖安排在黄土村附近的施工现场，盯控路基和线路施工，却没有想到会出这档子事。

“那还好。”吴振涛闻言，松了口气，然后又有些不解，“师傅，我记得那一段施工已经办理了征地手续，村民为什么会阻拦啊？”

“老杨在电话里也没说清楚，等到了看看什么情况。”刘建也感到有些纳闷。因为宁省政府的大力支持，各市县、各部门的全力支持，建设动员大会召开之前，整个银吴标段项目只有临近银市火车站那一段的征地问题还没解决。

那一段要拆居民小区，拆迁难度较大，但银吴高铁指挥部已经告知项目部，相关部门全力配合，很快就可以解决那一段的拆迁问题。

“师傅，黄土村就是马强他家所在的村子吧？我们到那里可以找马强的家人问情况。”吴振涛心中一动，突然想到了昨晚的事情。

“等到了再看。”刘建说着，想了想，决定利用这个机会传授吴振涛一些经验，“振涛，施工中遇到突发问题，不能着急，更不能病急乱投医，而是要先搞清楚所有问题的情况，再对症下药。”

“明白了，师傅。”吴振涛暗暗记在心里，愈加觉得徐爱华和赵金龙对刘建的工作能力和人品有误解，同时好奇刘建会以怎样一种方式解决这个突发的拆迁问题。

刘建带着吴镇涛赶到施工现场的时候，已经下午六点了。十二月底的宁省，已进入深冬，只是六点钟，天色便彻底黑了。施工现场的压路机、挖掘机、铲车和运土车排成了一排，每辆车都亮着灯，将道路照得一清二楚。

在道路的最前方是一辆皮卡车，数十名黄土村的村民堵住了路，男女老少皆有，不让车辆通过。杨朝晖穿着军大衣，一边冷得哈气搓手，一边急得像热锅上的蚂蚁一样围着皮卡车团团转。

“大家让一让，我们领导来了！”突然，杨朝晖看到一辆汽车由远及近，判断出是刘建来了，顿时像在黑夜中看到了曙光，激动地冲拦路的数十名村民喊道。

“谁来都不行！你们今天不给我们赔偿，就不要走！”一名人高马大、长相彪悍的汉子，站在人群最前方，大声说道。

“对，必须赔偿！”其他村民纷纷大声附和，以领头的汉子唯首是瞻。

“我们领导是来给大家伙解决问题的！”杨朝晖连忙解释道。

村民们心中一动，纷纷扭头看向了驶来的汽车。很快，在众人的注视中，刘建和吴振涛所乘坐的越野车在距离人群十米的地方停了下来。

汽车停下，不等刘建和吴振涛从车中走下，村民们便一窝蜂地冲了过去，围住了越野车，意图很明确，如果来人不能解决问题，这辆越野车也不能离开。

看到这一幕，吴振涛有些发慌，只觉得那些村民一个个凶神恶煞的，像是要打人。刘建则是一脸淡定。施工遇到村民阻拦，这在施工单位是经常发生的事情。

“你们当中谁说了算？”刘建推开车门，走下车，率先开口。在过去几年的工作中，刘建遇到和处理过好几起村民阻拦施工的事件，有着丰富的经验，下车后第一时间要找带头人。否则村民们你一句我一句，喊到明天早上也解决不了问题。

“你什么意思？要报警抓领头人啊？”领头的汉子闻声，眉目之间闪过一丝警惕，然后藏在人群中喊道。

“我告诉你，你们的施工车辆压坏了我们的地，给我们赔偿是天经地义的事情。就算警察来了，你们也要赔偿，否则不能走！”

“你吓唬谁呢？有本事把警察喊来，把我们所有人都抓走！”其他村民纷纷开口附和，一点也不惧怕警察来抓他们。

“乡亲们，你们误会我的意思了。”

刘建等村民们统统说完之后，才双手下压示意，解释道：“我不是要报警，而是想找你们当中能够做主的人沟通、协商、解决问题，否则大家都讲话，问题没法解决。”

“马武，你跟他说。”一名上了年纪的老者，冲那名领头的大汉说道。

“好的，叔。”马武第一时间点头，答应得很干脆。他是这件事情的发动者，而刚才开口的老者是他家中的长辈。

“你好，马武，我叫刘建，是宁西高铁银吴项目部工程部的。我的同事说，我们的施工车辆压坏了你们的地，具体什么情况？”刘建将目光投向人群中的马武，开口问道。

“你们的施工车辆将我们的地压坏了，必须给我们赔偿！”马武强势地说道。

“对，必须赔偿！”村民们立刻开口附和。

“好。如果我们的施工车辆真的压坏了你们的地，我们一定会赔偿。不过，我们项目部需要核实具体情况。今天时间很晚了，也没法核实。”刘建沉吟了一下，然后看到马武等村民情绪有些激动，不等对方开口，继续道：“这样吧，你们先回去，我明天下午三点钟在施工现场等你们。到时候，我们项目部也将情况了解清楚了，我们再谈赔偿的问题，怎么样？”

“万一你们跑了怎么办？”人群中一名老者下意识地问道。

“大叔，我们在建设银吴高铁，施工现场贯穿银吴两市，是国家重点项目，也是造福宁省的项目，这才刚开始，怎么可能跑呢？”刘建笑了笑，然后冲马武道：“马武，你看怎么样？”

“你确定你能做主，而且明天会在施工现场等我们？”马武有些狐疑地看着刘建。

“确定。”刘建很干脆地点头，然后又笑着补充道：“退一万步讲，如果我明天食言了，你们在施工现场，我们也没法施工，你说对不对？另外，你可以记一下我的手机号，可以随时随地联系我。”

“好。我们明天下午直接去施工现场，到时候，如果你们还不赔偿的话，一辆车也不要想出去！”马武盯着刘建看了看，想了想，同意了刘建的提议，并且记下了刘建的手机号，最后带着村民们离开了。

“刘部长，还是你厉害，我之前跟他们说了半天都没用。”杨朝晖迎了上来，长长松了口气，同时称赞道。

“师傅确实厉害，三言两语就让那些村民回去了！”吴振涛也竖起大拇指给刘建点赞，同时坚定了自己先前的判断——刘建绝非徒有虚名，而是工作能力很强！

“只是暂时安抚他们的情绪，关键还是要解决问题。老杨，你先指挥施工车辆有序离开，然后带我去看村民们所说的被压坏的地。”刘建轻轻摇头，然后做出指示。

大型机械施工容易出现安全事故，为此项目部特地制定了大型机械使用管理办法，施工中有专人盯控，施工前后有专人统一管理大型机械的钥匙。在这个施工现场，杨朝晖就是责任人。

“好的，刘部长！”杨朝晖立即领命，前去执行。

与此同时，刘建的手机响了起来，拿出一看，发现是项目经理周林生的来电，便立即接通道：“周经理。”

“小刘，刚才银吴高铁指挥部林云峰指挥长打电话给我。他已经知道了黄土村村民阻拦施工的事情，并且表示施工征地手续已全部办理了，村民应该是想讹钱。”

周林生语气凝重地说道：“他让我们项目部想办法解决这件事情，而且必须保证明天正常施工。另外，他还提醒，这件事情必须小心处理，绝对不能动手打人，否则会造成群体事件，后果是我们无法承受的！你那边先调查清楚，然后拿出处理方案，若有突发紧急情况，必须第一时间向我汇报。”

“好的，周经理。”

刘建干净利落地领命。这件事情比他想象中的棘手，但他没有丝毫畏难情绪，而是要力争在最短的时间内解决问题，避免耽误工期。

时间不等人。

对银吴项目部而言，必须要在领导定下的时间之前确保宁西高铁银吴标段达到运营通车条件，给宁省成立六十周年献礼，是政治任务。

对刘建而言，除了这一点之外，他内心深处还有一个愿望。他想让王忠国离开这个世界之前，看到宁西高铁银吴标段正式开通，然后乘坐宁省第一列高铁看看故乡的风景！

第八章　造福于民

“师傅，银吴高铁指挥部怎么能这样？连具体情况都不清楚，就直接下死命令，要求明天必须正常施工。问题不解决，能正常施工吗？”吴振涛听到了刘建与周林生的通话，有些不忿地说道。

“振涛，领导动动嘴，下面跑断腿，这是常态，但我们的工作很大程度上就是为了给领导解决问题的。”

刘建笑了笑，脸上没有半点不忿。他早已过了血气方刚的年纪，而且经历了这么多磨炼，深知遇到问题，抱怨没有任何意义，只会证明自己的无能。

“知道了，师傅。”吴振涛若有所思，然后与刘建一同在车里等待杨朝晖。

杨朝晖按照刘建的指示，收走各种施工车辆、机械的钥匙之后，立即回到了刘建身边。

"老杨，后备箱有泡面，你要不要先吃点垫垫肚子？"刘建没有立即谈工作，而是关心杨朝晖吃饭的问题。

"部长，我不饿。"杨朝晖闻言，心中一暖，头摇得跟拨浪鼓一样。原本他就因为工作没干好，心中有愧，如今问题没解决怎么可能去吃饭？

话音落下，杨朝晖望向刘建的目光饱含着钦佩。一直以来，刘建都与下属同甘共苦，这是很多领导做不到的，也是刘建除了工作能力之外，深受下面人尊重的重要原因之一。

十几分钟后，杨朝晖带着刘建来到距离施工现场几公里外的取土场。这个取土场是临时建立的，用于路基施工。

"部长，黄土村村民说我们施工车辆压坏他们的地，指的是从取土场到施工现场这一段。"杨朝晖指着临时修建的施工便道说道。

"这不是一片荒地吗？"吴振涛一脸不解道。

"唉，小吴啊，这的确是一片荒地，没有种植任何东西，但黄土村村民说，这片区地都是黄土村的，而且要求按照正常种植农作物永久征地。甚至，他们还扩大征地赔偿的面积，说是施工便道周围一百米范围都会受到影响，导致今后无法种植粮食。"杨朝晖叹了口气。

"这简直就是讹诈啊！我们可以报警啊！"吴振涛傻眼了，他刚刚参加工作一个月，压根没有遇到过这种事情。

"小吴啊，这种征地纠纷，警察是不会插手的。除非发生群体斗殴事件，警察才会介入。"杨朝晖干了一辈子施工，对于征地引发的问题见得太多了。甚至，他还在早些年见过施工队和阻拦施工的村民群体斗殴。这些年，随着社会的发展，法律普及工作落到实处和依法治国的推进，这种现象几乎已经看不到了。

说话间，杨朝晖忍不住看向刘建。理智和经验告诉他，这次的征地问题比以往施工遇到的更加复杂。

“走吧，我们先去吃饭。”刘建的表情很平静，他看了现场，也从杨朝晖嘴中得知了具体的情况，基本理清了思路。

杨朝晖和吴振涛虽然心中很好奇刘建会怎么做，但都没有再询问，而是跟着刘建上车。

这段施工由于距离望源镇较近，并没有设置项目部据点。项目部在镇子上租了房子，吃饭的话就在镇子上吃。

前往望源镇的路上，刘建打了一个电话，但并非是打给周林生的。因为，他知道给领导汇报，除了要弄清楚所有的情况之外，还要有解决方案。而且，一般要有两套方案备选，最终让领导来拍板。而他刚才只是了解了大致的情况，还需要核实一些细节。

刘建的电话打给了银吴指挥部一名工作人员，从对方那里核实了施工征地的情况，得知从取土场到施工现场那一段确实没有办理征地手续。因为，银吴指挥部认为那一片地是荒地。

“老杨，你晚上好好休息，我跟振涛去一趟黄土村。”刘建带着杨朝晖、吴振涛两人在望源镇吃了一碗面后，对杨朝晖道。

“部长，我跟你们一起去。”杨朝晖说道。这里的施工由杨朝晖负责，刘建带着吴振涛是来解决问题的，哪有领导去解决问题，他睡大觉的道理。

“老杨，我和小吴去就行，你好好休息，养足精神，明天还要盯控施工呢。”刘建笑着拍拍杨朝晖的肩膀。

“部长，你想到解决问题的办法了？”杨朝晖一脸诧异。吴振涛也是一脸惊讶。当他报警的提议被杨朝晖否决之后，他认为这个问题很难解决——银吴指挥部肯定不会同意黄土村村民狮子大张口讹钱。

当刘建和吴振涛来到黄土村的时候，已经是晚上九点了。与两人昨晚来时不同，由于时间还早，村子里几乎家家都亮着灯光。

“师傅，我们要去马强家吗？”汽车抵达黄土村后，吴振涛终于忍不住问出了心中的疑惑。

“嗯。”刘建点头，他要去马强家核实从取土场到施工现场那片地是不是真的属于黄土村，然后根据结果再制定解决问题的方案。

片刻后，汽车在马强家门口停了下来，刘建让司机在门口等着，自己带着吴振涛走到院子门前，喊道：“马强！”

今天是周六，马强正好在家，他在屋子里听到有人喊他，并且判断出是刘建的声音，立刻从屋子里蹿了出来。

“刘哥、吴哥！”

马强看到刘建和吴振涛，满脸的欢喜和激动，连忙冲到院子门前给两人开门。昨天，刘建和吴振涛半夜将马强送回来后，马强与父母相互道歉，然后敞开心扉地沟通了一番，消除了心中的芥蒂。马强得到了父母的鼓励和支持，同时下定决心要在未来几个月按照刘建所说，拼尽全力去复习，力争在高考中考出佳绩。

“刘哥，我爸妈昨天还说找个时间去项目部感谢你呢，没想到你和吴哥今天来了，快进来！”马强打开门，邀请刘建和吴振涛进入，同时冲着院子里喊道：“爸，妈，刘哥来了！”

“马强，你爸妈知道了昨天的事情？”吴振涛问道。

“嗯，我爸妈问我怎么回来的，我就将昨晚的事情告诉了他们。”

马强点头。

“恩人，你昨天怎么一声不吭走了，我们都没来得及感谢你。谢谢你，谢谢你对强子做的一切！”马强的父母走出屋子，一边迎上刘建和吴振涛两人，一边感谢。话音落下，夫妇二人直接站在原地，带着马强向刘建、吴振涛两人鞠躬，脸上充满着感激。

因为，他们都很清楚，如果昨晚不是刘建的话，马强很有可能会被送到派出所，哪怕不留案底，也会给马强心中留下巨大的阴影，影响马强今后的人生。而且，刘建还给马强提供了热乎乎的饭菜，并引导马强与他们敞开心扉地进行了沟通。

“叔叔阿姨，使不得。”刘建连忙上前，将马强父母扶起，然后道：“昨天，我不忍心打扰你们一家人重聚，就让司机开车走了。今天，我来是想向你们咨询一件事，后面有可能还要请你们帮忙。”

“恩人，你这说的是什么话。你帮了我们家那么大一个忙，想让我们做什么，尽管开口。”马强的母亲心直口快，率先回应。

“对，恩人，先进屋，慢慢说。”马强的父亲马富国点头附和妻子的话，然后拉着刘建进屋。

进屋后，马强为刘建、吴振涛各自泡了一杯八宝茶。该茶是宁省的特产，以茶叶为底，掺有白糖、玫瑰花、枸杞、红枣、核桃仁、桂圆肉、芝麻、葡萄干、苹果片等，喝起来香甜可口，滋味独具。八宝茶在宁省乃至整个西北地区很受欢迎。

“叔叔、阿姨，你们应该知道，黄土村村民今天去拦车的事情了吧？”刘建喝了一口八宝茶后，直奔主题问道。

“知道啊，本来我们也要去的，但是……”

马富国下意识地点头，然后意识到了什么，话停了下来，诧异地看着刘建，“恩人，是你们在施工？”

“嗯。”刘建点头。

“那这事可有些难办了。那些地是属于村里的，每家每户都占一些，我自己可以不要赔偿，但无法说服其他人放弃赔偿。”原本马富国已经打定主意，无论刘建让他做什么，只要不违背法律和做人原则，他都会竭尽全力去做，从而报恩。但听完刘建的话后，他有些犯难了。

“叔叔，我不是来找你去帮我说服村里人放弃赔偿的。”刘建笑着摇了摇头，然后不等马富国询问，便主动说道：“我想知道，那片地真的属于黄土村吗？”

“是的，这一点，我可以确定。”马富国很干脆地点点头，然后补充道：“很多年前，生产队分地的时候，因为那片地是盐碱地，长不出庄稼，大家都不愿意要。最后没办法，就平分到每一家头上，每家都占有一点，但这么多年一直没有种植庄稼，成了荒地。”

“那我明白了。”刘建仿佛早有心理准备，对于这个答案并未感到意外。他先是点了点头，然后沉吟了一下，又问道：“对了，叔叔，你们村子的收入情况怎么样？”

“唉……我们村的收入是镇里垫底的。镇里那些在城乡结合地带的村子，每家每户都被占了很多地，都在城里分了房子，还赔了很多钱，富得流油。而其他村子，虽然没有被占地，但那些村子的地好，不但可以种庄稼，还学闽镇用大棚种植蔬菜和水果，不像我们村的地，种庄稼产量都很低。”

虽然马富国不知道刘建为什么要问这个问题，但还是如实给予了回答，说到最后，不由自主地皱起了眉头，眉目之间写满了忧愁。

“闽镇？这个镇子好像在银市挺有名的。”刘建有些好奇，自从他来到银市之后，已经不止一次听到闽镇两个字了。

“恩人，闽镇不光在银市有名，在宁省乃至中国都挺有名的。”马国富点头，然后说道：“闽村现在是个干沙滩，将来会是一个金沙滩，这是首长二十三年前说的话，如今已成为了现实。”

“叔，这个镇子大有来头？”刘建被勾起了好奇心。

“是的。1997 年，它还是宁省永静县西部玉泉的茫茫戈壁、连绵沙丘。当年 4 月份的一天，闽宁两省区负责同志共同商定，要在那里组织实施闽宁对口扶贫协作，建设一个移民示范区。当年 7 月，那个地方被命名为闽村。2001 年，闽镇正式成立。

“二十多年里，闽宁陆续接纳了来自宁省西海固六个国家级贫困县的 4 万多名移民，西海固地区曾在 1972 年被联合国粮食开发署确定为最不适宜人类生存的地区之一。”

马国富说到这里停顿了一下，继续说道：“我们新来的镇长说，闽镇见证了闽宁两省的对口扶贫，也完成了贫困山区移民工程，如今还走在脱贫攻坚的前列，已经成为中国贫困地区通过对口扶贫协作走向全面小康的成功典范和对口扶贫协作‘闽宁模式’的一个样板。它承载了党和国家领导人的亲切关怀，倾注了闽宁两地各级领导的心血，是中国脱贫攻坚伟大工程的一个缩影。”

“叔，你怎么对闽镇这么了解？你们新来的镇长跟闽镇又有什么关系？”刘建更加好奇了。毕竟，马国富只是一个普通的村民，竟然对闽镇这么了解，而且所说的话像是官方用语。

“恩人，我有个亲戚在闽镇。我去他家的时候，看过闽镇的宣传手册。我刚才跟你说的那些话，都是宣传手册里的。”马国富有些不好意思地说道：“我们镇长是闽镇的副镇长升上来的，号称脱贫镇长。他自上任之后来我们村考察了好多次，但也没什么办法。用他的话说，巧妇难为无米之炊。强子，是这句话吧？”

“是的，爸。”马强在一旁连连点头。

“原来是这样啊。”刘建恍然大悟。

“恩人，你也不要怪我们村的人坚持要求征地赔偿，实在是没有发财的路子，外加羡慕和眼红其他村子。”马国富犹豫了一下说道。

“我明白。”刘建点头表示理解，然后保证道：“叔叔，我保证，该赔偿你们的钱一分都不会少。除此之外，我应该可以给你们找到一条短期致富的路。”

“真……真的吗？”马国富顿时有些激动，就连他的妻子和马强也一样。包括他们在内，黄土村的村民在眼红其他村子享受改革开放和脱贫攻坚带来的红利的同时，一直想找发家致富的门路，但奈何条件受限，连新上任的脱贫镇长都无可奈何。

“叔叔，你把手机号给我，明天等我好消息！”刘建郑重点头说道。

“好！”马富国激动地直接站了起来，然后将自己的手机号码告诉了刘建。

刘建拿到马富国的手机号后，没有再和马富国聊征地的事情，而是聊起了马强的学习情况。半小时后，刘建带着吴振涛离开，马富国带着妻子和儿子将刘建送出门外，一直目送着刘建所乘坐的汽车离开，才转身回屋。

汽车驶出了黄土村后，刘建让司机将车停下，然后点燃一支香烟，下车拨通了项目经理周林生的电话，将具体情况和自己想到的解决方案一并汇报。

刘建与周林生的通话结束后，周林生立刻让综合部长在项目部微信群发布了一条会议通知：晚上十一点，项目部班子成员和各部部长召开紧急会议。

因为，刘建所提出的解决方案牵扯甚广，以至于周林生无法拍板，甚至连项目部都无权决定，需要在会后统一意见后上报中铁工程局北方公司总部。

晚上十一点钟，银吴项目部会议室里，包括周林生在内的班子成员和刘建等各部门部长全部聚集一堂。

“很抱歉，这么晚召集大家召开会议。”会议开始，周林生率先开口，先是向众人致歉，然后才说明会议的目的，“召开这个会议，主要是因为黄土村村民因为征地问题阻拦施工的事情。银吴指挥部已经知道了这件事，并且要求我们必须尽快处理，确保明天正常施工。今天下午，我给刘建打了电话，让刘建去调查处理这件事情。”

说到这里，周林生停顿了一下，然后看向刘建：“刘建，你先跟大家说说具体情况。”

“今天下午，我按照周经理指示，去调查了这件事情。目前已经确定，黄土村附近那个取土场到施工现场的施工便道占用了黄土村村民的地。那片地看上去是荒地，但实际是黄土村村民的地，只是种植庄稼产量太低，村民好多年没种了，疑似荒地。”刘建当众做出汇报。

“不好意思，刘部长，我打断一下。”就在这时，书记赵新社打断刘建的话，问道：“关于那片地的产权归属，你是找什么人确认的？确定吗？”

“我找黄土村一个熟人确认的，没问题。”刘建脑海里浮现出马强一家人的身影，如实说道。

“你怎么会在黄土村有熟人？”赵新社一脸诧异。周林生、王忠国等人也是一脸的好奇。毕竟，刘建是西市人，来到宁省就一个多月的时间，而且他们从未听刘建说过在宁省有亲戚朋友。

“书记，这个说来话长，今天时间有点晚，我就不细说了，但我保证，消息来源绝对没问题！”刘建本来想说出马强一家人，但想到时间很晚了，王忠国不宜熬夜，话到嘴边又改口了。

“好，你继续。”赵新社点点头，他了解刘建，知道刘建不是那种信口开河的人。既然刘建如此肯定，他也没有怀疑。周林生等人也一样，他们没有再说什么，均是看着刘建，等着刘建后面的话。

“现在最大的问题是，黄土村村民要求永久征地，而且要将那片地按照正常种植的地来赔偿，甚至还扩大了征地范围——施工便道周围一百米全部算了进去。”刘建说明情况之后，立刻指出了问题所在。

“这不是胡闹吗？这得多少钱才够？而且建设单位是绝对不会出这笔钱的。”总经济师姚文烈脸色一变，直接坐不住了。

“是的，姚总。我跟建设单位联系过，他们的答复是，如果确定那片地属于黄土村，那么会给我们签证，但签证也只是施工便道的临时征地费用。”刘建点头赞同姚文烈的话，然后继续说道：“除此之外，还有一点很关键。我们现在根本无法确定，整个施工沿线还有没有其他地方和黄土村的情况一样。如果还存在这种情况，那么给黄土村的赔偿就是标杆，其他村子一定会对标的。”

这一次，当刘建的话音落下之后，整个会议室十分安静，没有人开口说话。除了提前已经知道情况的周林生之外，包括王忠国在内的所有人都意识到这件事情很棘手，表情十分凝重。

“刘建，你把你想到的解决方案说一下。”眼看没人说话，周林生提醒刘建。

“好的，周经理。”刘建点点头，然后说出了自己拟订的解决方案，“我想的解决方案，主要包含以下两点。第一，施工便道按照临时征地给黄土村村民赔偿，同时让建设单位做签证。第二，让施工队雇佣黄土村的村民干活。”

“刘部长，你应该很清楚，施工队都有自己的劳务工。那些劳务工常年干活，有经验而且听话——施工队肯定不同意找当地村民干活！”总经济师姚文烈提出异议。

“哪怕施工队同意，当地那些村民没有施工经验，对各种规章制度一窍不通，安全方面容易出事。”安质部部长张鹏从安全角度否定了刘建的解决方案。

“刘部长，你刚才也说了，如果其他地方存在这种现象的话，会对标黄土村，那就意味着，不光是一个施工队、一个村子的事情了。”综合部部长陈有成也开口了，他是一个极为细心的人，对刘建之前说的所有话记得一清二楚。

“大家提的问题都很有针对性，也是我们今天开会讨论的重点。大家有没有其他方案？”

周林生将众人的反应看在眼里，先是总结了众人的发言，然后开口问道。

没有回答，会议室再次陷入了安静，虽然姚文烈、张鹏、陈有成都觉得刘建的解决方案不够好，但他们压根没有去想解决方案，也无法在如此短的时间里拿出更好的方案。

“既然大家暂时没有更好的解决方案，那先让刘建说说他拟订这个解决方案的缘由。”半分钟后，周林生见没有人说话，便再次将目光投向刘建，示意刘建继续。

“我刚才所说的那个方案，是基于以下几个方面考虑的。第一，如果我们只赔偿施工便道的临时征地费用，黄土村村民肯定不同意，会继续阻拦施工。第二，银吴标段工程量大、工期紧，要确保在保证安全和质量的前提下按期完工，施工队劳务工的数量必须要有保证。而宏远建筑工程有限公司中标了好几个分项工程，劳务工数量很难保证，我们可以以此说服施工队。第三，姚总说的村民没有施工经验的问题确实存在，但施工现场有很多工作是由普工完成的，没有多少技术含量，村民稍加培训就可以干的。第四，张部长提到的施工安全问题，我也考虑了。我们要求施工队对招收的黄土村村民进行严格的岗前安全教育培训，培训合格方能上岗，培训不合格不招收。这一点对黄土村的村民说清楚，同时任命其中一名村民担任工头，负责管理村民干活，这样可以解决施工队管理村民的问题。第五，陈部长谈到其他地方出现类似情况，也按照这个解决方案执行——只要宏远建筑工程有限公司同意这个方案，其他施工队没理由不同意。

“除此之外，还有最重要的一点。黄土村是望源镇最贫困的一个村子，村民收入很低。而宁省是全国脱贫攻坚的示范省，宁西高铁又是造福一方的工程项目。我们在施工过程中招收当地村民，也算是在做脱贫工作，提前让宁西高铁造福当地百姓。”

“我同意刘建的解决方案。”刘建的话音刚落，王忠国便开口表态，旗帜鲜明地支持刘建，同时说明缘由，“刘建这个方案考虑得还是很周全的，尤其是脱贫攻坚和造福当地百姓这点，我很支持。”

“刘部长，你如何保证黄土村的村民会同意这个方案？”赵新社再次问道。

“书记，黄土村的村民很缺钱，但他们也清楚，他们提出的赔偿诉求是不合理的。在这样一种情形下，我们按照标准赔付，然后给他们提供赚钱的机会，他们多半会同意的。另外，据我所知，望源镇的镇长号称扶贫镇长，他一定会大力支持和帮助我们解决这个问题。”刘建做出回答，并且延伸补充，“而如我之前所说，黄土村的解决方案是标杆。黄土村同意这个方案，哪怕其他地方出现类似的情况，用这个方案解决也不会有问题。”

“嗯，有道理，我也同意刘部长的解决方案。”赵新社听得连连点头，然后也当场表态了。

王忠国和赵新社先后表态起到了带头作用，其他人也纷纷表示支持。周林生对此很满意，直接给会议定调：“那我们就统一意见，关于黄土村阻拦施工问题的解决方案就采用刘建拟订的方案。明早，我会打电话向高总、贺书记汇报这件事情。如果两位领导同意我们的方案，刘建立刻按照方案去解决问题。”

“好的，周经理，我明天一大早就去望源镇政府，接到您的电话后，直接去找镇长协商此事，争取让镇长跟我一起去施工现场。”刘建点头，说出自己的计划。

“嗯。”

周林生微微颔首，望向刘建的目光充满着信任和赞赏。这几年，刘建的成长，他都看在眼里。这也是他在组建项目部的时候，坚决要让刘建担任项目部工程技术部部长的原因。黄土村村民阻拦施工的事情，他没有让王忠国一起去，既是给刘建压担子，也是相信刘建能够妥善解决问题。用人不疑，疑人不用，这是他的工作风格。事实证明，刘建没有辜负他的期望。

第二天早上八点，周林生便直接拨通了中铁工程局北方公司总经理高金东的电话，特地向高金东汇报此事——要让施工队欣然接受刘建拟订的方案，光是项目部提出要求或者施压还不行，需要以公司的名义要求。

因为，这会增加施工队的施工成本，同时增加施工管理难度。

而且，像宏远建筑工程有限公司这样有实力的施工队，除了公司施工力量强之外，人脉关系网也很强。若是项目部不向公司汇报此事，前脚宣布，后脚公司领导就知道了，多半会责怪项目部擅作主张。

电话那头，公司总经理高金东听完周林生的汇报后，并没有直接给答复，而是准备等周林生向贺建华汇报完毕后，前去与贺建华碰头商议做决定。

九点钟，高金东给周林生回了电话，同意项目部提出的解决方案。周林生接到电话后，不做停留，立即拨通刘建的手机，转达公司的决定。

此时的刘建已经在望源镇政府院子里了，他接到周林生的电话后，直接前往镇长办公室。刘建见到望源镇的镇长后有些惊讶，对方看起来比他还要年轻。惊讶之余，刘建主动上前，自报家门："您好，郭镇长，我是银吴项目部的刘建。"

"您好，刘工。"郭涛立刻起身，与刘建握手，没有半点盛气凌人，也没有半点领导的架子，而且还为刘建泡了一杯茶。他是名牌大学的高材生，毕业后选择支援西部大开发，考取了宁省的公务员，不但将所学运用到工作中，而且吃苦耐劳，带领村民致富，深受乡民爱戴，不到三十岁便成为了望源镇的镇长，几乎算是宁省最年轻的正科级干部了。

"郭镇长，我今天来找您，是因为黄土村村民因征地问题阻拦施工的事情……"

刘建坐在沙发上，喝了一口郭涛泡的茶，然后便直奔主题说明来意，然后说出具体情况，最后说出银吴项目部做出的决定。

"好，好，好，这个解决方案好啊，授人以鱼不如授人以渔。刘工，你们可是帮黄土村解决大问题了！"

郭涛听完刘建提出的解决方案，两眼放光，连连叫好。正如马强的父亲马富国所说，郭涛在闽镇担任副镇长的时候工作表现突出，被冠上脱贫镇长的美名，提拔担任望源镇镇长。他自上任以来，一直在思索如何带领黄土村的村民发家致富，但一直没有找到好路子，刚才刘建说让黄土村的村民参与银吴高铁建设，这等于是给黄土村雪中送炭，也解决了他和望源镇的一个工作难题。

"郭镇长言重了。"刘建谦逊地回应，然后邀请道："郭镇长，您下午三点有时间吗？我想邀请您一同去黄土村解决这个问题。"

"本来有个会，但我通知一下，将会议改一下时间，先解决黄土村的问题。这不光影响到你们的施工进度，也是黄土村的脱贫攻坚工作。”郭涛说道：“另外，宁西高铁的建设是宁省的大事，全省人民都在盼望宁西高铁早日开通，我们配合你们的工作是义不容辞的责任。”

“太谢谢您了。”刘建起身表示感谢。

“刘工，要说感谢，我代表黄土村一百二十户村民感谢你们才对。”郭涛主动走过来，握住刘建的手，笑着说道。

下午两点半的时候，刘建赶到施工现场，发现没有一名黄土村的村民，施工正常有序。

“师傅，没想到黄土村的村民很守时啊，说三点就三点。”吴振涛有些惊奇地说道。

刘建也觉得有些奇怪，正要询问杨朝晖黄土村的村民今天是否来过，结果还未开口，听到手机铃声，拿出一看发现是望源镇镇长郭涛的来电。早上，他和郭涛交谈结束后，互相留了电话。

“刘部长，我已经到黄土村了，并且让村书记马国强安顿过了，就在村委会的办公地点解决问题，你三点直接来村里吧。”电话接通，郭涛的声音响起。他在来黄土村之前，又调查了解了黄土村村民阻拦施工的事情，并且知道了刘建在银吴项目部的职务。

“好的，郭镇长，我已经到施工现场了，这就赶过去。”刘建立刻做出回应，同时在心中暗暗佩服郭涛的工作作风扎实、工作效率高。

现如今，很多村子都有村委会大楼，用于开会和搞活动，但黄土村没钱盖楼，村委会的办公点在村头的一座院子。那院子虽破，但收拾得很干净，墙上贴着“民主、富强”等社会主义核心价值观的标语。

刘建带着吴振涛来到黄土村村委会的院子时，院子里挤满了人。

郭涛和马国强正在交谈着什么，看到刘建走进院子，当下停止交谈。村民们也是将目光投向了刘建。

“刘部长，这位是马国强同志，是黄土村的村主任，老党员了，工作能力很强。”郭涛带着马国强主动迎上刘建，并向刘建做介绍。

“您好，刘部长。”马国强主动与刘建握手问好。他穿着一件黑色的大衣，大衣左边胸口处佩戴着党员徽章，在阳光下闪烁着光辉。

“您好，马主任。”刘建主动与马国强握手，发现马国强与马国富的长相有几分相像，心中隐隐有些好奇马国强与马国富的关系。

“刘部长，我按照郭镇长指示，让全村一百二十户每一户出一名代表来参加今天下午的村委会，目的是解决你们施工占用我们村土地的问题。”马国强松开刘建的手说道，他已经知道了刘建的处理方案，但还没有告诉村民，想让刘建自己说出来。

“好的，马主任。”刘建心领神会地点头，目光环视四周，赫然在人群中看到了马国富，同时也发现村民们眼巴巴地看着自己，一脸期待。

“乡亲们，通过我的调查、核实，确定我们项目部的施工的确占用了你们的地——取土场到施工现场的施工便道是在未办理征地手续的情况下修建的。我将这个情况向项目部和公司进行了汇报，公司同意与你们村子补办临时征地手续，赔偿临时征地费用……”刘建沉声开口，声音洪亮，足以让院子里每一个人听得一清二楚。

然而，不等刘建将后面的话说完，人群中的马武便大声打断了刘建的话：“我们要永久征地，不要临时征地！”

“对，我们要永久征地！”不少村民开口附和，他们都听马武说过，临时征地和永久征地的赔偿标准相差很大，后者的钱更多。

“乡亲们，听刘部长把话说完。”眼看场面变得有些混乱，马国强双手下压，示意乡亲们安静。

“乡亲们，我知道，黄土村是整个望源镇收入最低的村子，大家都很缺钱，但是国家对于征地使用是有规定的，我们必须在遵守法律和规定的前提下进行征地赔偿，只能给你们赔偿施工便道临时征地费用。”

刘建说到这里，敏锐地察觉到以马武为首的一些村民情绪再次变得有些激动了，不等他们开口，便继续道：“但是，宁西高铁银吴标段是造福一方的工程项目，所以我们公司研究决定，给你们提供一个赚钱的机会。”

“什么赚钱的机会？”

这一次，刘建的话音刚落，便有人忍不住开口询问，其他人则是两眼放光，脸上的激动格外明显。

“参与宁西高铁银吴标段的施工队将在黄土村招收劳务工。凡是黄土村的村民，凡是年龄在十八岁到五十五岁之间，身体健康，都可以报名参加，工资一百五十块钱一天！”刘建提高声音说道。

“真的吗？”

“每天都有工资吗？”

人群顿时炸锅了，村民们像是打了鸡血一样激动。因为，对他们而言，一天一百五十块钱，一个月下来有四千五，一年就是五万四，这是一笔巨款。

“乡亲们，我可以向你们保证，刘部长所说都是真的！”就在这时，马国强开口表态，为刘建做背书。

“乡亲们，凡是项目部旗下施工队录用的村民，必须要参加岗前培训，培训合格后才能在工地干活。”刘建又补充道。

“你们是修铁路是吧？”有村民问道。

“高铁。”刘建纠正。

“什么是高铁？”人群中有一个拄着拐棍、年纪将近八十的老人问道。他的儿女今天都不在。

“叔，高铁就是高速铁路。”

马国强代替刘建开口解释，并且为了让村民们彻底明白这个概念，又补充道：“叔，我记得你说过，你老家是吴市的。当年，你刚到这里的时候，回老家坐牛车要一天。后来，国家修了公路，我们在镇子上坐银市到吴市的班车，从镇子到你老家只需要两个小时。前些年，国家又修了高速公路，如果开车上高速的话，一个小时就可以到你老家。而等到高铁开通，我们在望源镇的银市东站坐高铁去吴市只要半个小时。”

“啊……这么快呀！”老人有些不敢置信，其他一些村民也有些惊讶。

“是的，大爷，高铁每小时能跑250公里呢。刚才，马主任说去吴市需要半小时，那是因为高铁还要路过机场，否则的话，二十分钟就能从银市赶到吴市！”刘建接过话题，笑着说道。

“你刚才说我们要培训才能干活，我们什么都不会，怎么干活？你不会是在骗我们吧？”马武再次开口，提出质疑。

“马武，我怎么可能当着郭镇长和马主任的面骗你们呢？”刘建脸上笑容不减，语气十分轻松，“高铁施工中，除了技术工，还有普通工人啊，只需要有力气就行。至于我说的岗前培训是安全教育培训，培训的目的是教会你们如何在干活的时候保护好自己，防止受伤。当然，你们也可以在干活的同时跟着技术工人学习技术，这样一来，等宁西高铁银吴标段建设结束之后，你们还可以用学到的技术去其他工地干活赚钱。”

“刘部长，我要报名！”马国富突然高高举起手，大声说道。他一直想报答刘建，但自知没能力说服村民按照规定赔偿征地费用，如今听到刘建给村民们指出的发财之路，看到不少村民都心动了，当下带头支持刘建，既是为了报恩，也是为了能够赚些钱供儿子上大学。

“我也要报名！”

“我今年才四十八，应该没问题吧？”

马国富这一开口，顿时引起了羊群效应，村民们争先恐后地要报名。

“没问题，只要年龄符合，身体条件符合，都没问题。这样，你们每家每户想报名的，回头集体报到马主任这里，我安排人来跟马主任对接，然后给你们进行集体培训。”刘建说到这里，看到马武欲言又止，便指着马武道：“另外，我们决定在你们村选一位工头，我看马武不错，大家觉得呢？”

“马武可以。”

“有马武带着我们，我们放心！”

不少村民纷纷开口支持马武。

马武先是一阵愕然，然后彻底放下心中的戒备，说道：“谢谢大家的信任，也谢谢刘部长对我们黄土村的帮助，我一定带领大家好好干活，努力赚钱致富！”

“马武，说得好！”

听到马武的话，一直沉默不语的郭涛拍手叫好，然后道：“乡亲们，正如马武所说，我们确实要感谢刘部长的单位给我们赚钱的机会。希望你们好好珍惜机会，认真干活，学习技术，积累经验。目前，国家发展很快，除了公路、铁路等大型基建，还有城市建设项目。银市和我们望源镇都有相关规划。等你们干完宁西高铁银吴标段，学到了技术，镇里也会想办法将你们安排到其他施工项目上，尤其是学到技术的人，优先安排！我相信，只要你们勤劳致富，你们将来的日子一定不比其他村子差！”

“好，让我们一起鼓掌感谢刘部长，感谢郭镇长！”马国强闻言，带头鼓掌叫好。

“啪啪啪……”

刹那间，掌声响彻在院子里。院子里的温度有些低，但村民们的心中暖烘烘的，甚至有人在鼓掌的时候太过用力，双手拍得通红。

“我们最要感谢的是党和政府。”掌声落下，郭涛激情高昂地说道：“在党的正确领导下，在人民的共同努力下，我们的国家通过改革开放四十年的发展，已经发生了翻天覆地的变化。就如刚才马主任谈到那位大爷回老家的变化，这是我们共同努力发展的结果。未来，我坚信，乡亲们的日子会越过越好，黄土村也一定会摘掉贫困村的帽子！”

“感谢党！”

“感谢政府！”

村民们纷纷跟着附和，此情此景完全不像昨日那般剑拔弩张，而是充满了和谐。

看到这一幕，刘建暗暗感叹郭涛能够如此年轻就担任望源镇镇长，绝非偶然。

而吴振涛则是一脸钦佩地看着身旁的刘建。通过这件事情，他更加确定赵金龙和徐爱华对刘建的工作能力和人品有误解，决定找机会告诉刘娇娇。同时，他又有些担心，这件事情会让刘建和徐爱华的矛盾加深。毕竟，徐爱华的公司要招收黄土村的村民当劳务工，会增加施工成本和施工管理的难度。

但他做梦都没有想到，刘建和徐爱华的矛盾冲突会爆发得那么快、那么猛烈！

第九章　英雄救美

虽然徐爱华很排斥雇佣黄土村的村民干活，内心深处一点也不愿意，但这个决定是中铁工程局北方公司做出的，他表面上没有任何怨言，而且落实得很到位，但心里恨死了刘建。

黄土村村民阻拦施工的事情彻底解决之后，徐爱华便直接离开了银吴高铁施工现场，返回了西市，表面是去处理公司其他事务，实则是不想看到刘建，眼不见心不烦。

徐爱华回到西市后的第一天，便约了赵金龙吃饭，既是感谢赵金龙在招投标工作中对他的帮助，也是想加深与赵金龙的关系。虽然赵金龙在单位只是一个副部长，论级别才是副科级，但他身在实权部门，而且有一个副局级退休的父亲，在单位有着太子之称，所拥有的资源很多，可以给徐爱华带来巨大的财富。

除此之外，徐爱华也想在吃饭的时候当着赵金龙面前吐槽、数落刘建，以便让赵金龙开心——赵金龙已经成功追到了刘建的前女友李颖。

下午五点钟的时候，赵金龙便开着一辆宝马五系轿车离开了单位。半个小时后，赵金龙驱车来到自己的别墅，上去换了一身名牌服饰，佩戴了一款江诗丹顿手表，然后开着车库里那辆奔驰 G500 越野车前往李颖所住的小区。

上班期间低调，下班后奢靡，这是赵金龙的日常操作。当然，他所谓的低调，对普通干部而言是高调。而且，他这种低调，完全是因为上面关于反腐倡廉的力度不断加强，外加其父亲严厉要求。

赵金龙决定带着李颖一起去参加徐爱华组织的饭局。虽然他如今已经和李颖确定了男女朋友的关系，但有着丰富恋爱经验的他，能够察觉到，李颖并未彻底将刘建放下。为此，他想利用今晚的饭局，借徐爱华的嘴，数落刘建的不是，让李颖意识到刘建与自己的差距，彻底忘记刘建这个人。

六点钟的时候，赵金龙在距离交通厅最近的一个路口接到了李颖。这是李颖要求的，是为了不让单位同事知道自己与刘建分手后，仅仅一个月便有了新的男朋友。虽然赵金龙对李颖的这个要求有些不舒服，但并未表现出来。对他而言，追求李颖和其他女人不同，目的是想将李颖娶回家。

“周末愉快。”

李颖上车之后，赵金龙没有立即启动汽车，而是从汽车后座上拿起一捧芳香的粉色玫瑰递给李颖。

“谢谢。”李颖微笑着接过鲜花，同时脑海里浮现了刘建曾经来接自己的画面，与此刻形成了鲜明的对比。除了求婚那天，刘建每一次都只是单纯地接她。而赵金龙今天是第三次接她，每一次都会精心打扮、收拾，而且准备鲜花和礼物，两者，犹如天壤之别。她不是一个特别看重物质的女孩，但像很多女孩一样追求浪漫，喜欢两个人的感情生活有情调，而不是平淡无奇。

“今天上班忙吗？累吗？”赵金龙启动汽车，关心地问道。

“还好，跟平时一样。”李颖回过神，低头闻了一下鲜花的芳香。

“我觉得不一样。”赵金龙看到李颖的举动，心中窃喜，笑着说道：“今天可是周五。正常来说，人们到了周五，工作不会像前几天那么努力，而是会去想怎么过周末。”

“好像是这个样子。”李颖被赵金龙逗笑了。

“对了，本来今天要单独陪你吃饭，但有人请客吃饭，不好推，索性就放一起了。”赵金龙启动汽车，提前打预防针道：“那个人是在我们公司包工程的一个施工队老板，也认识刘建，你不介意吧？”

“不介意。”李颖轻轻摇头，但表情或多或少都有些不自然。正如赵金龙所判断的一样，李颖还没有彻底放下刘建。准确地说，她至今都不理解，刘建怎么会突然变卦，选择放弃她，去宁省参与宁西高铁银吴标段建设，心中有着极大的怨念。

徐爱华请赵金龙吃饭的地点在一家名为珍宝海鲜餐厅。这是一家主打新加坡菜的海鲜餐厅，是赵金龙让徐爱华定的。虽然徐爱华家产不少，但身上有着浓浓的暴发户气息，论生活品位、格调，与赵金龙差了十万八千里。

“赵部长，美女，你们好。”

“赵哥好、姐姐好。”

当赵金龙和李颖走进包厢的时候，徐爱华、徐娇娇父女两人已等候多时了，第一时间起身问好，称呼各不相同。

“徐老板、娇娇，今天又让你们破费了。”赵金龙微笑回应，然后带着李颖入座。他坐在主位，李颖坐在他的左手边，徐爱华坐在右手边。徐娇娇很识趣地站在赵金龙、李颖两人的座位中间，等两人脱掉外套后，帮两人将外套挂在衣架上，然后坐在最接近包厢门的位置，方便服务。她自从上大学开始便跟着父亲徐爱华参加饭局了，早已锻炼出来了。

“赵部长，托你的福，我和娇娇今天能品尝新加坡菜。如果不是你推荐，我们根本不知道西市还有这样一家新加坡菜餐厅。刚才，服务员几次让我们点菜，我们都有些发懵，不知道怎么点，等着你来了点呢。”徐爱华微笑着恭维了赵金龙几句，然后揣着明白装糊涂地看向李颖，“赵部长，你女朋友真漂亮，又有气质，怎么称呼？”

“您好，我叫李颖。”李颖主动做自我介绍。

“这位是宏远工程建筑工程有限公司的总经理徐爱华，那是他女儿徐娇娇。”赵金龙也为李颖介绍徐爱华、徐娇娇两人。

“徐总、徐小姐，你们好。”李颖微笑着向徐爱华、徐娇娇父女两人打招呼。

“李姐，我下次可不敢出来跟你一起吃饭了。”徐娇娇语出惊人道。

李颖一怔：“为什么？”

“因为你实在太漂亮了，长相、身材、气质和皮肤都全方位碾压我。跟你在一起，我太有压力了。”徐娇娇故作委屈地说着，直接将李颖逗笑了，瞬间消除了与李颖的距离感，同时让包厢的气氛变得轻松、愉悦了许多。

随后，服务员拿着平板电脑进入包厢，赵金龙当仁不让地接过平板。与以往不同，赵金龙没有自作主张凭着自己喜好直接点菜，而是先询问了李颖想吃的东西，才开始点菜。

片刻后，美味的海鲜上桌，徐娇娇让服务员开了一瓶十年的茅台。茅台配帝王蟹，这对普通人而言是极为奢侈的一顿饭，但对赵金龙而言，相当于家常便饭。他无论吃虾还是吃蟹都很熟练，而且特地为李颖剥虾，表现得很贴心。

“赵部长，你知道黄土村村民阻拦施工的事情吗？”菜过五味、酒过三巡，徐爱华递给赵金龙一支中华香烟，帮其点着，然后开口问道。

“知道。”赵金龙早就在等徐爱华提这件事了，但此刻听到徐爱华开口，却是很平静地点了下头。

“赵部长，你不要怪我喝多酒乱说话啊。银吴项目部，或者说项目部工程技术部的部长刘建，在处理这件事情上太不地道了。”徐爱华直接开启吐槽模式，“本来，按照国家规定正常赔偿黄土村村民临时征地费用就可以了。结果，刘建为了表现自己，要求我们公司雇佣当地的村民干活，还说宁西高铁是造福一方的工程，造福当地百姓是应该的，甚至还提到了脱贫攻坚工作——这些事和他有一分钱关系吗？他简直就是花我的钱当圣人，可是一点也不心疼啊。”

“徐总，我只知道单位通知你们公司雇佣黄土村村民的事情，具体信息并不是很清楚，你是从哪里知道这些的？”赵金龙明知故问，同时将李颖的表情变化尽收眼底。

李颖初听到刘建的名字时有些诧异，听到后面皱起了眉头。她在交通厅工作，对征地拆迁并不陌生，正常来说都是按照国家规定赔偿。

“我公司的施工现场负责人跟我汇报的。”徐爱华说道。

“赵哥，我男朋友打电话也跟我说了这件事。我男朋友现在是刘建的徒弟，每天都跟他在一起工作，消息绝对属实。”徐娇娇也开口了。三天前，吴振涛的确在电话里跟徐娇娇说了刘建处理黄土村村民阻拦施工的事情，但目的是想为了向徐娇娇证明，刘建是一个非常有能力的人，结果非但没有得到徐娇娇的认同，反而被徐娇娇怼了一顿。

“刘建这么做，可能还有其他你们不知道的原因吧。”赵金龙听到徐娇娇的回答，看似出乎意料地维护刘建，实则故意在李颖面前表现出一副风度翩翩、心胸宽广的姿态。

“赵部长，没有其他原因了，那个刘建就是想表现自己、讨好领导。这个人城府深得很，一心想着往上爬。”徐爱华说到这里，故意停顿了一下，继续说道：“我听说，他为了当项目部工程技术部部长，利用他师傅王忠国退休前这三年帮他在宁西高铁银吴标段镀金，抛弃了苦苦等候他好几年的未婚妻！你说说，这是人干的事吗？”

听到徐爱华的话，李颖的脸色直接变了，表情十分难看，那感觉比吃饭的时候发现菜里有一只苍蝇还要闹心。赵金龙将李颖的反应看在眼里，义正词严道：“徐总，黄土村村民阻拦施工的事情，我不是很清楚，不想发表意见。另外，刘建是我同事，你们当着我的面这样说他，我个人认为不妥。我们还是换个话题吧。”

“不好意思，赵部长，我喝了点酒一时没管住嘴，我自罚一杯。”徐爱华闻声，心领神会，就此打住，然后一边虚情假意地致歉，一边端起酒杯，一饮而尽。

“抱歉，我去趟洗手间。”与此同时，李颖歉意一笑，然后竭力地控制着自己的情绪，去了洗手间。几分钟后，她回到座位上，表情已经完全恢复正常，像是什么事都没发生一样。

“徐总、娇娇，感谢你们的盛情款待，今晚就到这里吧。”赵金龙端起酒杯，提议结束饭局。对他而言，今晚吃饭的目的已经达到，已经没有继续吃下去的意义了。何况，他知道，李颖此刻已没有半点胃口了。

饭局结束之后，徐爱华、徐娇娇父女两人没有像上次吃饭那样给赵金龙送礼。毕竟，送礼讲究的是礼重且符合对方心意，而不是在于次数多。何况，他们都很清楚，刚才饭桌上提及刘建的那番话，比送其他礼物更符合赵金龙心意。

徐爱华本来想让司机先开车将赵金龙、李颖两人送回去，再返回饭店开车送他和徐娇娇回家，但被赵金龙拒绝了。赵金龙说自己找代驾，送李颖回去，不用徐爱华管了。

“对不起，小颖，我没想到那个徐爱华会在饭桌上提刘建。”赵金龙与徐爱华、徐娇娇父女两人挥手道别后，突然停下脚步，一脸歉意地对李颖说道。

“没关系，我跟他的事情已经过去了。”李颖强颜欢笑，试图表现出自己一点也不在意的样子，但实则内心深处的怨念比之前更浓了。因为，徐爱华饭桌上那番话，让她确定了之前的判断——刘建是为了前途抛弃她的。

对她而言，刘建的所作所为彻底辜负了她五年的苦苦等待，更是对曾经那份感情的亵渎。

“你不在意就好。”赵金龙说着，伸出手，亲昵地抚上李颖的脸庞。

“你在意吗？”李颖没有躲闪，也没有抗拒赵金龙的举动，而是直勾勾地看着赵金龙问道。

“在意，也不在意。”赵金龙故作深沉。

“什么意思？”李颖不解。

“我不在意你的过去，只在意我们的现在和未来。”赵金龙深情地凝视着李颖，一脸柔情地说道。

耳畔响起赵金龙温柔的话语，望着赵金龙那深情的模样，李颖芳心微微一颤，心中完全被感动所充斥，一时不知该说什么。赵金龙见状，身子微微前倾，轻轻抱着李颖，继续柔声道：“天气冷，我们先去车里，然后我叫个代驾，送你回去。”

“好。”李颖轻轻点头，然后任由赵金龙揽着她的腰，靠着赵金龙的肩头，走向那辆在停车场十分扎眼的奔驰 G500。

……

就当赵金龙几人结束饭局的同时，银吴项目部租用的办公楼还亮着灯光，几乎每个部门都有人在加班，个别部门甚至是全员加班。其中包括刘建，身为项目部工程技术部部长，刘建除了盯控银市黄河大桥工程施工之外，还要经常回项目部处理部门事务。今天，他特地赶回项目部是为了接受林楠的采访。

林楠从父亲林云峰那里得知了黄土村村民阻拦施工的事情，也知道了刘建的解决方案，敏锐地察觉到这是一个非常好的报道素材，既包括宁西高铁银吴标段建设，又和脱贫攻坚工作挂钩。为此，她特地联系了银吴项目部，想对此事进行采访报道。项目经理周林生得知后，如同上次一样，直接让林楠采访刘建。

为了不影响工程技术部其他人加班，林楠对刘建的采访是在会议室进行的，过程很轻松、愉悦，像是老朋友聊天。

“刘部长，我想问的都问完了，你还有什么要补充的吗？”林楠将采访过程中所有问题和答案理了一遍，确定没有问题后，又冲刘建问道。

“林记者，我没什么补充的了。”刘建苦笑了一声，他属于赶鸭子上架，硬着头皮接受林楠的采访，巴不得采访早一点结束，好去处理手头的事务。

“那好吧，今天的采访到此结束，谢谢刘部长的配合。”林楠闻言，微笑着合上笔记本电脑，起身向刘建表示感谢。

“不客气，应该的。”刘建笑了笑，然后问道：“对了，林记者，你今天开车了吗？没开车的话，我让综合部派车送你。”

“今天还真没开车，我那车出了点问题，送去 4S 店修了。不过，不用麻烦你们了，我下楼找点吃的，然后自己打车回去就行。”林楠笑了笑，她曾开车跟朋友去沙漠里冲浪，结果车子自那以后小毛病不断，经常送去维修。

“啊……你还没吃饭啊？”刘建闻言，不由一怔，然后道：“这样吧，我请你吃饭，然后开车送你回去。”

“好啊。”林楠很干脆地答应了，没有半点扭捏。她喜欢与刘建相处的感觉，也想了解关于刘建的更多信息。

“想吃什么？”刘建问道。

“你们这楼下不远就是夜市一条街，随便找家店撸串吧。”林楠提议道。

“好。”刘建笑着点头，然后与林楠一同离开项目部的办公楼。

这一幕，被项目部不少人看到了，而且项目部计划财务部的一名工作人员还特地偷拍了一张照片发给了赵金龙。那人叫刘左霖，是赵金龙在单位的小兄弟，知道赵金龙已经和刘建的前女友李颖好上了，主观地认为刘建与林楠在一起的照片对赵金龙有用。

赵金龙在送李颖回家的途中便收到了微信，但担心是其他女孩子发给自己的微信，没有打开看，直到等李颖下车后，他才打开微信，赫然看到了刘建与林楠肩并肩走的照片。照片里，刘建与林楠两人的脸上都挂着笑容，一副很开心的样子。而且，林楠望向刘建的目光中充满欣赏，那双眼仿佛会说话，那目光像是在传递某种信息。

“刘建，你真是拱手将李颖送到我的怀抱里啊。”赵金龙看到照片，阴险一笑，然后直接将照片转发给了李颖。

李颖刚刚走进小区，感觉到手机震动，拿出一看，发现是赵金龙发来的微信，点开看到刘建与林楠的照片，整个人像是被雷击了一般，瞬间停下了脚步，怔在原地。她原本因为喝酒而红晕的脸蛋瞬间变得有些苍白，眉目之间充斥着震惊。显然，她做梦没有想到，刘建与她分手一个月之后，便有了新欢。

而在震惊之后，她的眉目之间又涌现出了深深的愤怒。原本，她就对刘建为了前途抛弃她而充满怨念，如今刘建这么快有了新欢，直接让她心中的怨念呈直线上升。这一刻，她完全忘了自己正在接受赵金龙的追求，也忘了刘建曾经对她的好，直接在心中将刘建当成了忘恩负义的渣男。

“李颖，我知道，我不应该在你面前说刘建什么，但我刚看到这张照片后，为你感到不值——他配不上你曾经的爱，也不值得你留恋。”

就在李颖愤怒的同时，赵金龙又发了一条微信。

李颖看到这条微信，几乎想都没想，直接回了一条信息：我想找个地方喝酒。

“好。”赵金龙看到李颖回复的信息，一脸得逞的笑容。原本，他以为彻底拿下李颖要一段时间，需要循序渐进。但刘建这张照片改变了这一切。以他多年的经验，他觉得自己今晚拿下李颖不成问题了。

赵金龙回复完信息之后，专门下车等候，见到李颖去而复返，连忙迎上，假惺惺道：“你还能喝吗？”

“可以。”李颖说着，直接拉开车门，重新钻进了赵金龙的奔驰G500，坐在了副驾驶的位置上。

赵金龙见状，直接上车坐在驾驶位上，道：“我在森林公园的别墅里有一些珍藏的红酒，我们去那里喝吧？”

“随便，哪都行。”李颖仰靠在座椅上，丝毫不顾赵金龙是否要酒驾，也不在意去哪里喝酒。这一刻，她的心中只有一个念头，今晚喝醉，等明天酒醒之后，彻底将刘建这个人忘记！

刘建并不知道自己和林楠肩并肩离开的画面会被拍下来，更不知道那张照片会被李颖看到。他与林楠下楼后，开车带着林楠来到了附近一家名为富洋烧烤的大排档。

尽管是深冬的夜晚，但富洋烧烤店里的客人很多，二楼的包厢已经满了，只有一楼大厅里有两个卡座。刘建和林楠选了其中一个靠窗的卡座，服务员拿来菜单，刘建递给林楠，林楠也不客气，点了几样吃的，刘建又加了一些。

“酒就不点了，否则没法开车送你回去，而且晚上还要加班干活。”

刘建将菜单还给服务员后，有些不好意思地说道。

“嗯，我晚上回去也要加班把稿子写出来。”林楠笑着点头，她本来就没有打算喝酒，但如果刘建想喝的话，她也不介意。

虽然富洋烧烤店的客人很多，但上菜的速度很快，不到十分钟，服务员便将第一盘烤肉端了上来。为了避免林楠一个人吃尴尬，刘建也拿起肉串，陪着林楠一起吃。

“兄弟你好！”

“六六六！”

“七匹马！”

“八台关！”

就在这时，隔壁传来了划拳的声音。几个有着青皮和文身的汉子在旁边的圆桌划拳喝酒。他们总共六个人，但桌上五瓶本地产的老酒已经见底了，每个人都喝得满脸通红，看上去已经有了几分醉意。他们划拳的时候，声音很大，严重影响了其他用餐的客人，但无论是客人，还是店里的服务员、老板，看到他们一副凶神恶煞的样子，均不敢开口阻止。

“这些人真是把饭店当成自己家了。”林楠瞥了一眼那几名大汉，皱着眉头，低声向刘建吐槽。

“美女，过来一起喝酒。”不等刘建开口回应，其中一名大汉正好看到林楠看向他们，当下冲林楠猥琐一笑。

“哈哈哈，美女，过来陪我们豹哥喝两杯！”其他五名大汉也淫荡地笑了起来。

林楠收回目光，不予理会。刘建则是扭头，皱眉看向六名大汉。

“小子，你看什么看？”一名大汉瞬间站了起来，凶神恶煞地盯着刘建，那感觉仿佛只要刘建敢说话，便要刘建好看。

“不要跟这种人一般见识。”林楠脸色微变，低声提醒刘建，生怕刘建与那几名看着像混子的大汉起冲突。

“小子，你刚才的眼神让我很不爽。如果你让你女人过来陪豹哥喝酒，帮你赔罪，那这事就算了，否则……”那名起身的大汉见刘建连屁都不敢放一个，气势更甚，当下撂下一句狠话，同时活动了一下脖子，嘎嘎直响，一副要打人的样子。

没有回答，刘建直接站了起来。

哗啦——

哐当！

其他五名大汉见状，也瞬间起身，而且因为动作太大，撞翻了桌上的餐盘。

看到这一幕，林楠意识到那六名大汉要动手，脸色一变，下意识地站了起来，想开口劝阻。然而，不等林楠的话说出口，刘建便跨出一步，如同一座大山一样，直接将林楠挡在了身后。突如其来的一幕令林楠不由一怔，到嘴边的话也咽了回去。恍惚中，她望着刘建那挺直的背影，心中充斥着安全感和一种异样的情绪。

“林记者，现在的小混混真是猖狂啊，不但调戏你这个记者，还要跟我这个警察动手？”就在这时，刘建完全无视走来的六名大汉，扭头看了一眼林楠，微笑着说道。

唰！

愕然听到刘建的话，以那名豹哥为首的六名大汉脸色一变，下意识地停下了脚步，惊魂不定地看着刘建。正如刘建所判断的一样，这六人都没有正经工作，是附近的混混，以放高利贷为生，经常打架斗殴和利用暴力手段收款。若是被警察抓走，翻旧账的话，每个人都要吃牢饭。

“老板，我一个人可能打不过他们六个，你们把店里的监控保存好，回头送他们进监狱好有证据。”就在豹哥六人发懵的同时，刘建不退反进，主动迎上他们，同时对着不远处有些惊恐的老板喊道。

刘建这话一出口，豹哥六人的脸色再度一变。而后，豹哥连忙上前一步，弯着腰，满脸惊恐地对刘建说道：“对……对不起，我们不是混混，就是喝了点马尿，不知天高地厚跟您叫嚣，您大人有大量，不要跟我们一般见识。”

“滚！”

刘建皱着眉头，冷喝一声。

“是……是！”豹哥六人听到这个极具侮辱性的字，却觉得像是听到了仙乐，连忙夹着尾巴朝门外走去，与先前嚣张跋扈的做派，形成了截然的对比。

“把账结了！”旋即，就当豹哥六人要走出富洋烧烤店的时候，刘建又低喝了一声。这一声，吓得之前站起身冲刘建叫嚣那名混子大汉浑身一哆嗦，然后立刻转身去结账。

“刘警官，好霸气。”当豹哥六人结完账、灰溜溜地离开后，林楠满脸笑意地说道，望向刘建的目光有着毫不掩饰的欣赏。

对一个女人而言，最让她动心的不是男人的权势和财富，也不是暖心的照顾，而是冲冠一怒为红颜的保护。那是男人特有的血性，也是最容易让女人上瘾的毒药。刚才，当林楠被混混调戏时，刘建二话不说，直接起身将林楠保护在身后，直接击中了林楠心中最柔软的地方。而刘建后面冒充警察，吓退六名混混，所表现出的冷静和智慧，更是让林楠赞叹不已。

“现在是法治社会，这些混混都是外厉内荏，只是老百姓的忍气吞声助长了他们嚣张的气焰。但天道有轮回，等警方开始打黑除恶之时，就是他们末日降临之始！”刘建一脸正色地说道。

“嗯。”

林楠微笑点头，只觉得自己今晚和刘建吃饭，更进一步加深了对刘建的认知。

这是一个有血性，同时又具有智慧的男人。

第十章　突发情况

人在忙碌的时候，时间总是过得飞快。

不知不觉，已是2016年的三月底了，宁西高铁银吴标段开工已经四个月了。在过去四个月里，银吴项目部在确保施工安全和工程质量的前提下，严格按照倒排工期抓施工进度，取得了很好的成效——施工进度比计划中的还要快一些。

为了做到这一切，整个银吴项目部的工作人员加班加点，连过年都没有休息，充分发挥了顾大家、舍小家的精神。施工队也是一样，许多劳务工为了赚过年期间的翻倍工钱，也没有选择回家过年。

三月底，宁省已经彻底进入了春季，但没有出现传说中的漫天风沙。在过去二三十年中，宁省严格执行国家退耕还林政策，还发明了草方格治沙技术，沙尘天气越来越少见了，曾经的戈壁滩已变了模样，银市甚至有了塞上江南的美名。

这一天，银市黄河大桥项目要进行桥桩浇筑施工，刘建、王忠国、张骞、吴振涛和总监范春海都在现场盯控施工。原本，项目经理周林生也要来施工现场，但临时被银吴高铁指挥部叫去开会。

宏远建筑工程有限公司的老板徐爱华也来到了施工现场。虽然黄土村村民阻拦施工的事情让徐爱华对刘建意见很大，但他只能将那份不满埋在心底，表面上对刘建还是很客气的，而且无论开会还是盯控施工都会随叫随到，生怕再被开罚单。

早上九点，刘建等人已来到了桥桩施工的现场。劳务工们正在进行浇筑前的检查和准备工作，等混凝土罐车来了就可以浇筑了。

“徐老板，再让你的人检查一下沉淀层和清孔情况，一定要确保没有问题。”施工现场，王忠国有些不放心地冲徐爱华说道。桥桩施工是整个银市黄河大桥工程的关键，而浇筑水下混凝土是桥桩施工最重要的一个环节，一旦出了问题，要将浇筑的桥桩凿除，然后再返工，不但会造成巨大的经济损失，而且严重影响施工进度。

“王总，您放心，下面人已经检查过了，没问题。”徐爱华拍着胸脯保证道。

“再……再……”王忠国说着，突然身子一晃，两眼一黑，朝后栽倒。

“师傅！”刘建跟在王忠国身后，察觉到王忠国的异常，脸色一变，连忙一把将王忠国扶住。

自从宁西高铁银吴标段施工开始之后，王忠国的身体一天不如一天，如今已经瘦得不足九十斤了。体重骤降，这是胃癌晚期的症状。除此之外，胃癌晚期患者还会引发贫血、昏迷。此刻，王忠国便是如此。

没有回应，王忠国整个人倒在了刘建的身上，昏迷不醒，完全没有了意识。

看到这一幕，除了刘建之外，在场众人均是脸色大变。

“张工、振涛，我送王总去医院，你们在施工现场好好盯着，有问题给我打电话！”刘建知道王忠国的病情，他在其他人发懵的同时，一把将王忠国抱在怀里，掐其人中穴，同时飞快地冲张骞、吴振涛两人安顿道。

话音落下，刘建不等张骞、吴振涛开口回应，便抱着王忠国，快步冲向了项目部据点，准备和司机送王忠国去医院。

“知……知道了，师傅！”吴振涛如梦惊醒，下意识地做出回应。

“振涛，你去帮刘部长，我在这边盯着。”张骞也回过神，飞快地对吴振涛说道。

“张工，让振涛留着。王总只是贫血昏迷，没有生命危险，我和司机送他去医院就行。”刘建抱着王忠国，听到了张骞的话，脚步不停、头也未回地喊道：“记住，一定要严格按照施工方案进行浇筑前检查，确定无误后再进行浇筑！”

“好的，刘部！”张骞闻言，不再废话，直接答应了下来。

几分钟后，刘建将王忠国放在汽车后座，让其平躺的同时脑袋侧向一边，保证呼吸。这是贫血昏迷的紧急处理方式。

刘建自从得知王忠国得了胃癌之后，便在工作之余花费了不少时间和精力了解胃癌，知道胃癌晚期的一切症状和应急处理措施。若非如此，他也不会反应如此迅速。

“童师傅，开车！”

刘建将王忠国安置好后，迅速上了汽车，坐在王忠国的身边，一只手掐着王忠国的人中穴，一只手放在王忠国的心脏处。贫血、昏迷容易引发脑梗死和心肌梗死。在抵达医院之前，刘建需要时刻关注王忠国的心跳状况。一旦王忠国心脏停止跳动，刘建需要立刻做胸外心脏按压。

司机童恩利是一名老司机，开车几十年了，遇到这种突发情况，并未惊慌，而是第一时间按照刘建的指示启动了汽车。

一个小时后，童恩利驱车来到了宁省医学院附属医院。这是宁省最好的医院，就连周边省份的重疾患者都会特地赶到这家医院看病。医院越好，患者越多，汽车也越多，找不到停车位是经常发生的事情，甚至有时还会遇到堵车。童恩利驱车进入医院之后，在前往急诊大楼的路上遇到了堵车。

“童师傅，停车，我先送王总去急诊楼，你停好车后来找我们！”刘建见状，当机立断，对着童恩利说了一句，然后便拉开车门，将王忠国抱下车，快步冲向急诊大楼。

虽然已到了早上十点，但急诊的患者很多，走廊里到处都是人。刘建抱着王忠国进入急诊楼后，立刻冲向了服务台，对护士说道：“您好，我师傅胃癌引起贫血昏迷已经一个小时了……”

“将病人放在病床上，跟我来！”不等刘建说完，那名护士便立刻指了指一旁的移动病床。

刘建飞快地将王忠国放在移动病床，然后推着移动病床，跟着那名护士去找急诊坐诊的一名副主任。

急诊病人也分轻重缓急，医生也会根据病人的情况进行优先救治。王忠国的情况比较危急，那名急诊的副主任得知情况后，第一时间让助理将王忠国送到急诊的抢救室进行抢救。

当抢救室的门关上的那一瞬间，刘建悬着的心才略微放下了一些，但整个人满头大汗，里面的衣服完全被汗水浸透了，不知是一路狂奔出的汗，还是因为紧张、担心王忠国的情况。

随后，整整一个小时，刘建都守候在急诊的等候室里。司机童恩利将车停好之后找到了刘建，与刘建一同等待。

“王忠国的家属请到谈话室。”十一点钟的时候，等候室门口有医生喊道。

“来了！”刘建闻声，立刻起身回应医生，然后对童恩利道：“童哥，你在这等我。”

“好的，刘部。”虽然童恩利不知刘建为何要独自前去与医生交谈，但他没有多问，而是第一时间点头。

刘建不再废话，立刻跑向谈话室。谈话室里，那名急诊的副主任带着一名助手已经在等候了。刘建走进谈话室，顺手关上门，一脸担忧地问道：“医生，病人没事吧？”

“你是病人什么人？”那名急诊的副主任擦了擦额头上的汗水，冲刘建问道。

“医生，我是病人的同事，也是他的徒弟。”刘建如实答道。

“病人的家属呢？”急诊副主任皱眉问道。

“医生，病人的家属不在银市，是我送他来医院的。您有什么跟我说，我再转达病人的家属。”刘建说道。

“病人浑身都是肿瘤肿块，明显已经是恶性肿瘤晚期了，他的家人怎么都不在身边？”急诊副主任有些不解，同时也很生气，“他的家属也太不负责任了吧。”

这一次，刘建没有说话。王忠国为了实现自己人生最后一个愿望，将宁西高铁银吴标段建设成中国高铁的标杆，不但一直坚守在工作岗位上，没有休息一天，而且至今没有将自己的病情告诉除刘建之外的第三个人！

“病人自己知道病情吗？”急诊副主任见刘建不说话，沉声问道。

“知道。”刘建点头。

“那病人有没有进行治疗？”急诊副主任又问。

“医生，我师傅检查出胃癌的时候已经是晚期了，胃部的肿瘤很大，而且癌细胞已经扩散到了其他器官。为此，他选择了保守治疗，一直在服用抗癌药物，抑制肿瘤生长和癌细胞继续扩散，同时用中药调理身体，提高免疫力。”

“看来你对他的病情很了解，那就好说了。”急诊副主任没有想到刘建竟然对王忠国的病情如此了解，不由诧异地看了刘建一眼，然后道：“病人已经醒过来了，但他的情况很糟糕。正如你所说，他体内的癌细胞已经扩散到其他器官，浑身都是肿瘤肿块，已经没法救治了，只能延长生命，提高生存质量。”

“医生，我知道。”刘建面色难看地点头。哪怕他早已知道了这一切，此刻听到医生这么说，还是心中一痛。

“既然病人选择保守治疗，那就继续按照之前的方案治疗吧。不过，要想办法让病人保证进食，避免再次昏迷的情况出现。除此之外，病人需要开始准备止疼药物了——他体内的肿瘤已经很大了，而且遍布很多位置，势必会压迫神经和影响脏器正常工作，疼痛会逐步加剧。”急诊副主任想了想说道：“如果你今天要开止疼药的话，我给你开诊断证明，你拿着诊断证明去相关处室开药。”

“好的，医生。”刘建点头，等对方开了诊断证明之后，按照指示去相关科室开了止疼药。说是止疼药，实则是吗啡，只有特殊病人才可以开。这也是那名急诊副主任给王忠国开诊断证明的原因。

刘建开完药之后来到急诊室的病房。病房里，王忠国正在输营养液。他因为胃部肿瘤越来越大，吃得越来越少，营养跟不上，身子消瘦的同时，也开始频繁出现贫血现象。

“刘建，施工现场桥桩浇筑情况怎么样了？”王忠国是醒着的，他不等刘建走到床边，便立刻问道。他在被推进抢救室之前，医生将他身上的所有物品全部交给了刘建，包括手机，导致他醒后无法联系施工现场。

“你……你都这样了，还想着工作？”一名护士满脸惊骇地看着王忠国。

王忠国冲着护士牵强一笑，然后又看向刘建。刘建坐在床边，将止疼药放在床头柜上，然后握着王忠国那只没有扎针的手，几乎感受不到肉，只有生硬的骨头，心头不由一痛，轻声道：“师傅，施工现场有张骞和吴振涛盯着，范总监也在，不会有事。而且，如果有事的话，他们会打电话的。你先输营养液……”

“那你也要问一下。”王忠国打断刘建的话。

“好，我一会儿打电话问问他们。”刘建点头答应下来，望着病床上骨瘦如柴的王忠国，只觉得心如刀割。

“对了，我昏迷后，你没有将我的病情告诉其他人吧？”王忠国又想到了什么，开口问道。

“没有。我说你是贫血昏迷。”刘建轻轻摇头。

“嗯，你还是像以前一样，不要对任何人说。”王忠国闻言，放下心来，然后又叮嘱道。

“好。”刘建面色复杂地点头，心中不是滋味。王忠国身体已经这样了，继续坚守工作岗位的话，根本熬不了多久。但刘建也知道，哪怕他说再多，王忠国也不会改变决定。

为了让王忠国放心，刘建当着王忠国的面给身在施工现场的吴振涛打了个电话，后者告诉刘建，施工现场一切正常。

“师傅，施工现场一切正常，你安心输液。”刘建结束与吴振涛的通话，立刻向王忠国汇报，同时生怕王忠国让他先回去，便又补充了一句，“等你输完液，我们一起回去。”

王忠国犹豫了一下，最终没有再说什么。刘建了解王忠国，王忠国也了解刘建。他知道，刘建不会将他自己一人丢在医院，独自前往施工现场。当然，最重要的原因是他刚才从刘建口中得知施工现场一切正常。

与此同时，施工现场。张骞见吴振涛结束与刘建的通话，立刻问道："振涛，王总工情况怎么样？没事吧？"

“张哥，我师傅说王总工是贫血引发的昏迷，没事。”吴振涛先是回答了张骞的问题，然后忍不住吐槽了一句，“今天真是邪乎，先有王总工在施工现场昏倒，后有范总监拉肚子。”

“确实有点邪门，不过，我们盯好现场就没事了。”张骞点头，然后拍了拍吴振涛的肩膀。

中午饭过后，范春海总监拉肚子愈发严重，几乎脱水，便吃了药在项目部据点休息，施工现场只有张骞和吴振涛两人盯着。

“徐老板，混凝土浇筑量不够啊？”桥桩浇筑结束的时候，张骞突然发现了一个问题，脸色顿时一变。

“张工，够了啊。”徐爱华有些心虚地一笑，同时故意看了吴振涛一眼，示意吴振涛配合他的话。吴振涛则是一脸呆涩。虽然他才刚工作一个多月，但也知道，桥桩浇筑施工，混凝土量不足，意味着什么！

“徐老板，这可是大事！”张骞确认自己没有记错，而且看到徐爱华和冯文斌两人一脸心虚的模样，更加确认这一点。

“张工，我们先抽根烟，我让冯文斌核实一下。”徐爱华闻言，意识到蒙骗不了张骞，当下改变策略，上前给张骞发烟，同时递给司机一个眼神，后者心领神会，立刻朝着汽车跑去。

“混凝土浇筑量不够，这说明我们在施工中某个环节出了问题，清孔不到位，泥浆太多，这会影响混凝土质量和桩基承载力，等于废桩了。”就在这时，吴振涛如梦惊醒，说道：“如果是这样的话，必须尽快凿掉废桩……”

“瞎说什么呢？”愕然听到吴振涛的话，徐爱华心中恼火，脸色顿时变了，怒斥道：“谁给你说少方了？何况，哪怕是少方，如果只是少一点，也不会有问题——设计都是超标的！”

眼看徐爱华冲吴振涛发火，张骞有些发懵。虽然吴振涛只是刚毕业的大学生，但好歹也是项目部的管理人员，一言一行都代表着项目部。哪怕徐爱华是在中铁工程局北方公司最大的几个施工队老板之一，但也不应该这么明目张胆地冲吴振涛发火。

事实上，在此之前，徐爱华一直很注意自己与吴振涛在项目部的相处方式。在外人面前，徐爱华会完全忘记吴振涛与自己女儿谈恋爱的事情，只是将吴振涛当成项目部的管理人员，对吴振涛的态度很客气。

而刚才，当张骞发现浇筑出现问题之后，徐爱华一开始想让吴振涛帮自己蒙混过关，结果吴振涛非但没有任何表示，反而提到了废桩，直接刺激到了徐爱华。如果废掉桥桩的话，他要承受巨大的损失！

话音落下，徐爱华也意识到了自己刚才的表现有些不正常，但他没有理会吴振涛，而是将张骞拉到一旁，道：“张工，振涛是我女儿的男朋友，而且两人准备结婚，所以我刚才对他的语气有些严厉。”

愕然听到徐爱华这番话，张骞彻底呆住了。他完全没有想到，吴振涛和徐爱华竟然是这层关系。

“张工，我们浇筑的时候，混凝土确实少了一些，但少的不多，应该没有问题。”徐爱华说着，见司机拎着一个公文包走了过来，接过公文包。

“徐老板，如果我没判断错的话，问题应该出在导管埋的深度不够，导致首批混凝土浇灌数量不够。这怎么可能没有问题？”张骞仔细回忆了一下浇筑前的检查工作。当时桩底沉淀层和清孔都没问题。而检查导管下口距桩底距离的时候，他和吴振涛、范春海都在谈论王忠国昏迷的事情，没有严格把关。

“张工，这是我的一点心意，请你收下。振涛那边，我会安顿他，让他把这件事情烂到肚子里……”

徐爱华答非所问，而是将公文包递给张骞，里面装的都是现金。他表面说让吴振涛将这件事情烂到肚子里，实则是想花钱堵住张骞的嘴。只要张骞不说，他有信心让吴振涛管好自己的嘴巴。

“徐老板，你知道你在做什么吗？”张骞一脸严肃，没有伸手去接公文包。

“张工，混凝土数量确实少的不多。而且你也知道，设计单位通常都会保守设计，少那点量真的不会有问题。何况，如果真的废桩、返工的话，损失暂且不提，对工期影响很大啊，到时候无法完成上级领导要求的工期怎么办？”徐爱华继续劝说张骞，甚至拿上级领导提出的工期要求说事。

“徐老板，这些话你去跟王总工、刘部长说吧。他们是这项施工的盯控领导，只要他们认为没问题，那我不会说什么。”张骞沉声说道。他了解王忠国刘建师徒两人，知道两人一身正气，而且十分重视工程质量，绝对不会允许出现这种情况。

张骞了解王忠国刘建师徒，徐爱华何尝不是。在他看来，如果让王忠国刘建师徒两人知道此事，那么今天浇筑的那根桥桩势必要废桩。这也是他不惜花代价堵张骞嘴巴的原因。

“张工，这样吧，你先不要跟王总工和刘部长汇报，我让冯文斌核实一下具体情况。”眼看张骞态度坚决，徐爱华决定用缓兵之计，找其他人给张骞打电话施压。

然而，这一次，张骞没有回话，而是直接从口袋里摸出了手机，手机屏幕上显示是刘建的来电。张骞拿着手机，走到一旁，避开徐爱华，才接通。

“张哥，我刚才听振涛说，桥桩浇筑出现了问题？到底怎么回事？”电话接通，刘建率先开口询问，语气严肃。

“刘部，是这样的……”张骞立刻将实情一五一十地向刘建做了汇报。

不远处，徐爱华耳尖，隐约听到了张骞的话，知道自己最担心的事情终究还是发生了，气得直接离开了。

看到这一幕，吴振涛面色复杂。他在向刘建发微信汇报之前，内心十分纠结，挣扎了好一会儿，最终还是做出了决定。

一方面，他觉得如果自己顾忌与徐爱华的关系，配合徐爱华隐瞒这件事情的话，那这辈子良心都会不安。另一方面，他认为这是严重的质量事故，如果不进行处理、返工的话，日后正式运营通车后很有可能会导致桥桩断裂，后果不堪设想。

但此刻，当他看到徐爱华那气急败坏的样子后，又多少有些担心这件事情会影响到他和徐娇娇的恋情。

几分钟后，张骞结束通话，察觉到了吴振涛的表情异常，便径直走了过去，问道："振涛，徐爱华说他女儿是你女朋友？"

"嗯。"吴振涛点头。

"振涛，不必纠结，你做得很对。有些原则和底线，我们必须坚守！"

张骞闻言，一脸欣慰地拍了拍吴振涛的肩膀，给予安慰和鼓励。

第十一章　奉公与谋私

宁省医科大学附属医院急诊室病房外，刘建结束与张骞的通话之后，不做停留，直接拨通宏远建筑工程有限公司老板徐爱华的电话。

“您好，刘部长。”

虽然徐爱华误认为张骞向刘建汇报此事，正在气头上，但见到刘建打电话过来，还是第一时间接通了。毕竟，刘建已经知道这件事情了，他想躲也躲不过去，不接电话只会更加激怒刘建。何况，哪怕他要找人协调、沟通此事，最终还得过刘建那一关。

“徐老板，你知道桥桩浇筑施工出现质量问题了吗？”刘建开门见山地问道。

“刘部长，我知道，我就在施工现场。刚才，我还在跟张工在沟通这件事情。我们导管埋的深度不够，导致首批混凝土浇灌数量不够，不过少得不多……”徐爱华先是正面回应了刘建，然后试图辩解。

然而，不等徐爱华将后面的话说出口，刘建便冷声打断，语气极其严厉："徐爱华，你听着，现在立刻安排对桥桩进行拆除！"

"好……好的，刘部长。"徐爱华面色难看，犹豫了一下，还是决定先答应刘建，然后再想办法处理。

刘建不再废话，直接挂断电话，然后平复了一下心情，装出一副没事人的样子，才走进病房。病房里，王忠国还躺在床上输营养液，气色比早上好了一些。

"刘建，施工现场是不是出事了？"虽然刘建伪装得很好，但王忠国一眼便看出刘建的表情不对劲，同时意识到了什么。

"师傅，没事。"刘建摇头，打算暂时瞒着王忠国。因为，他担心王忠国知道桥桩出现质量问题后，要立刻赶回施工现场。

"刘建，你不擅长撒谎，说吧，发生什么事情了？"王忠国挣扎着坐起来，背靠着墙，再次问道，语气严肃了不少。

"师傅，我告诉你，但你要答应我，等输完所有营养液再回施工现场。"刘建想了想说道。

"好。"出乎刘建预料，王忠国竟然同意了。

"师傅，事情是这样的……"刘建沉吟了一下，言简意赅地将事情向王忠国汇报。

"你现在立刻赶回施工现场处理这件事情。"王忠国皱着眉头，一脸严肃地说道："我这边输液结束之后，让综合部另外派车送我。"

"好的，师傅，你这边如果有什么事记得给我打电话。"刘建稍加思索，便同意了王忠国的安排。他知道，王忠国没有坚持亲自赶回去已经是最低底线了。

“嗯，快去吧，废桩越早拆除越好。”王忠国点头，提醒道。

刘建对此也心知肚明，他没再说什么，直接转身离开了病房。王忠国目送着刘建离去的背影，拿出手机，给项目经理周林生发了一条短信：周经理，银市黄河大桥桥桩施工出现了严重的质量问题，我和刘建愿意接受各种形式的考核、处罚。刚才，我已经让刘建去处理这件事情了。我们的态度一致，质量安全大于天，必须返工，任何领导出面打招呼都不行。

周林生还不知道银市黄河大桥工程桥桩出现质量问题的事情。他原本在银吴高铁指挥部开会，收到王忠国的短信之后，直接离开了会议室，给王忠国回了电话，了解具体情况。

与此同时，徐爱华在接完刘建的电话之后，抽了一支烟，彻底让自己冷静了下来，然后思索这件事情该如何处理，或者说该找谁来处理。最终，他选择了赵金龙。因为，他与赵金龙的关系十分紧密，而且赵金龙拥有强大的资源，是处理这件事情的最佳人选。

徐爱华做出决定之后，拿出手机，给赵金龙发了一条信息：赵部长，我有很紧急的事情跟您说，您现在方便吗？

很快，赵金龙回了信息：我跟黄总在前往银市黄河大桥施工现场的路上，不方便接电话，有事短信说。

徐爱华看到赵金龙回复的信息，不由眼前一亮。赵金龙口中的黄总叫黄德清，是中铁工程局北方公司主管经营的副总，曾给赵金龙的父亲当过秘书。赵金龙的父亲高升之后，后者也升职了。从某种意义上说，黄德清是赵金龙父亲的门徒。今天，赵金龙和黄德清一同来银市黄河大桥施工的现场，这让徐爱华看到了解决问题的曙光。

旋即，徐爱华立刻将事情的原委以短信的形式告诉了赵金龙，并且重点说明少的混凝土数量不多。信息发送之后，徐爱华等了足足十分钟才收到赵金龙的回复：等我到了再说。

徐爱华看到这个回复，信心直接增强了。随后，他又点燃一支香烟，一边吸烟，一边来回踱步，最后又拿出手机，拨通了自己女儿徐娇娇的电话。

“娇娇，施工现场出了点问题，你一会儿给吴振涛打个电话。你跟他说，我这边已经找好上面的领导摆平这件事情了，但不想跟他师傅刘建闹得太僵，让他帮我给刘建送礼。”徐爱华安排道。

“好的，爸。”徐娇娇连问都没问，便直接答应了下来，然后见徐爱华没有其他吩咐，便挂断电话，直接拨通吴振涛的电话。

因为桥桩浇筑施工出现了质量问题，施工暂时停止了，吴振涛和张骞都回到了项目部据点。虽然张骞给予了吴振涛安慰，但吴振涛心中依然担心今天的事情会影响到自己与徐娇娇的恋情，心神不宁，独自一人蹲在院子里。

“嗡……嗡……”

手机震动的声音突然响起，让吴振涛从走神状态中惊醒，一下蹦了起来。他定了定神，拿出手机一看，发现是徐娇娇的电话，心中顿时“咯噔”一下，但还是接通了电话。

“振涛，我爸刚给我打电话说，你们施工现场出了点问题。他已经找你们上级领导协调摆平了……”电话那头，徐娇娇率先开口。她如同之前一样，压根没问到底发生了什么问题，直接给吴振涛安排。

然而，不等徐娇娇将后面的话说完，吴振涛便下意识地打断：“不可能！出现了那么严重的质量事故，除了返工没有任何办法，上级领导怎么解决？”

“你知道我爸在你们单位包工程多少年了吗？十几年了！他所拥有的人脉是你无法想象的！他说解决了，那肯定就是解决了！”徐娇娇有些不高兴地说道。

“怎么解决的？”吴振涛满脸不敢置信地问。

“具体怎么解决的，你就不要问了，这跟你没关系，也不是我打电话的目的。”徐娇娇答非所问，几乎用一种命令的口吻说道：“我爸说了，虽然他解决了问题，但不想和那个刘建闹得太僵，稍后会让你帮他给刘建送礼，你记得办啊。”

“不行！”吴振涛下意识地拒绝。

“你……你说什么？”徐娇娇似乎没有想到吴振涛会拒绝，有些发懵。

“娇娇，今天桥桩浇筑施工出了严重的质量问题！虽然我不知道你爸到底是怎么摆平的，但我知道，我师傅要求必须返工！如果不返工，今后运营开通，桥桩断裂的话，火车会翻的！”吴振涛义正词严地说道。

“你……你真是近朱者赤近墨者黑，跟着那个刘建学得一根筋！如果问题真的像你说的那么严重，我爸也不会说摆平的话啊。”徐娇娇说到这里，直接来气了，“吴振涛，我让你办点事怎么就那么难呢？”

“娇娇，这不是难不难的问题，而是违背原则的问题，甚至是违规、违法问题！而且，我了解我师傅，哪怕你爸送一座金山给他，他也不会要！”吴振涛正色道。

“嘿……还金山，你当那个刘建是圣人转世啊？”徐娇娇怒极反笑，然后直接“逼宫”道：“吴振涛，我问你，你到底帮不帮我爸给刘建送礼？”

“娇娇，我真的不能那么做……”

虽然吴振涛听出徐娇娇生气了，但他还是选择坚守原则。因为，理智告诉他，如果他真的那么做了，绝对会让刘建失望，也会让自己后悔一辈子。

“好，好，好，吴振涛，你很好！”

徐娇娇气得浑身哆嗦，最后直接挂断了电话。这也是她和吴振涛平时吵架的习惯性做法。她每次挂断电话，吴振涛都会立马打过去，向她道歉，然后哄她到开心为止。

这一次，吴振涛下意识地也要那么做，但当他即将摁下回拨键的时候，手突然僵在了空中。因为，他很清楚，除非他答应徐娇娇的要求，否则不可能将徐娇娇哄开心。

吴振涛没有打电话哄徐娇娇，完全出乎了徐娇娇的预料，也让她更加生气。她也再没有给吴振涛打电话，而是准备等吴振涛知道她父亲解决了问题之后主动打电话给她。到时候，她要好好教训吴振涛。

而另外一边，刘建乘车离开医院之后，接到了项目经理周林生的电话。

“刘建，王总工那边没事吧？”电话接通，周林生率先开口，但并未直奔主题谈银市黄河大桥桥桩浇筑质量问题，而是先问及王忠国的情况。他刚才和王忠国通话，得知王忠国在施工现场昏迷的事情。除此之外，在过去一段时间里，王忠国日渐消瘦，面色发黑，周林生都看在眼里，也多次提醒王忠国要注意身体。

“周经理，我师傅是贫血昏迷，在医院输点营养液，以后多吃饭，保证营养就没事了。”刘建按照王忠国的叮嘱，继续隐瞒王忠国的病情。

“那就好。”周林生闻言，松了口气。王忠国是项目部的副经理兼总工，是宁西高铁银吴标段的施工总指挥，若是身体出问题，那会对这项工程的施工造成巨大影响。

“刘建，王总刚才给我说了桥桩浇筑施工出现的质量问题，而且说你现在正在赶往施工现场。”周林生稍作停顿，继续开口，直接做出指示，“你赶到施工现场之后，认真调查一下这次质量事故的具体情况。我现在也往过赶，黄总和赵金龙也在赶往施工现场的路上。稍后，可能要召开质量事故分析会，你那边准备一下。”

“好的，周经理。”刘建第一时间领命。

“另外，范总监还不知道这件事情，先不要跟他说，等我们内部开完质量事故分析会，拿出解决方案，再跟他沟通。”周林生又补充了一句。

四十分钟后，刘建率先赶到了施工现场，吴振涛和张骞已在等候他。刘建带着两人检查了施工现场，徐爱华带着冯文斌紧跟身后，但刘建压根没有理会两人。刘建查看了施工现场后，让张骞和吴振涛两人仔细回忆桥桩浇筑混凝土之前的检查、计算工作，并且询问了冯文斌，最后确认问题确实如同张骞所判断的一样——导管埋设深度不够，导致首批混凝土浇筑量不足。

做完这一切之后，刘建没做停留，直接返回项目部据点，撰写质量事故分析报告。报告里，刘建先是说明了质量事故的具体情况，然后分析了原因，最后提出解决和考核方案。

当刘建写完质量分析报告之后，周林生便抵达了项目部据点。他如同刘建一样，先是去施工现场看了一圈，才到项目部据点。

"周经理。"项目部据点的办公室里，刘建、张骞和吴振涛三人见到周林生进门，纷纷起身问好。

周林生绷着脸，面色难看地冲刘建问："刘建，黄总和赵金龙马上到了，事故分析报告写好了吗？"

"周经理，已经写好了，我出一份，您先看一下。"刘建点头，然后让吴振涛将事故分析报告打印了一份，递给周林生。

周林生接过质量事故分析报告，坐在办公室的沙发上，皱着眉头，几乎是逐字逐句地看。

"周经理，黄总他们到了！"就当周林生全部看完的时候，一名身材瘦小的中年男子走了进来，向周林生汇报。他是周林生的专职司机张银城。刚才，周林生看完施工现场之后，特地让张银城守在外面，黄德清和赵金龙到了第一时间向他汇报。

"小吴，你将报告出五份，拿到会议室。"周林生将事故分析报告丢在桌子上，起身做出指示，"刘建，张骞，你们跟我去施工现场。"

"好的，经理。"刘建和张骞异口同声做出回应，跟着周林生前往施工现场。

与此同时，黄德清和赵金龙已经抵达了施工现场。徐爱华提前知道两人抵达的时间，早已在施工现场等候了，名义上是陪两人检查，实则是想趁着周林生、刘建等人不在的机会，与赵金龙进行私下沟通。

"徐老板，你们是怎么施工的？怎么能出现这么严重的质量问题？"赵金龙先是当着黄德清的面训斥徐爱华，看似在履行公司领导检查施工的职责，实则是在暗中告知徐爱华这件事情很严重。如果他能够帮徐爱华摆平这件事情，代价会很大。如果他无法摆平这件事的话，徐爱华也不要怪他。

“赵部长教训得是。”徐爱华点头哈腰，一副受教的姿态。

赵金龙见黄德清没说话，刻意放慢脚步，徐爱华心领神会，立刻凑了上去，低声道：“赵部长，帮忙想办法处理一下，千万不能返工啊，否则我要赔死！”

“返不返工我说了不算。”赵金龙同样压低声音，飞快地说道：“我在高速服务区的时候私下跟黄总汇报了这件事。无论是我，还是黄总，都不可能当着项目部的人面说不用返工，你明白吗？”

“明白，一切按照您的指示办。”徐爱华当了几十年包工头，早已混成了人精，他听出了赵金龙的弦外之音，心中的希望之火更旺了，甚至连表情都有些激动了。

“我向黄总建议，这件事要找咨询设计公司，让他们来评估问题的严重性，然后根据问题的情况定解决方案。如果问题不是很严重，协调他们出技术通知单，我们公司按照技术通知单解决问题。如果问题严重到必须返工的地步，那就没办法了。”赵金龙说出自己的计划。他在咨询设计公司有熟人，而且因为其父亲的关系，跟该单位某位领导关系很好。按照他的计划，如果问题没有严重到必须返工的地步，他会帮助徐爱华解决这个问题。

一方面，这会让徐爱华欠下他一个天大的人情，代价会极其昂贵。另一方面，如果咨询设计公司出具技术通知单，哪怕正式开通运营后，真的出了问题，也跟他没有任何关系。

“谢谢赵部长！”徐爱华闻言，激动得两眼发光，浑身都在哆嗦。

赵金龙看到周林生带着刘建、张骞走来，便没再跟徐爱华说什么，而是快步追上前方的黄德清。黄德清同样也看到了刘建三人，于是停下脚步，点燃一支香烟，冷着脸，原地等待。

“黄总，赵部长。”周林生带着刘建、张骞快步迎了上来，三人几乎同时开口向黄德清和赵金龙打招呼。

“周经理，我听说你这里的施工出了问题？”黄德清板着脸，沉声问道。

“是的，黄总。今早桥桩浇筑施工出了问题。”周林生点头。

黄德清丢掉香烟，摆着领导的派头，劈头盖脸地训道：“据我所知，你们项目部早已知道银市黄河大桥施工是宁西高铁银吴标段的重中之重，还特地安排王忠国和刘建盯控。他们两人当时在干什么？他们怎么能让这种质量问题出现？你们知不知道，这个问题很有可能会影响工程的整体工期，而且会对公司的声誉造成重大影响？”

“黄总，我已经安排刘建写了一份质量事故分析报告，准备召开质量事故分析会，在会上向您汇报。”周林生用眼神制止刘建开口，同时回答道。

“周经理，问题已经严重到质量事故的地步了吗？”黄德清脸色不由一变。虽然他在高速公路服务区的时候，从赵金龙嘴中得知了这件事情，但当时赵金龙说问题不是特别严重。而且，就在刚才，徐爱华也口口声声说缺少的混凝土数量不多。

“是的，黄总，这是一起严重的质量事故。我和王总工严重失职，我们愿意接受公司任何形式的处理！”

这一次，不等周林生开口，刘建上前一步，先明确是质量事故，然后表态愿意接受处理。

“刘建，不要张口就来。据我所知，监理单位和中铁咨询设计公司还不知道这件事情，更没有调查，你怎么就自己先说是质量事故？”赵金龙眉头一挑，冷声质问刘建。

“赵部长，我是项目部的工程技术部部长，也是这个施工现场的包保盯控干部。是不是质量事故，我心里有数。”刘建面无表情地看着赵金龙。

“刘部长，我还是头一回听说，在其他单位没有调查之前，施工单位主动往自己身上揽事故的！”赵金龙皱着眉头，一脸不悦。身为中铁工程局北方公司最年轻的副科级干部，外加有一个退休的副局长父亲，从来没有人像刘建刚才那样毫不客气地怼他。

“赵部长，那是因为你没在施工现场干过。”刘建皱了皱眉，只觉得赵金龙的思想严重有问题。虽然他在过年前便知道前女友李颖已是赵金龙的女友了，甚至知道两人已经有了结婚的计划，但此刻对事不对人。

“刘建，你什么意思？”赵金龙眯着眼，一脸阴沉地盯着刘建。没有施工一线的工作经历，是他的短板，其父亲也多次提醒他，要找机会到施工一线待一段时间，既是积累施工经验，也是镀金，以便于日后升职的时候，让他人无话可说。

但赵金龙没有施工一线工作经历这个短板，除了赵金龙的父亲之外，从来没有第二个人再敢当着赵金龙的面说。哪怕是总经理高金东和党委书记贺建华都未曾提过半句。在这样一种情形下，刘建当众说出来，被赵金龙当成揭短，让他十分恼火！

“刘建，施工现场出了问题，你还挺理直气壮啊？你这是什么态度？”黄德清察觉到了赵金龙的怒意，同时也主观地认为刘建当众揭短赵金龙属于公报私仇，当下开口帮赵金龙训斥刘建。

“黄总，我们到会议室说吧。”

周林生见状，连忙开口圆场，同时再次用眼神示意刘建不要开口了。他看出赵金龙很生气，也知道黄德清和赵金龙父亲的关系——黄德清明摆着要帮赵金龙教训刘建。

原本刘建就在这次质量事故中严重失职，若是让刘建激怒乃至得罪赵金龙和黄德清两人，对刘建乃至整个项目部而言都不是什么好事。

“好。”

黄德清点头同意周林生的建议，同时皱眉盯着刘建，完全没有掩饰对刘建的不满。而赵金龙则是眼眸深处隐藏着恨意。

以前，他只是不喜欢刘建的行事作风，看不上刘建。

后来，他和李颖确立男女朋友关系，计划结婚，心中对刘建这个李颖的前男友有着本能的抵触。

刚才，刘建刚才当众揭短的行为，让他心中的抵触直接上升到了仇恨的地步。

第十二章　质量事故分析会

随后，刘建一行人朝着项目部据点走去。其中，周林生和黄德清走在最前面，赵金龙落后两人半个身位，刘建和张骞跟在赵金龙后面，徐爱华和冯文斌走在最后面——他们也要参加会议。

通常来说，施工现场出现质量事故，施工队老板都会忧虑，但此刻的徐爱华，脸上没有半点忧虑。因为，他通过之前与赵金龙私下沟通，有信心可以在不返工的前提下解决问题。

此刻，他走在人群最后面，一脸冷笑地盯着刘建的背影。一直以来，他都对刘建不满乃至敌视，但因为刘建的身份，为了利益，他一直选择忍气吞声，甚至在刘建面前装孙子。刚才，他目睹了刘建揭短赵金龙的全过程。而他了解赵金龙，知道赵金龙是一个睚眦必报之人，绝对不会轻易放过刘建。

事实的确如此，赵金龙跟在黄德清和周林生身后，思索着可否动用资源，利用这次事故的契机，撤掉刘建在项目部的职务，甚至直接将刘建调出项目部。思索过后，赵金龙认为难度不小。

一来，王忠国在单位德高望重，有他支持刘建，公司领导必然有所顾虑。二来，刘建是周林生亲自点的将，哪怕公司领导层对刘建不满，也要征询周林生的意见。周林生会因为刘建的一次工作失误，就换掉刘建这个项目部工程技术部部长？这种可能性微乎其微。

吴振涛早已按照周林生之前的指示，将桥桩质量事故分析报告打印了好多份，在会议桌上摆得整整齐齐，此刻焦虑不安地守在门口。他上班不到一年，第一次遇到这种质量事故，多少有些紧张。

“黄总、经理、赵部长。”当吴振涛看到周林生带着黄德清一行人朝着会议室走来后，立刻出门，主动迎上。

或许是因为心情不佳的缘故，黄德清非但没有回应吴振涛，甚至连点头这样的动作都没做。周林生则问道：“小吴，质量事故分析报告打印好了吗？”

“打印好了，经理。”吴振涛头点得跟小鸡啄米一样，同时双手僵在空中，有些不知所措。

走在人群最后方的徐爱华，看到这一幕，不由皱起眉头，对自己女儿这个男友愈加不满。

“振涛，你也参加会议，做好服务和记录。”刘建也发现了吴振涛的不安与茫然，上前对吴振涛安排道。

“好的，部长。”吴振涛下意识点头，不再像刚才那般茫然，而是很麻溜地将事故分析报告分别给了黄德清、周林生、赵金龙、刘建和张骞各一份，然后给众人的茶杯添水。

“刘建，你读一下事故分析报告……”周林生做出指示。

“不用，我们自己看。”黄德清皱着眉头，看着事故分析报告，头都没抬，直接打断了周林生的话。

周林生闻声，面子有些挂不住，但也没说什么，而是拿起保温杯喝了口水，以此掩饰尴尬。

“刘建，事故发生的时候，你和王忠国不在施工现场。你们去了哪里？”黄德清仔细看完事故分析报告之后，抬头冲刘建问道。

“黄总，王总工今早在施工现场贫血昏迷了，我送他去医院了。事故发生时，我陪他在医院治疗。”刘建如实答道，但依旧隐瞒着王忠国的病情。

“刘建，我知道，你跟王忠国师徒情深。你担心他的身体，也情有可原，但你也应该知道，今天的施工是多么重要！在关键时刻，你们两个负责包保盯控的项目部领导统统不在场，这能说得过去吗？如果你让其他人送王总工去医院，你在施工现场盯着，还会发生这种问题吗？”黄德清将事故分析报告扔在身前的会议桌上，劈头盖脸地训道。

“黄总，今天确实是我的失职，我愿意接受公司的处理。”刘建没有为自己和王忠国辩解，当场认错、表态。

“黄总，主要责任在我。”张骞也开口表态了。刘建带着王忠国去医院之后，他是项目部在施工现场唯一的包保盯控干部。

“还……还有我……”吴振涛下意识地跟着开口。虽然身为实习生的他，按照规定，不能包保盯控施工，主要是充当刘建的助手，帮助刘建处理一些事务，但他还是主动接受处理。

“你们什么意思？是不是觉得，公司处理不了你们？”赵金龙突然冷哼一声。原本黄德清矛头直指刘建，张骞和吴振涛跟着请求处理，等于变相地帮助刘建解围了。毕竟，真正论责任的话，张骞肯定是第一责任人。这不是赵金龙想要的，他想让刘建承担主要责任。

“黄总，关于处理的问题，我稍后会打电话向高总、贺书记汇报，并且以项目部的名义上报处理方案，让公司定夺。我认为，当务之急，我们要做的是怎么解决问题。”周林生皱眉看了赵金龙一眼，然后将目光投向黄德清。

黄德清闻言，也皱起了眉头，再次重问道：“问题真的严重到了事故的程度？”

“是的，黄总。”刘建再次给予肯定答复。

“我看你们在事故分析报告里写必须拆除桥桩，重新施工？”黄德清一针见血地询问关键。

愕然听到黄德清的询问，徐爱华不由感到心头一紧，连忙将目光投向了赵金龙。

赵金龙察觉到了徐爱华求助的目光，但没有看徐爱华，而是皱眉盯着刘建，冷冷道：“刘建，请你搞清楚自己的身份。你是项目部的工程技术部部长，不是监理，也不是咨询设计单位的人，更不是高铁指挥部的人——你有什么资格认定就是事故？你又有什么资格直接定解决方案？”

“赵部长，难道我们做错了事情，一定要让别人指出来，才认为自己错了吗？”

刘建迎上赵金龙的目光，不卑不亢地与赵金龙对视着，一字一句道：“桥桩首次混凝土浇筑数量不够，桥桩之中掺杂了大量泥浆，这会直接导致桥桩承载力不够，只要是懂技术的人，都知道那就是一根废桩……”

“刘建，你这是在说我和黄总不懂技术吗？”赵金龙冷笑着打断刘建的话，然后余光清晰地看到黄德清的脸色很难看。

“我只是在阐述事实。”刘建知道自己刚才的话有可能会得罪黄德清，但他并不在乎，而是一脸正色地回应赵金龙。

“我看你太自以为是了！”赵金龙冷声指责。

“黄总，我之前跟王总工也沟通过，他也说这是质量事故，必须拆除桥桩，进行返工。”眼看赵金龙又和刘建针锋相对了起来，周林生再次开口圆场，而且搬出了王忠国。王忠国是中铁工程局北方公司乃至整个西北地区的铁路施工专家，他的话有权威性。

“周经理，王总工是我们公司的技术专家，他的业务能力毋庸置疑，但他毕竟不在施工现场，对具体的情况也不是很清楚。所以，我个人认为，他的判断未必准确。而且，就算是事故，也要监理、设计咨询和建设单位一起认定。”赵金龙找了一个合理的理由反驳周林生的话。

“周经理，我认为赵部长说的有一定道理。我们自己先入为主，直接认定是质量事故，进行返工，这多少欠妥些，还是等几家单位一起进行现场调查后再做定夺。毕竟，一旦返工的话，将会造成损失，影响工期，同时也会对公司的声誉造成影响。”赵金龙的话音刚落，黄德清便开口表明自己的态度。

“黄总，真的不需要其他单位来认定，这就是一起质量事故，而且必须立刻对废桩进行拆除，否则等混凝土彻底凝固，想再拆除的话，难度将会大大提升，所消耗的时间和费用会更多。”刘建直言不讳道。

黄德清闻言，顿时一脸铁青，眉目之间的不悦瞬间变成了恼怒。但他毕竟是领导，没有立刻发火。赵金龙将黄德清的表情变化尽收眼底，知道刘建今天是彻底将黄德清得罪了，心中冷笑，同时冷眼盯着刘建说道：“刘建，难道就凭你一句话便认定是事故，必须拆除吗？你也太把自己当一回事了吧。”

“那你又凭什么认定不是事故？”

这一次，刘建没有给赵金龙好脸色，直接冷声反问：“既然你认为不是质量事故，那你愿意为你的言论，承担一切责任吗？”

“刘……刘建，你什么意思？我为什么要承担责任？你要知道，是你的严重失职，导致了问题发生，而不是我！”赵金龙一脸恼怒，先是撇清自己与这件事的关系，然后主观臆测地指责道：“虽然我的未婚妻曾经跟你有段感情，但那已经过去了。你不要因为这一点，把你对我个人的情绪带到工作中来！”

“赵金龙，你想多了，我只是就事论事。倒是你，没有任何依据，就认定不是质量事故，居心何在？”刘建面无表情地回应。

“居心何在？刘建，你耳朵聋了吗？你没听到黄总刚才说，如果认定为质量事故的影响吗？”赵金龙被戳到了软肋，但并未惊慌，而是很聪明将黄德清当成自己的挡箭牌。

果不其然，黄德清也恼了，直接冷声问道：“刘建，你是不是也想让我为刚才的话承担责任？或者给你写一份保证书？”

“黄总，我不是这个意思，我也没有资格要求您和赵金龙做什么。”刘建看出黄德清发火了，但他毫不畏惧地迎上黄德清的目光，沉声道：“我只是客观地说明问题的严重性——废桩不拆除绝对不行，没有任何人能够担得起这个责任！而且，废桩必须要尽快拆除！这是我和王总工的决定，也写进了事故分析报告中。”

“周经理，我怎么觉得你们项目部是刘建说了算？甚至，我觉得他更像是你和我的领导？”黄德清怒极反笑，没有直接与刘建针锋相对，而是看着周林生，一脸嘲讽道。

“黄总，我们项目部涉及施工和技术的问题，以王总工和刘建的意见为主。而且，王总工和刘建是银市黄河大桥施工现场的包保盯控干部，这项施工遇到问题，也以他们的意见为主。”周林生察觉到了黄德清的怒意，也听出了黄德清的嘲讽之意，但还是很坚定地支持刘建。

用人不疑，疑人不用，这是周林生一贯的作风。王忠国和刘建已经认定是质量事故，而且表态必须拆除废桩，那他肯定要给予支持。

而且，周林生也极其重视工程质量，他在这方面吃过大亏，留下了一生的遗憾与愧疚。

除此之外，周林生也知道，黄德清、赵金龙和徐爱华三者之间的特殊关系，也明白赵金龙极力阻止返工的目的。

“周经理，如果你们认为这件事情不需要经过公司同意，可以由你们项目部自己做主拆除，那我无话可说，但我会在公司的党委会上如实反映这一切。”

黄德清冷着脸，沉声道：“另外，我认为你们项目部的管理存在严重问题。尤其是你这个工程技术部长的工作作风有大问题——他在关键施工期间未请示的前提下，擅自离岗，这是玩忽职守，严重脱岗，必须为此承担责任！我会在公司党委会上建议，撤销刘建的职务，换人来担任你们项目部工程技术部部长！”

“黄总，我现在向高总和贺书记汇报这件事情，请示解决方案。另外，项目部的班子成员和各部部长，都是由公司党委会决定的。如果公司党委会决定要撤销刘建的职务，无论是刘建个人，还是我们项目部都会严格执行。”周林生的脸色也有些难看。刘建是他亲自点的将，也是公司党委会通过的。黄德清当众提出要换人，这是在羞辱刘建，也是在打他的脸。

话音落下，周林生直接起身，拿着手机，离开了会议室，到外面去给高金东和贺建华打电话。看到这一幕，黄德清脸色铁青。身为公司的领导，他到施工现场，遇到问题，没有解决，反倒是让项目经理率先将电话打到老总和书记那里，这会显得他很无能，也会让他很难堪。

赵金龙看出了黄德清的难堪，非但没有在意，反而在心中幸灾乐祸。原本，他想借题发挥，利用这件事情让刘建丢掉职务，但他认为难度很大，结果刘建彻底得罪黄德清，正中他的下怀。

与赵金龙不同，徐爱华脸上的幸灾乐祸已经消失得无影无踪，心中又开始变得不安了起来。因为，他看出周林生坚定不移地要支持刘建，甚至不惜得罪黄德清。如此一来，他心中那份对于不返工的信心直线下降，再次变得不安了起来。

正所谓怕什么来什么。十分钟后，就当徐爱华提心吊胆的时候，会议室的安静被手机铃声打破，黄德清的手机响了。

黄德清拿出手机，看到是总经理高金东的来电，没有起身，而是当着众人的面接通：“高总。”

“黄总，周林生刚才已经向我汇报了银市黄河大桥施工中出现的质量事故。我和贺书记沟通过了，同意项目部提出立即拆除废桩的方案。”

高金东开门见山，语气毋庸置疑。

“好的，高总。”黄德清面色难看地做出回应，然后等高金东挂断电话后，一脸铁青地起身，气呼呼地朝外走去。赵金龙见状，连忙起身，拿起黄德清的茶杯，跟着离开了会议室。

与此同时，徐爱华的脸色极其难看，那感觉比吃饭的时候吃到一只苍蝇还要恶心。原本，他通过与赵金龙的私下沟通，已经看到了不用返工的希望。而今，那份希望变成了水中月、镜中花，不可能实现了。

黄德清出了会议室之后冷冷地看了周林生一眼，一言不发，直接离开，毫不掩饰对周林生的不满。赵金龙看到这一幕，稍作思索，便走向周林生，压低声音道：“周经理，黄总看上去很生气。他刚才既然说了要在公司党委会上提议撤销刘建的职务，就一定会提的。我个人认为，你没有必要为了那个刘建彻底得罪黄总。”

“谢谢赵部长提醒。”周林生面无表情道，他知道真正想撤销刘建职务的人是赵金龙，同时也听出赵金龙这是提醒他，要在得罪黄德清和力保刘建之间做出选择。

“不客气。”赵金龙知道周林生已经明白了自己的意思，不再废话，要直接转身去追黄德清。

“赵部长，我也提醒你一句话。”周林生突然开口。

“什么？”赵金龙脚步一顿，回头诧异地看着周林生。

“有时候手伸得太长不是什么好事。”周林生缓缓开口，一语双关。

赵金龙闻言，秒懂周林生的意思，先是有些惊愕，而后皱眉看了周林生三秒钟，才一言不发地转身离开。

周林生丢掉烟头，踩灭，重新进入会议室，一眼便看到徐爱华一脸心神不宁，再结合黄德清气愤离开，明白总经理高金东刚才给黄德清打了电话。

“刘建，回头专门拿出一个关于此次质量事故的处理决定，其中必须明确两点。第一，宏远建筑工程有限公司必须承担此次质量事故的所有损失。第二，宏远建筑工程有限公司必须在质量事故分析会之后立刻拆除出现质量问题的桥桩，然后按照质量事故分析报告中的要求，增加人力、机械，将此次事故延误的工期抢回来！如果宏远建筑工程有限公司做不到以上两点，直接清退，换其他队伍上！”周林生重新主持会议，看似在对刘建安排工作，实则是说给徐爱华听的。

“好的，周经理。”刘建点头。

“周经理……”徐爱华脸色难看，试图说些什么。

然而，不等徐爱华将后面的话说出口，周林生便冷声打断：“徐老板，关于这个处理决定，我已经向高总、贺书记汇报过了，两位领导都表示同意。如果你对此有异议，可以去找他们。”

“我……我对于处理决定没有异议。”徐爱华的心瞬间跌入谷底，改口道：“我现在就去安排拆除出现质量问题的桥桩！”

周林生冷着脸，没再说什么。徐爱华见状，很识趣地起身，带着手下的施工队长冯文斌离开了会议室。当两人走远之后，冯文斌忍不住道：“徐总，那个刘建脑子有问题吧？他为了整我们，不惜得罪黄总和赵部长？”

“闭嘴，这还不是你干的好事？”徐爱华怒声骂了一句。

冯文斌吓得脸色一变，连忙闭口不言。而徐爱华怒骂了冯文斌过后，脸色好转了一些。虽然他无法改变返工的决定了，但他相信，刘建今天彻底得罪了黄德清和赵金龙，注定会悲剧。

徐爱华和冯文斌离开后，周林生让张骞和吴振涛先离开会议室，将刘建留了下来。刘建不等周林生开口，便主动承认错误道：“对不起，周经理，因为我的工作失职，给您和项目部丢脸了。”

“刘建，王总工突然昏厥在施工现场，这是突发事件，而且人命关天，你亲自处理，这没什么错。而且，我相信，你在离开之前，一定是叮嘱过施工现场要严把质量关的。”周林生轻轻摇了摇头，正色道：“至于黄德清说要在党委会上提议撤销你的职务，你不必担心。只要我周林生在项目经理的位置上干一天，你就是银吴项目部的工程技术部部长。”

耳畔响起周林生铿锵有力的话语，望着周林生那一脸决然的表情，刘建心中瞬间被感动的情绪塞满，嘴巴微张，想说什么，却发现喉咙有些发干。

“另外，我知道你对赵金龙只是对事不对人，反倒是他刻意在针对你。”周林生见状，又想到了赵金龙，道：“但愿你的前女友未来不会后悔。”

“我倒是希望她能幸福。”刘建苦笑。

“幸福？这几乎不可能的！抛开赵金龙风流成性不谈，光是他做的那些事情就够他喝一壶的。纸终究是包不住火的。现在，已经有人开始私下议论他的事情了。这些声音必然会传到纪检部门的人的耳朵里。按照现在的反腐形势，老虎苍蝇一起打，他早晚要出事。届时，不要说他老子已经退了，就是他老子没退也保不住他。搞不好，他还会将他老子一起牵扯进去。”周林生说出自己的分析判断。

这一次，刘建没有接话，而是犹豫是否要提醒一下李颖。

与此同时，吴振涛出了会议室之后，思索了一番，最终还是主动给徐娇娇打电话，但被拒接了。吴振涛不甘心，继续打，直到第三次才接通。徐娇娇气势汹汹地问：“吴振涛，你想好去帮我爸给刘建送礼了？”

“娇娇，刚才项目部召开了会议，决定对出现质量问题的桥桩拆除、返工……”吴振涛答非所问，将刚才质量分析会的决定告诉徐娇娇。

“你……你说什么？”徐娇娇震惊地打断了吴振涛的话，“不可能！这绝不可能！”

“娇娇，我参加了会议，怎么可能骗你？这不光是项目部的决定，也是公司的决定。如果你不信，可以问你爸。”吴振涛说道。

“好，我现在就给他打电话！”徐娇娇还是不信，说着直接挂断电话，立即拨通徐爱华的电话。

“娇娇，我让你给吴振涛打电话，让他帮我给刘建送礼，你给他打电话了吗？”电话接通，不等徐娇娇发问，徐爱华率先开口问道。

“打了，他不同意。”徐娇娇下意识地做出回应，然后道：“爸，吴振涛刚才给我打电话说什么有桥桩出现了质量问题，需要拆除、返工……”

“娇娇，你跟那个吴振涛断了吧，从今往后离他远一点！”徐爱华好不容易压下去的怒火瞬间又被点燃，直接让徐娇娇和吴振涛分手，语气毋庸置疑。

“爸，到底怎么回事？”徐娇娇意识到了事情的严重性，再次问道。

“今天，施工现场出了点问题，我一开始让吴振涛配合我将大事化小、小事化了，但他压根不配合我。之后，我又专程让你给他打电话，让他去帮我送礼，结果他拒绝了。你和这样的人在一起干什么？”徐爱华越说越来气。在他看来，如果吴振涛能够成功帮他给刘建送礼，刘建就不会态度坚决地要求返工，事情也不会变成现在这样。

“他……他竟然这样？”徐娇娇有些震惊，她并不知道吴振涛先前拒绝配合徐爱华的事情。

“抛开这些不说，那小子有什么好的？长相就那样，家里穷得叮当响，一点能力也没有，遇到事情惊慌失措，而且跟那刘建学得一根筋，这辈子不会有任何出息！”徐爱华对吴振涛的印象直接跌入谷底，再次提醒道：“娇娇，记住，你必须跟他断了！”

话音落下，徐爱华不等女儿再说什么，直接挂断了电话。电话那头，徐娇娇听着听筒中传出的忙音，耳畔回响着徐爱华刚才一席话，整个人有些发懵。但几秒钟过后，徐娇娇便回过神，直接拨通吴振涛的电话，气急败坏地质问道：“吴振涛，我爸说，他之前在施工现场让你帮他，结果你直接拒绝了？”

“娇娇，我……我不能违背公司规定，也不能违背我做人的原则……”吴振涛低声解释，同时在心中犹豫是否要将自己给刘建汇报这件事情告诉徐娇娇。

然而，不等吴振涛做出决定，徐娇娇便尖叫着打断了吴振涛的话：“吴振涛，我们分手了！”

“娇娇，你听我说。”吴振涛连忙开口挽留，但徐娇娇已经挂了电话，压根没有听到他的话。

听到听筒传出的忙音，吴振涛面色难看，右手颤抖地将手机拿到面前，看到通话已经中断，只觉得心脏先是被人戳了一刀，万分剧痛。

他一时有些难以承受这个结果，无力地蹲在地上，随手将手机丢在地上，满脸痛苦地抓着自己的头发，眼圈通红。

虽然他知道穷小子和富家千金的爱情通常没有什么好结果，但他一直努力地维系着这份感情。因为，他喜欢徐娇娇不在意他的家世，他喜欢徐娇娇给予自己的鼓励，他喜欢与徐娇娇在一起的点点滴滴。然而，如今那个让他深爱的女孩，要与他分手了。这对刚刚离开校园、步入社会的他是一记重拳。

“振涛，你怎么了？”就在吴振涛心中难受的同时，刘建走出会议室，看到了这一幕，当即上前，蹲下身子，拍了拍吴振涛的肩膀问道。

“部……部长，我没事。”吴振涛猛然惊醒，下意识地开口回应，但脸上依然残留着痛苦的表情，甚至双眼都有些泛红。

“你这不像没事的样子。发生什么事情了？我能帮你做什么？”刘建像是大哥哥对待弟弟一样，摸了摸吴振涛的脑袋，再次问道。

“师傅，我女朋友因为桥桩质量事故的事情，刚才跟我分手了。”吴振涛自听到徐娇娇那句分手之后，心里就堵得慌，此刻听刘建这么一说，稍作犹豫，还是将实情告诉了刘建。

“你……你女朋友和桥桩质量事故有什么关系？”刘建一脸愕然，他还不知道吴振涛的女友是徐爱华的女儿徐娇娇。

“师傅，可以给我一支烟吗？”吴振涛没有立即回答刘建，而是问刘建要烟。虽然刘建知道吴振涛从来不抽烟，但还是从口袋里掏出香烟，抽出一支递给吴振涛，并帮其点着。

“咳……咳……”

这是吴振涛第一次吸烟，没有任何经验。他用力地吸了两口，结果当场咳嗽了起来，眼角甚至都湿润了，不知是因为被烟熏到了，还是实在太难过。

“师傅，是这样的……”

吴振涛咳嗽了几声之后，将香烟掐灭，然后将事情的来龙去脉告诉了刘建。

刘建仔细而耐心地听完吴振涛的叙述，沉吟了一下，问道：“振涛，你应该知道我和前女友的事情吧？”

“知道，师傅你因为参与宁西高铁银吴标段施工，你前女友跟你分手了，然……然后跟赵金龙在一起了。”

吴振涛说到最后，又觉得自己说错话了，声音瞬间变小不说，一脸不安，结果发现刘建一脸平静，似乎压根不在意这件事情。

“是啊，她的确是因为这件事跟我分手的。”刘建笑了笑。

“师傅，我女友跟我提过这件事情，还说你是因为想当项目部工程技术部部长，为未来升职镀金，抛弃了前女友。我告诉她，你不是这样的人！”吴振涛想到了徐娇娇当初的话，一脸坚定地说道：“你这么做，肯定有你的原因！”

“是的，振涛。我这样做，就和你拒绝你女友和徐爱华让你做的事情是一样的，都有原因。”

刘建点点头，然后拍了拍吴振涛的肩膀，道：“我们活在这个世上，必须坚守一些东西，你做得很对。”

吴振涛不知是因为说出了心中发堵的话，还是因为得到了刘建的鼓励和认可，不再像之前那样难过，下意识地问道：“师傅，那你为什么选择放弃前女友，参与宁西高铁银吴标段施工？”

“振涛，这世上有些东西比爱情乃至生命都重要！”

刘建想到了王忠国的心愿和信念，望着远方的天空，像是看到了王忠国躺在病床上的情形，语气有些低沉。

话音落下，他站起身，道：“好了，振涛，不跟你说了。无论你要挽回爱情，还是变成单身小伙，我希望你能尽快调整状态，不要影响工作。”

“知道了，师傅。”吴振涛郑重点头。

刘建再没多说，直接离开了项目部据点，独自前往施工现场，准备亲自盯控宏远建筑工程有限公司拆除出现质量问题的桥桩。

走着，走着，刘建看到黄德清和赵金龙乘坐的越野车远去，耳畔不由回荡起了周林生先前的话。这让刘建放慢了脚步，最后直接停了下来，拿出手机，编辑了一条短信：李颖，原本我不应该再去打扰你的生活，但有件事情我还是想提醒你——赵金龙不是你合适的结婚对象。

短信编辑完之后，刘建盯着手机看了足足半分钟，最终还是将心一横，输入那个铭记的电话号码，发送了短信。虽然他觉得这样做并不妥当，但正如他之前对周林生所说的那样，他希望李颖能够幸福。

很快，刘建的手机震动声响起，李颖回复了短信：刘建，我们已经分手很久了，请你不要打扰我的生活，我的事情与你无关！你也没有资格评价我的未婚夫，他比你好一万倍！

刘建平静地看完短信，默默删除，然后收起手机，大步走向施工现场。

夕阳下，他那因为风吹日晒略显黝黑的脸庞上，没有半点气恼和留恋，有的只是坚定。

第十三章　公布病情

七月初的宁省进入了炎热的夏季，即将迎来三伏天，气温飙升到了三十五度以上。

宁省夏天的热属于干热，只要你在屋子里、树荫下，就会立马凉快下来。这与南方的闷热截然不同。这种天气，对于在办公室里工作的人们来说影响不大，但对于户外工作者来说是一种煎熬。

尽管天气炎热，但宁西高铁银吴标段建设并未停止。事实上，为了确保能够按照上级要求完成宁西高铁银吴标段建设，该工程自从开工之后没有一天停歇，哪怕是寒冬和春节假期也是如此。

当然，为了应对炎热的天气，银吴项目部也制订了相应的施工对策，例如准备防暑用品和调整施工时间——早上提前两个小时开工，中午最热的几个小时休息，下午收工时间延后。

七月三日，刘建与王忠国没有像往常一样在施工现场盯控施工，而是回到了项目部的办公地，参加安全质量分析会。银吴项目部每个季度都会召开安全质量分析会，在会上总结上一个季度的施工，查找施工安全、工程质量方面存在的问题，并对新季度要面临的施工问题进行剖析，制订相应的方案，做好预防。

早上八点五十五分，当刘建与王忠国来到会议室的时候，以周林生、赵新社为首的项目部班子成员已经到了。

“王总工，你这两天身体怎么样？”周林生看到王忠国骨瘦如柴、面色灰暗，关心地问道。赵新社等人虽未开口，但也是一脸担忧和关心地看着王忠国。他们都知道王忠国上次在施工现场昏厥的事情。而且，在过去几个月的时间里，他们每次见到王忠国，能够清晰地察觉到王忠国的气色越来越差，都有些担心王忠国的身体。

“还好。”王忠国笑了笑，努力地挺直腰杆，想证明自己的身体没事，结果感到胃部一阵剧痛。突如其来的剧痛，令王忠国脚步一顿，身子一颤，但他没有表现出来，而是像是没事人一样，走到了自己的座位旁，坦然入座。

自从上次昏厥之后，王忠国体内癌细胞扩散和肿瘤成长速度明显加快，疼痛也是与日俱增。然而，即便如此，王忠国依然每天坚守在施工现场，而且一开始都没有吃刘建给他开的药，而是服用一般的止疼药，直到最近疼痛加剧后，才服用刘建给他开的药。

因为，任何药物都有抗药性，服用得越多、时间越久，效果越差。如果王忠国一开始就服用刘建给他开的药，固然可以减少疼痛，但等到后期疼痛加剧，只能加大药量，乃至静脉注射，这会加快他死亡的速度。这不是他想要的结果，他想坚持到宁西高铁银吴标段完工乃至正式开通运营。

“今天，我们召开项目部二季度安全质量分析会。”随着王忠国和刘建入座，周林生收回目光，主持会议，“下面先请白总监总结二季度安全工作，并对三季度的安全工作进行部署。”

银吴项目部的安全质量分析会有着严格的会议安排，分别由安全总监、总工、安全质量部和工程技术部发言，书记和项目经理收尾，安排下一季度重点工作。

“一季度，银市黄河大桥工程发生重大质量事故。二季度，项目部吸取教训，在施工前做好风险研判，在施工中做好安全卡控，在施工后做好总结……”

白铁东是项目部的安全总监，主要负责安全工作，他首先提到了银市黄河大桥工程中的桥桩质量事故，然后延伸到二季度的安全工作。

原本，银市黄河大桥桥桩质量事故极其严重，但因为银吴项目部反应迅速，及时拆除了出现质量问题的桥桩，并且通过增加人力、物力赶回了工期，将负面影响降到了最低。

不过，即便如此，无论是银吴指挥部，还是中铁工程局北方公司、银吴项目部，大会小会都会提及。除此之外，刘建、王忠国、张骞、吴振涛乃至周林生等人都受到了处罚，考核罚款为1000元到3000元不等。考核处理决定下来之后，刘建私自掏腰包给了吴振涛3000元。

因为，按照规定，吴振涛只是实习生，不能胜任包保盯岗工作，严格意义上来说，不必承担责任。吴振涛一开始不要刘建的钱，但刘建执意塞给了吴振涛。

在考核处理决定下来之后，宏远建筑工程有限公司的老板徐爱华提议施工队承担所有考核费用，对项目部每个接受考核的人进行补偿。这也是施工队的一贯做法，是为了消除项目部人员对他们的成见，便于后续施工顺利进行。毕竟，从某种意义上来说，真正犯错的是施工队。而且，项目部人员每个月工资有限，一下罚那么多，有些人多少会有怨气，有可能会在今后的施工中刁难出了问题的施工队。

徐爱华的提议被王忠国刘建师徒义正词严地拒绝了。后来，徐爱华还特地找到了周林生，周林生也没有同意，而且将徐爱华训了一顿，让徐爱华收起这些歪门邪道的心思，专心抓好施工，不要再出现问题。

在白铁东发言的同时，王忠国胃部的疼痛加剧，身子一直紧绷，僵在座位上，双拳紧紧地攥在一起，脸部肌肉微微扭曲，面色极其难看，甚至额头上还渗出了密密麻麻的汗珠。

为了参加今天的安全质量分析会，王忠国今天吃过早餐后就服用了药，本以为可以坚持到会议结束，没想到会议刚一开始，疼痛便让他有些难以忍受。

王忠国身旁，刘建一边聆听安全总监白铁东的发言，一边认真记录一些关键点。这是他的工作习惯，凡是参加会议，一定会做好记录。

蓦然，刘建的余光看到了王忠国不对劲，心头一紧，连忙凑过去，压低声音问道：“师傅，你没事吧？”

“扑通——”

回应刘建的是一声闷响。王忠国像是当日在银市黄河大桥施工现场一样，突然昏厥，身子前倾，脑门磕在会议桌上。

“师傅！”

突如其来的一幕，令包括刘建在内所有参会人员都是一惊。其中，刘建因为知道王忠国的病情，率先从震惊中回过神，连忙一把将王忠国扶起，同时呼唤王忠国，但王忠国双眼紧闭，整个人毫无意识，完全昏死了过去。

“陈部长，立刻联系医院，让医院派救护车过来。你亲自带人去医院，一定要确保王总工的安全，该抢救抢救，该住院住院，有什么情况第一时间汇报。”

与此同时，周林生也回过神，冷静地做出指示。他能够被中铁工程局北方公司任命为银吴项目部的经理，除了拥有丰富的管理经验，也因为他有一颗坚强的心脏，遇事沉着、冷静，适合主持大局。

“好。”陈有成立刻做出回应，然后掏出手机给医院打电话。

“周经理，我先将王总工抱下去。”刘建已将王忠国抱起，并伸手掐着王忠国的人中穴。原本，他想自己送王忠国去医院，但听到周林生的话，当下改变了这个决定。

因为，安全质量分析会非常重要，身为工程技术部部长的他，稍后还要发言，不好缺席。而且，周林生已经安排陈有成去处理这件事情。更为重要的是，刘建觉得王忠国的身体承受力已经到了极限了，根本无法继续坚持工作了，是时候将病情公布于众了。

“好。”周林生同意了刘建的请求。

刘建不再废话，迅速抱着王忠国离开了会议室，综合部长陈有成跟在后面，有些担忧地问道：“刘建，王总工不会有事吧？”

“没事，暂时昏迷。主任，我先将王总工送到门卫室，等救护车来。”刘建飞快地说着，抱着王忠国朝着楼下跑去。

“好。”陈有成点头，一边跟着刘建，一边打电话给办公室，让办公室的人下来帮忙。

很快，刘建抱着王忠国来到门卫室，将其平放在门卫室的床上，密切关注着王忠国的情况。十几分钟后，救护车呼啸而来，一名医生带着两名护士从车中走下。

刘建看到这一幕，不等医生过来询问，便将王忠国抱起，一边走向救护车，一边向医生解释："医生，我师傅昏迷了，需要立即送急诊抢救。"

"先上车。"医生飞快地说道。

刘建不再废话，立刻将王忠国抱上救护车，然后深深看了王忠国一眼，才下车。

"刘建，你上去开会吧，剩下的事情交给我。"陈有成能够感受到刘建的担忧，上前拍了拍刘建的肩膀。

"好的，主任。"刘建轻轻点头，然后转身上楼，重新进入会议室。

会议室里，会议还在继续，周林生见刘建去而复返，问道："刘建，救护车来了吗？"

"是的，经理，救护车来了，陈主任带人陪着王总工一起去医院了。"刘建点头回应，但没有主动说出王忠国的病情，而是径直坐回自己的位置，继续参加会议。

一个小时后，就当刘建要进行发言的时候，安静的会议室里响起了手机的震动声。突如其来的声音，令众人不约而同地将目光投向了周林生。周林生拿起手机，看到是办公室主任陈有成的来电后，当着众人的面接通："陈主任，你那边现在什么情况？"

"周经理，王总工被抢救之后，现在已经醒了，准备输营养液。"

陈有成先是回应了周林生，然后凝重而低沉地说道：“不过，王总工的情况很严重。医生说，他是胃癌，而且已经晚期了，没法医治。”

“什……什么？”

愕然听到陈有成的话，饶是周林生是一个沉着冷静的人，也被惊得不轻，一脸的难以置信，“怎么突然之间会这样？”

话音落下，周林生心中一动，猛然意识到了什么，将目光投向了刘建。理智告诉他，刘建应该知道王忠国的病情。

仿佛为了印证周林生的猜测似的，陈有成再次开口道：“周经理，按照医生所说，王总工应该早就知道自己的病情了。他上次昏迷也是因为胃癌。”

“好的，陈主任，我知道了。你在那边盯着，有什么情况给我打电话。稍后，我跟书记带队去医院看望王总工。”周林生定了定神，做出指示，然后挂断电话，发现除了刘建之外，所有人都在看着自己。

“陈主任刚打电话跟我说，王总工是胃癌，而且是晚期。”周林生当众说出了王忠国的病情。

“什么？”

“竟然是胃癌？”

“王总工之前不是晕倒过一次吗？怎么没查出来？”

一时间，整个会议室都炸锅了，除了刘建之外，其他人都是一脸震惊。

“刘建，你应该知道王总工的病情吧？”当众人的惊呼声落下后，周林生冲刘建问道。

“对不起，周经理，书记，还有其他各位。”刘建起身，向周林生等人鞠躬致歉，然后语气低沉地说道：“宁西高铁银吴标段还没有正式开工的时候，我就知道王总工的病情了。”

包括周林生在内，所有人再一次愣住了。他们满脸不可置信地看着刘建，那感觉仿佛在问：这怎么可能？

“经理，您应该记得，工程开工前，我和王总工一同去总公司，高总、贺书记找我们谈话的事情。”刘建看向周林生。

“记得。”周林生下意识点头。

“那一天，高总贺书记跟我们谈话结束之后，王总工去医院检查，查出了胃癌。而且，医生告诉他，他的病情已经非常严重了，已经是晚期了，治愈的希望不大，建议他进行保守治疗，以提高生存质量为主。”刘建说到这里，觉得胸口有些发堵，下意识地摸了摸口袋，掏出一支香烟点着，深吸了两口，稳定了一下情绪，才接着说道：“王总工自己也要求进行保守治疗。所谓保守治疗，就是不进行手术，不放化疗，用药物控制。”

“王总工为什么要保守治疗？”书记赵新社问道。

“他想参与宁西高铁银吴标段建设，并立志要将这项工程建设成中国高铁的标杆，为自己的家乡做出一点贡献——这是他人生最后一个愿望，否则死不瞑目！”刘建一字一句开口，声音响彻整个会议室，久久不散。

耳畔响起刘建震耳欲聋的话语，周林生等人瞪大了眼睛，一脸震惊。刘建颤抖着弹了一下烟灰，继续说道：“因为这一切，王总工隐瞒了自己的病情，同时也让我帮他隐瞒病情。甚至，三月份的时候，他在施工现场昏迷，也不让我说出实情。他想坚持到工程竣工的那一天！为了实现这个愿望，他每天按时用药，强迫自己吃东西，而且还要服用止疼药物，最近已经开始服用副作用很强的药了。但我知道，他坚持不下去了。”

话音落下，刘建掐灭了香烟，低下了头，双眼一片通红，眼中泪水涌动。哪怕他对这一切一清二楚，但亲口说出之后，内心还是被深深地触动，同时也为王忠国的病情恶化感到痛心。

与此同时，会议室里一片安静，周林生等人被深深震撼了！

他们无法想象，一个癌症晚期的病人，需要多么坚定的信念和忍耐力，才可以在抗争病魔的同时，敬业地坚守在工作岗位上。但他们知道，王忠国做到了这一点，并且承受了常人无法想象的折磨与痛苦！这让他们在震撼的同时，有一种揪心的痛，内心深处充斥着崇高的敬意！

“书记，我建议会议暂时停止，我们先去医院看望王总工。”足足过了半分钟，会议室的安静才被打破，周林生向书记赵新社说出自己的建议。

“好。”赵新社点头同意。虽然安全质量分析会很重要，但他认为周林生的提议很对。在这个时候，他们应该第一时间去医院看望王忠国。

“周经理，书记，我们开完会再过去吧。”

刘建开口阻止，他的情绪看上去稳定了许多，“我师傅暂时不会有生命危险，我们过去也帮他做不了什么，反而会让他觉得自己影响了安全质量分析会。这会让他内疚的，他也不愿意让我们这样做。”

“好，那我们开完会一起过去。”周林生稍作沉吟，采纳了刘建的建议。

中午十二点，银吴项目部二季度安全质量分析会结束后，刘建等人没有吃饭，马不停蹄地赶往了医院。当他们赶到医院的时候，王忠国还在输营养液，陈有成提前得知刘建一行人要来，特地在住院部门口等着。

“陈主任，王总工情况怎么样？”周林生率先冲陈有成问道。在银吴项目部，综合部实则就是办公室，无论是周林生还是刘建等人，都习惯称呼陈有成为主任。

“经理，王总工情绪挺稳定的。另外，我按照医生要求通知了王总工的家属，他老婆和孩子下午就到。”陈有成回答道。

“好。到时候，如果王总工要回西市治疗的话，你安排好车辆和陪同人员，一定要安全地将他们一家人送回西市，并协助办理医院治疗的事务。”周林生做出安排，然后带着众人进入住院部大楼。

病房里，王忠国躺在床上输营养液，两眼发直地望着病房的天花板，眉目之间充满遗憾。纵然他有千般万般不甘，但他也知道，随着自己的病情被公布，必定无法继续参与宁西高铁银吴标段建设了。

周林生带着刘建等人进入病房，见王忠国骨瘦如柴地躺在床上，想到刘建之前在会上所说，均是心中一痛。而后，周林生率先上前，开口呼唤王忠国：“王总工。”

“周经理。”王忠国蓦然回过神，下意识地要起身。

周林生眼疾手快，连忙扶住王忠国，摇头道：“王总工，你躺着输液，不用起来。”

“周经理，书记，各位，实在对不起，我向你们隐瞒了病情。”王忠国的身子僵在空中，真诚地向周林生等人致歉，然后又补充道：“不过，虽然我是带病上岗，但丝毫没有影响工作，也没有影响到工程施工和进度，关于这点，刘建可以帮我作证。”

刘建闻声，心中一痛，红着眼，别过头，不忍去看王忠国。周林生、赵新社几人只觉得自己的心像是被扎了一下，胸口发堵，两眼发热。

“王……王总工，不用刘建作证，我们都看在眼里，你比我们每个人都敬业。你……受苦了！”周林生扶着王忠国的肩头，说到最后声音有些发颤，眼眶布满了水雾。

这一刻，活了大半辈子、经历过数不清大风大浪的周林生，被王忠国的敬业和奉献精神感动得热泪盈眶。不光是他，赵新社等人亦然！

“王总工，接下来，你好好治疗，需要项目部和公司做的，你尽管开口，我们全力配合。至于施工的事情，你不用担心，有我们！”感动之余，周林生再次说道。

“好。”

王忠国轻轻点头，眉目之间的不甘和遗憾荡然无存，像是卸下了重担，整个人轻松了许多。

随后，书记赵新社等人也先后上前与王忠国交谈。虽然他们都知道王忠国的病情很严重，但还是让王忠国保持良好的心态，科学治疗，争取早日康复。

“周经理，书记，你们去吃饭吧，我留下来陪王总工。”当众人挨个与王忠国交谈之后，刘建对周林生、赵新社两人说道。

“好，刘建，今天你就不要去单位和施工现场了，安心在这里陪王总工。”周林生点头，他知道刘建与王忠国师徒情深。若是两人今日分别的话，来日未必还能再相见，必然有很多话要说。

随后，刘建将周林生、赵新社等人送出病房，然后让综合部的两名工作人员去吃饭、休息，自己留下来陪王忠国。

“师傅，你不要怪我……”刘建坐在床边，率先开口。

“刘建，说实话，我醒来得知是陈主任他们送我来医院，并且他们还知道了我的病情，我是挺生气的。”王忠国直接打断了刘建的话，然后苦涩一笑，“但后来，我又释然了。周经理安排综合部的人送我来医院，这是正常逻辑。而且，你是工程技术部部长，要在安全分析会上发言，也不方便送我过来。”

“师傅，这只是其中一个原因。最重要的是，我认为你身体到极限了。从内心深处而言，我不想帮你隐瞒病情了，想让你在最后的时间好好休息，陪陪家人。”刘建丝毫没有隐瞒自己的目的。

“唉……是啊，我的身体确实到极限了。”王忠国轻轻叹了口气，没有人比他更清楚自己的身体状况——体内肿瘤开始挤压神经、内脏，那种疼痛已经超出了他的承受范围，哪怕服用药物都有些承受不住了。

刘建闻声，还想再说什么，突然听到开门的声音，转身一看，赫然看到王忠国的妻子蒋秀芳和女儿王玲推门而入。

“忠国！”

“爸！”

蒋秀芳和王玲看到王忠国骨瘦如柴、面色发黑，穿着病服，躺在床上，心中一痛，哭着冲向了王忠国。

刘建见状，迅速起身，但没有跟两人打招呼，只是默默站在一旁。

“忠……忠国，你好端端的怎么就得癌症了呢？”蒋秀芳率先冲到病床前，双手攥住王忠国没有扎针的右手，哭着说道。

“爸，你得了癌症，怎么也不告诉我跟妈？”王玲也扑到床前，哭着开口。

“你们不要担心，我没事。”王忠国微微一笑，反过来安慰妻子和女儿。

“你都这样了，还没事？我们娘俩能不担心吗？”蒋秀芳说着，想到了什么，哭得更凶了，“陈主任在电话里跟我说，你在来宁省之前就查出了癌症，为什么不告诉我们？而且，你还带病工作——你不要命了吗？你要是有个三长两短，你让我们娘俩怎么办？”

“是啊，爸，没有你，还有其他人干工作，你干吗要带病工作啊？何况，你得的是癌症……”王玲泪流不止。

这一次，王忠国没有开口。他为了实现人生最后一个愿望，隐瞒病情，带病参与宁西高铁银吴标段工程建设，对妻子和女儿来说，是一件很自私的事情。一直以来，他都对两人心中充满愧疚。

“刘建，你是不是早就知道你师傅的病情了？”眼看王忠国不说话，蒋秀芳突然想到了什么，扭头质问刘建。

“对不起，师母，我……”刘建先是致歉，然后准备解释。

然而，不等刘建将后面的话说出口，王忠国便打断：“这件事不要怪刘建，是我让他隐瞒我的病情的！”

“为什么？”

蒋秀芳和王玲异口同声，满脸的不解。

“具体的原因，我稍后告诉你们。你们先平复一下情绪，稍作休息。我和刘建有话要说。”王忠国答非所问。

“师傅，你先和师母和玲玲说，我去外面。”刘建说道。

“刘建，我先跟你说。说完之后，你好回去工作，不要将时间和精力浪费在我这里。”王忠国摇头，态度坚决。虽然周林生安排刘建今天不用去项目部和施工现场，但王忠国希望刘建能够尽快返回施工现场，盯控施工。

“刘建，听你师傅的吧。”蒋秀芳的情绪已经稳定了许多。虽然她和女儿都有很多话想跟王忠国说，但她也了解王忠国，故而顺了王忠国的心意，带着王玲离开了病房。

“刘建，我以为我能坚持到工程竣工的，却没有想到会中途退出。说实话，我很不甘心，但也没办法。我的病情公布了，组织上不允许我继续带病上岗。而且，如你所说，我的身体已经达到了极限，无法继续坚持了。”

王忠国躺在病床上，望着天花板，眼圈微微有些泛红，眉目之间再次涌现出了不甘和遗憾，“唉……老天爷要是能再给我两年时间该多好啊。”

“师傅……”刘建闻言，心如刀割，试图说什么。

“刘建，我会向项目部和公司建议，由你接替我的位置。今后，项目部施工和技术这块需要你挑大梁。”王忠国打断刘建的话，说出自己的计划。

离别之际，王忠国不担心自己的身体，不顾及家人的情绪，而是想着工作和刘建的事情。这一切，让刘建再也忍不住了，瞬间泪流满面。

“刘建，人生在世，生离死别，这是自然定律，看淡一点，不要担心我，专心工作，一定要将宁西高铁银吴标段建设好！”王忠国双眼泛红，微笑着嘱托道。

“请师傅放心，我向您保证，宁西高铁银吴标段一定会成为中国高铁的标杆！”

刘建擦干眼泪，挺直身子，斩钉截铁地说道，然后对着王忠国深深鞠了一躬。

这一天，他用鞠躬的方式，对王忠国的栽培表示感谢，并且向王忠国立下誓言。

未来，他会将誓言变成现实，让王忠国在九泉之下安息！

第十四章　鞠躬尽瘁，老谋深算

第二天，王忠国一家便乘坐银吴项目部的车返回了西市。但王忠国不打算住院治疗，而是要像之前一样服用药物遏制病情发展，提高生命尾期的生存质量。

王忠国走的时候，周林生、赵新社等项目部班子成员全部去送了，但刘建没有去。送君千里终须一别，他跟王忠国昨天在医院聊了很久，也聊了很多，之后便直接返回了银市黄河大桥工程施工现场。

当天下午，一辆红色的越野车来到了银市黄河大桥工程项目部据点，林楠从车上下来。今天的她，戴着一顶白色的鸭舌帽，穿着一件白色的T恤，搭配黑色运动短裤，脚下是一双运动鞋，穿着打扮很随意，整个人充满了运动的气息和健康的美感。

“林记者，您怎么来了？”吴振涛在项目部据点的办公室里忙碌，听到有汽车抵达后，立即出了办公室，见到林楠，感到十分意外。上一次，林楠在银吴项目部租用的办公楼里采访刘建的时候，吴振涛给两人添水了，对林楠印象很深刻。

“小吴，我找刘部长，他在吗？”林楠开门见山地问道。

“林记者，我师傅在现场盯控施工，您有事找他的话，我给他打电话。”吴振涛回道。

“不用，我自己去现场找他。”林楠摇摇头，然后抬起手腕看了一下时间，发现还不到六点钟。

按照银吴项目部的规定，所有进入施工现场的人员，必须佩戴安全帽，非本项目部成员，没有特殊情况，严禁进入施工现场。

林楠对此并不知情，但她不想影响刘建工作，所以没有真正进入施工现场，而是站在一个山坡上，远远地看着刘建，同时拿出手机拍了一段施工视频和几张刘建的远景照。

施工现场，刘建的注意力全部放在施工上面，并未注意到林楠的到来，直到张骞提醒他，他才看到林楠。刘建先是向林楠挥手示意，然后拿出手机，拨通了林楠的手机，问道：“林楠，你找我有事？”

“我听说你师傅的事情了，准备给他做一个专题报道，想从你这里了解一些情况。”林楠说明来意，然后道：“不过，不用着急，等你忙完再说。”

“现在正是施工关键时刻，我确实走不开。七点半施工才结束，你能等得住吗？”刘建先说明自己的情况，然后问道。

“不着急，你忙你的，我正好在附近转转。”林楠一边手持电话回应刘建，一边微笑着冲刘建挥了挥手，然后才挂断电话，走下了山坡。

七点半的时候，夕阳早已落下山头，黑暗逐渐笼罩大地。一天的施工结束了，刘建回到了项目部据点。吴振涛立刻迎上去，道："师傅，林记者说等你和张工回来一起吃饭。"

"她在哪？"刘建与林楠通话结束后，曾给吴振涛打电话，让吴振涛告知项目部的厨师，给林楠开个小灶，做几个菜，让林楠先吃饭，却没想到林楠压根没吃。

"林记者在会议室。"吴振涛答道。

刘建闻言，不再废话，径直来到会议室，赫然看到林楠坐在会议室里，飞快地敲击着笔记本电脑的键盘，正在写稿子，极其投入，以至于没有发现他的到来。

看到这一幕，刘建先是微微一怔，只觉得全身心投入工作的林楠，有种说不出的美，让他不忍去打扰。不过，想到林楠还没吃饭，刘建还是走到林楠的对面，晃了晃手，引起林楠的注意后，问道："我让振涛给厨房安顿了，给你做好了饭菜，你怎么不先吃饭啊？"

"我在你们项目部蹭饭已经很不好意思了，怎么可以一个人吃独食？而且，我听小吴说，你定了规矩，项目部的人员每天等施工结束后一起吃饭。这样做是为了给施工队做表率，让劳务工安心干活。"林楠关闭文档，合上笔记本，凝视着刘建，发现刘建没有像自己想象的那样情绪低落。这多少让她觉得有些诧异。

"你是客人。"刘建苦笑。

"没有你这个主人在，我这个客人吃独食也没意思啊。好了，你快去洗一下，然后一起吃饭。"林楠起身，看到刘建满脸的汗渍和满身的灰尘，并没有嫌弃和厌恶，反而十分欣赏刘建的敬业精神。

几分钟后，刘建清洗完毕，带着林楠来到项目部据点的餐厅，与吴振涛、张骞一起吃晚饭。张骞和吴振涛本来商量要用最快的速度吃完饭，将空间留给刘建和林楠，结果发现刘建一阵狼吞虎咽，吃得比他们还快。

这是什么操作？

张骞和吴振涛都有些发懵，林楠也是有些愕然。刘建则毫不在意，笑了笑道："林楠，别见笑，我在施工现场一直这样，吃饭狼吞虎咽习惯了。"

"我觉得没什么，不过你这样吃饭对身体不太好。"林楠非但没有觉得刘建这样太粗犷，反而觉得刘建这种率真的行为很好。

"嗯。"刘建笑了笑，他也知道这样对身体不好，但他早已习惯这样，以便于将更多的时间和精力放在工作上。

张骞回过神，在桌下踢了吴振涛一脚，后者如梦惊醒。很快，张骞和吴振涛两人一阵狼吞虎咽，然后道："林记者，我们吃完了，你慢慢吃，不着急，让刘部长陪着你。"

"好。"林楠笑了笑，但等张骞和吴振涛离开后，却没有像之前那样细嚼慢咽，而是加快了进食速度。

"去我办公室，还是会议室？"刘建见林楠吃完饭，开口问道。

"今天不是采访，不用那么正式。我们在附近走走，边走边聊，正好可以消消食。"林楠提议道。

"要不在河边走走？"刘建想了想道。

"你对这里熟悉，你说了算。"林楠笑着回应。

虽然银市正值酷暑，但夜晚并不炎热，晚风吹过，带来丝丝凉爽。刘建与林楠肩并肩走在黄河边的小路上，远远望去，像是一对情侣饭后漫步。

“刘建，原本我以为你师傅的事情会对你造成很大影响，来之前还在担心你的情绪低落，甚至犹豫过要不要来找你，结果发现你的情绪要比我想象中的要好。”林楠率先打开话匣子。

“两个方面原因吧。第一，在这项工程开工之前，我就知道师傅患胃癌的事情，并且预料到了这一天，有心理准备。第二，面对无法抗拒和改变的事情，我们只能选择承受。”刘建望着前方的路，脚步不停地说道。

“还有一点，成年人不会轻易将内心的情绪挂在脸上。”林楠轻轻叹了口气，她能够感受到刘建的悲痛。同时，她也能够肯定，在王忠国因病离开银吴项目部这件事情上，没有人比刘建更难过。

“你说得对。”刘建苦笑。

“说说你师傅的事吧。”林楠开始进入主题。

“好。”刘建点点头，斟酌了一下说道：“我师傅是恢复高考后的第一批大学生。当时，他考上了西北铁道学院，现在叫西北交通大学。他们那批大学生含金量很高，而西北铁道学院也是中国铁道学院里很有名的学校，出过不少知名的人物，包括那位被誉为中国高铁第一人的领导。我师傅毕业之后，便进入了铁路工程单位，1992 年的时候就是副高级工程师了……”

几分钟后，刘建讲述了王忠国参与宁西高铁银吴标段建设前的事迹，然后从口袋里摸出了香烟，抽出一支，点着，深深吸了两口。

看到这一幕，林楠并未阻止刘建吸烟，也没有催促刘建继续讲。因为，她知道刘建接下来要讲的是重点，同时也是刘建最不愿意提及的部分。

“宁西高铁银吴标段开工前，我师傅便查出了胃癌，而且是晚期，但他没有选择进行手术和放化疗治疗，而是选择药物控制，是为了能够参与此项工程。”当香烟燃烧到一半的时候，刘建才再次开口。

“他为什么执意要参与此项施工，甚至连自己的性命都不顾？”林楠第一次开口询问。

“两个原因。第一，他是宁省人，想为自己的家乡做贡献，宁西高铁是造福一方的民心工程。第二，他告诉我，我们搞建筑的和搞艺术的是一样的，必须要有匠心精神，力争留下传世之作。他年轻的时候为了家庭，工作有所变动，错失了参与京沪高铁和珠港澳大桥两项世纪工程的机会。而且，他还在兰新高铁建设中留下了遗憾，心有不甘，想把宁西高铁银吴标段建设成中国高铁的标杆！”刘建说到最后，丢掉烟头，踩灭，语气坚定。

“原来如此。”林楠闻言，心中钦佩至极，然后轻轻叹了口气道：“据我所知，你师傅在三月份的时候曾在施工现场昏迷过一次，这是第二次。他是胃癌晚期，带病坚持工作，一定承受了很大的痛苦。”

“是的。”刘建轻轻点头，语气有些低沉道：“他来到宁省的时候，体内的肿瘤已经很大了，严重影响消化系统，根本无法正常进食，但他每天强迫自己多吃，直到后来实在吃不下去。而且，当时他体内的癌细胞已经扩散，其他部位也有肿瘤，影响身体的正常运转。后来，随着时间的流逝，他的病情加重，需要用副作用很大的药物来止痛。而昨天，他在昏迷之前，连药都无法缓解他的疼痛了——他在会场疼得双拳紧握，身体僵硬，满头冷汗。”

话音落下，刘建没来由想到王忠国昨天昏迷前的状态，心痛得无法呼吸，表情也变得有些悲伤。

“对不起，刘建，让你想起难过的事情了。”林楠察觉到了刘建的变化，轻声道歉。

“没关系。”刘建牵强一笑，然后停下脚步，凝视着林楠，叮嘱道：“林楠，我师傅是一个低调的人。如果他知道你要报道他的事迹，肯定会拒绝乃至阻止。所以，你报道的时候，只需做到实事求是就行，千万不要夸张，也不要渲染。”

“好。”林楠第一时间点头答应，然后犹豫了一下问道：“刘建，既然你说你师傅不愿意被报道，那你为什么同意我给他做报道，并且为我提供素材呢？”

“我不求人们在知道我师傅的事迹后，钦佩我师傅，但我想让所有参与宁西高铁银吴标段的人知道我师傅的愿望。我希望所有人都能够尽职尽责，齐心协力，抓好施工安全、工程质量和施工进度，帮助我师傅完成人生最后的心愿！”刘建缓缓开口，说出缘由。

“一定会的！”林楠冲刘建挥了挥拳头，不知是在鼓励刘建，还是坚信刘建所说的可以成为现实。

“谢谢。”刘建道谢。

“对了，刘建，据我所知，你师傅是银吴项目部施工组织的核心。他现在离开了项目部，由谁来接替他呢？我觉得，你是他的徒弟，继承了他的业务能力和工匠精神，是最佳人选！”林楠有些好奇。

“这是组织需要考虑的事情。”刘建轻轻摇头，并未告诉林楠，王忠国要向银吴项目部和中铁工程局北方公司力荐他担任项目部总工的事情。

“如果组织安排你接替你师傅的位置，你会怎么做？”林楠继续问。

“鞠躬尽瘁，尽我所能地去实现我师傅的愿望，将宁西高铁银吴标段建设成中国高铁的标杆！”刘建缓缓开口，表情坚定，语气斩钉截铁。

林楠心头一震，下意识停下脚步。

这一刻，她清晰地看到，刘建的脸上写满了决然。

那份决然，仿佛在告诉林楠，这世上，没有任何困难可以阻拦刘建帮助王忠国实现愿望！

……

西苑小区是西市一个老旧小区，是中铁工程局北方公司为干部职工修建的福利房，位于火车站附近，总共有十几栋楼。小区的1号楼极为特殊，只有六层，每套房子的面积都在160平方米以上。这栋楼被誉为“领导楼”，分到房子的人在职时都是正处级以上职务。

赵金龙的父亲赵永刚曾是中铁工程局的副局长，不但是领导干部，而且还是班子成员之一，当时分到了一套将近200平方米的大平层。在过去十几年里，赵永刚一直都住在这里，既是因为避嫌，也是因为住习惯了。

就在刘建与林楠漫步黄河边的同时，赵永刚、赵金龙父子用过晚餐后，坐在客厅里喝茶。赵永刚已经年过六十，但身体看上去很硬朗，腰杆笔直，红光满面，精气神很好，坐在那里有一股不怒自威的气场。那股气场，是他当了多年领导养成的。而且，他退休之后，许多门徒还将他众星捧月，让他没有离开权力宝座的落差感。

“金龙，你今天突然跑回来，应该不是为了陪我和你妈吃饭，有什么事吗？应该是工作上的事情吧？”赵永刚喝了一口茶，望向赵金龙，目光平淡，却无声地看穿了赵金龙的心思。

“爸，您怎么知道的？”虽然赵金龙知道自己的父亲察言观色能力一流、城府极深，但直接判断出他今晚回家的目的，多少还是有些惊讶。

“我不光知道这个，我还知道，你想接替王忠国担任宁西高铁银吴标段的总工。”赵永刚语气平静，但话语落入赵金龙耳中却如惊雷炸响，惊得他目瞪口呆。

震惊之余，赵金龙明白自己父亲得知了王忠国因病退出宁西高铁银吴项目部的事情，从而推断出了自己回家的目的。他暗暗惊叹于父亲推理能力强的同时，点头道：“爸，一直以来，您都说，我没有施工一线的工作经历和经验，我认为这次接替王忠国是一个很好的锻炼机会，所以想回来征求您的意见。”

“你熟悉宁西高铁银吴标段这个工程吗？”赵永刚反问道。

“了解。”赵金龙下意识地点头，然后补充道：“我参与了该工程的招投标工作。”

“参与招投标就算了解了？那你告诉我，该工程的重难点在哪里？”赵永刚又问。

“该工程的重难点在银市黄河大桥施工和银市站改施工，这两项施工将直接影响到工程的整体施工进度。而宁省和铁总要求必须在2018年10月前正式运营通车，工程工期很紧张。”赵金龙说道。

“你对此工程比较熟悉，倒是有些出乎我的预料。”赵永刚赞赏地看了赵金龙一眼，然后道：“据我所知，银市站改施工还没开始。而项目部总工负责施工组织和技术，你觉得你能拿下银市站改施工？”

“爸，这个应该不难吧？”赵金龙狐疑地看着赵永刚。

“不难？哈……虽然站改施工技术要求不高，但属于铁路营业线施工，将影响到行车安全，施工安全压力极大，稍有不慎就会出铁路安全事故。”赵永刚说到这里，喝了一口茶，才继续道：“你不但没有任何站改施工的经验，而且对安全、技术等业务知识一无所知，怎么组织施工？又怎么能啃下这块硬骨头？”

赵金龙沉默，其母亲见状，插嘴道：“金龙不懂，下面有人懂，金龙只要做好管理、善于用人就行。”

“你不知情就不要瞎说。”赵永刚责备地瞪了妻子一眼，然后继续道：“整个银吴项目部，能够拿下银市站改施工的就一个人——赵新社。他是工务处身，干过工务段的副段长，有着丰富的站改施工经验，但他现在是项目部的书记，主抓党建工作，应该不会去组织施工。这样一来，哪怕金龙去当总工，也无人可用。何况，金龙没有任何施工一线的工作经验。”

“爸，宁西高铁银吴标段是我们单位这两年最大的工程，如果错过这次在施工一线锻炼、镀金的机会，对我未来发展不利。”

赵金龙面色有些难看。自从刘建上次在银市黄河大桥工程项目部据点当面指出赵金龙不懂技术、没有施工一线工作经验之后，赵金龙便对此耿耿于怀，除了谋划要报复刘建之外，也想补齐自己的短板。

“我说让你错过这个机会了吗？”赵永刚皱眉道。

“爸，您的意思是？”赵金龙一脸不解。

赵永刚答非所问：“我听说了王忠国和银吴项目部力荐那个刘建接替王忠国担任总工的事情。而且，黄德清也跟我说了，你那天在银市黄河大桥施工现场被王忠国那个徒弟刘建当众指责的事情。你想去银吴项目部担任总工,除了镀金之外,也是想教训那个刘建,我说得没错吧?”

“是的,爸,那个刘建太嚣张了!”赵金龙没有否认这一点,反而当着赵永刚的面流露出了对刘建的恨意。

“金龙,我不止一次提醒你,做人做事,尤其是当领导,一定要有城府,喜怒不形于色,这么多年你怎么还没长进?”赵永刚皱着眉头,训斥道。

“对不起,爸,我一时有些激动。”赵金龙低着头解释道。

“我刚才说的意思,你现阶段不适合接替王忠国担任银吴项目部的总工,但不代表未来不可以。”赵永刚老谋深算道:“银市站改工程施工安全压力极大,那个刘建虽有一定施工经验,但和王忠国没法比。他想在不犯错的前提下完成此项施工,几乎不可能。”

“爸,您的意思是,先让那个刘建接替王忠国担任银吴项目部的总工,负责银市站改施工,等该施工快结束的时候,找个问题拿掉他,让我取而代之?”赵金龙心中一动,立刻明白了父亲的意图。

赵永刚点头:“是的,到时候,你可以摘现成的桃子,轻轻松松地完成镀金,而且也等于教训了那个刘建。”

“爸,您这是一箭双雕啊,高,实在是高!”赵金龙冲父亲赵永刚竖起大拇指赞道。

“接下来,我会关注宁西高铁银吴标段银市站改施工。等到时机成熟,我会找人打招呼。你需要做的除了耐心等待之外,还要利用接下来这段时间,好好学习关于施工安全和技术的各种规范,多下施工现场学习。”赵永刚提醒道。

“爸，您放心，我一定认真按照您说的做。”赵金龙兴奋地点头。

这一次，不等赵永刚说什么，赵金龙的母亲说道：“工作，你们爷俩除了谈工作就是工作，金龙和小颖结婚的事情不管了吗？”

“金龙，小颖的样貌、学历、工作、人品、性格都不错，唯有家世稍微差了一点，算是非常好的结婚对象了。你们合计合计，今年就把婚事办了，省得你妈唠叨。”赵永刚沉吟了一下道。

赵金龙的母亲眼前一亮，喜上眉梢道：“依我看，就放到十一吧，喜庆！”

“好的，爸，妈，我这两天就跟李颖谈。”赵金龙点头。

“小颖那边没问题吧？”赵金龙的母亲有些不放心。

“妈，怎么可能出问题？李颖巴不得我明天就娶她。你就放一百个心吧！”赵金龙一脸自负的笑容。

随后，赵金龙又陪着父母聊了一会儿，便以有事为由离开了家，但没有直接驱车离开小区，而是坐在汽车里，点燃一支香烟，回味着父亲今晚对他所说的一切。

“嘿……刘建，你也不撒泡尿照照镜子，看看自己是什么东西，也敢跟我叫板？接下来，你所做的一切都将为我做嫁衣，我会摘取属于你的胜利果实，取代你成为银吴项目部总工，顺利完成镀金！而且，你的前女友将会成为我的妻子——当那一天到来时，你的表情一定会非常精彩吧？”

回想着父亲赵永刚的所说的话，赵金龙冷笑自语，那感觉像是看到了刘建坠入地狱的一幕。

第十五章　任重道远

《用生命在建设，致敬时代工匠！》

一周之后，宁省日报社头版发表了这样一篇文章，专题报道了宁西高铁银吴标段项目部总工王忠国的事迹，在宁省乃至全国铁路施工领域引发了巨大的轰动。

“如果我能在临死之前，将宁西高铁银吴标段建设成中国高铁的标杆，我会含笑九泉！相反，如果让我放弃参与宁西高铁银吴标段建设，在医学治疗中苟延残喘，我会死不瞑目！”

王忠国在参与宁西高铁银吴标段建设前对刘建说的这段话，被林楠原封不动地放在了专题报道之中，影响巨大。

宁省日报社对王忠国专题报道的第二天，王忠国的妻子蒋秀芳接到了中铁工程局北方公司办公室主任龙真的电话。

“您好，嫂子，我是龙真。王总工这两天情况怎么样？”电话接通，龙真关心地问道。

“您好，龙主任，他的情况还好，每天都要看银吴项目部的施工简报。”蒋秀芳语气平静地回应，心中却像是被针扎了一样疼痛。这一切，只因为，王忠国从宁省回来之后，身体一天不如一天，而且每天都会疼得死去活来，止疼的药效越来越不明显了。

“王总工还是放不下宁西高铁银吴标段的建设。”龙真闻言，心中一阵触动。银吴项目部每天都会上报施工简报，说明当天的施工情况，包括已完工程量等内容。公司调度接到汇报之后，会进行修改、完善，然后发送到公司中层以上领导的手机里。龙真身为办公室主任，每天都能看到施工简报。

“龙主任，您打电话有事吗？”蒋秀芳问道。

“嫂子，是这样的，宁省日报社发表那篇关于王总工的专题报道之后，引起了巨大的反响。新华社的记者联系单位，想对王总工进行采访报道，有可能要在新闻上播出。”龙真说明打电话的目的，语气有些兴奋。如果王忠国被新华社采访报道，甚至上新闻，对王忠国本人和中铁工程局都是天大的好事。

“龙主任，宁省日报社那篇报道出来之后，老王打电话把刘建训了一顿，他应该不会接受新华社记者的采访……”

“告诉龙主任，我身体不适，无法接受采访。”不等蒋秀芳的话说完，王忠国的声音突然响起，语气十分坚定。

此刻的他，正躺在床上，戴着眼镜，强忍着疼痛，逐字逐句地看着银吴项目部的施工简报，额头上渗出了细密的冷汗。

蒋秀芳听到丈夫的话，连忙转达道：“龙主任，十分抱歉……”

“嫂子，我听到王总工的话了。这样吧，你让王总工好好调养身体，我跟领导汇报一下这件事，看怎么处理。”龙真打断了蒋秀芳的话，表情略显凝重。虽然他知道新华社记者采访王忠国是天大的事情，但他也知道王忠国的脾气是出了名的倔强，一旦认真起来，哪怕是领导的面子也不会给。

“好的，龙主任，那我挂了。”蒋秀芳挂断电话，径直走到床前，面色复杂地看着王忠国，“真的不接受采访吗？龙主任说有可能上新闻……”

“刘建这小子一天尽给我惹事！”

王忠国开口打断，间接给出答案。自从宁省日报社那篇报道出来之后，王忠国接到了上百个电话，亲朋好友和老同学纷纷关心他目前的情况，不少人表示要来看望他，都被他婉拒了。他只是想安静地与病魔做抗争，同时关注宁西高铁银吴标段的施工进展。

……

当天下午，中铁工程局北方公司总经理高金东，带着主管经营的副总黄德清和人力资源部长罗立来到了宁西高铁银吴项目部，召开干部大会。

“王忠国同志因病无法继续工作，目前离岗治病，经公司党委会研究决定，拟任刘建同志为宁西高铁银吴项目部副经理兼总工程师，同时暂时兼任项目部工程技术部部长职务。”人力资源部长罗立在干部大会上宣布了任免通知，然后说道：“关于刘建同志的任免是公司的重大决定，也是宁西高铁银吴标段工程的重要事件，刘建同志要尽快胜任新的工作岗位。”

随着罗立的话音落下，会场所有人都不约而同地将目光投向了刘建，同时鼓掌为刘建进行祝贺。刘建见状，起身朝着众人鞠躬感谢，但没有说话。

“黄总，你讲两句。”当掌声落下之后，高金东突然扭头对坐在身旁的黄德清说道。

耳畔响起高金东的话，黄德清有些惊愕。他是主管经营的副总经理，人事任免的事情与他无关。而且，他此次是以包保领导的身份，陪着高金东来检查宁西高铁银吴标段施工的。虽然十分惊愕，但黄德清毕竟当了很多年领导了，喜怒不形于色，他很镇定地点点头：“好的，高总。”

“同志们，宁西高铁银吴标段工程是公司近两年最大、最重要的工程项目。该工程开工前，公司就关于项目部组建召开了党委会，进行了专题研究。此次，关于刘建同志的任命决定，公司也是经过慎重考虑，并且通过党委会讨论做出的决定。同时，这也是以周林生经理为核心的宁西高铁银吴项目部班子成员力推的人选。”黄德清说到这里，故意停顿了一下，有意无意地看了周林生一眼。

耳畔响起黄德清的话，察觉到黄德清富有深意的目光，周林生心中一动，明白黄德清是在警告自己，若是刘建今后在工作中出现问题，他这个推荐人有着不可推卸的责任。

不光是周林生自己，在场不少人都觉得黄德清话里有话。然而，让众人惊愕的是，黄德清接下来话锋直接一转：“众所周知，刘建同志是王忠国的爱徒，很好地继承了王忠国同志的衣钵，有着丰富的施工一线工作经验。我相信，刘建同志一定能够胜任新的工作岗位，挑起大梁，抓好银吴项目部的技术和施工组织工作！下面，有请高总讲话。”

“啪啪啪……”

黄德清的话音落下，会场再次响起了掌声。

高金东伸手下压，待掌声停下后，没有立即发表讲话，而是看着周林生道：“周经理，你代表项目部说两句。”

“好的，高总。”周林生点头领命，然后中气十足道：“王忠国同志是我们银吴项目部的施工组织核心和技术专家，他因病离岗对于项目部和宁西高铁银吴标段工程施工造成了重大影响。王忠国同志在返回西市之前，曾专门向我推荐刘建同志接替他担任项目部的总工。项目部当天组织召开党支部会议，讨论此事，最终一致同意王忠国同志的建议，并且向公司汇报了这件事情。我个人坚决支持刘建同志担任项目部总工，并且坚信他一定可以胜任新的工作岗位！同时，我代表项目部向高总和公司表态，项目部全员会全力支持刘建同志的工作！”

听到周林生的这番发言，黄德清起初有些诧异，而后在心中冷笑。他已经知道，赵金龙在不久的将来会空降项目部，取代刘建担任项目部的总工，摘走属于刘建的胜利果实，而且会给刘建扣上一顶帽子。在这样一种情形下，他刚才在发言中故意提及周林生力荐刘建，是想让周林生到时候也要受到处罚，算是报一箭之仇。原本，周林生若是说力荐刘建是项目部的决定，那黄德清的如意算盘就很难打了，结果周林生主动上套。

虽然刘建不喜欢钩心斗角，但他的智商、情商都不低，他看出了黄德清和周林生的目的，不由得想起了周林生在质量事故分析会后对自己的许诺——只要我周林生在银吴项目部一天，你刘建就是项目部的工程技术部部长！

这一切，让刘建心中暖烘烘的，下意识地看向周林生。周林生察觉到了刘建的目光，微微一笑，笑容中蕴含着信任与鼓励。

高金东将这一切看在眼里，但表情犹如一口枯井，波澜不惊。身为公司的一把手，他统筹全局，熟悉和了解每一位中层干部和班子成员。他看出了黄德清在捧杀刘建，同时给周林生设套。他也对周林生的性格十分了解，知道周林生是一个极其有担当的干部，甚至有些护犊子。在这样一种情形下，周林生哪怕明知是个套，也会往里钻，从而给予手下信任与支持。

“同志们，王忠国同志是我们公司的施工专家、技术专家，也是西北乃至全国铁路施工领域的专家，更是我们公司全员值得学习的楷模！如今，王忠国同志因病无法坚持工作，被迫离开工作岗位，这是银吴项目部和公司的巨大损失，同时也是对我们的鞭策！”

高金东目光环视四周，缓缓开口，语速平稳，但声音铿锵有力，响彻整个会场，“王忠国同志为宁西高铁银吴标段建设付出了人生最后的心血，打下了坚实的基础。接下来，我们要以王忠国同志为榜样，学习王忠国同志克己奉公、鞠躬尽瘁的精神，全力做好自己的本职工作，认真抓好每一项施工，必须按照上级领导的要求，在确保施工安全和质量的前提下，按期完工！”

说到这里，高金东将目光投向刘建，沉声道：“刘建，虽然王忠国同志、周林生同志和银吴项目部班子成员一致力推你担任项目部总工程师，但这不是公司任命你的原因。公司将银吴项目部最关键的工作岗位交给你，是看重你的业务能力和工作态度，相信你可以继承王忠国同志的衣钵，顺利地完成任务。但是，你应该明白，现阶段的你还很年轻，无论业务能力，还是工作经验，都无法与王忠国同志相提并论。你想顺利胜任新的工作岗位，抓好项目部的施工组织和技术工作，不是一件容易的事情。任重道远，你要沉下身子，用心学习，努力工作，不要辜负大家对你的期望，更不要让王忠国同志最后的心血付之东流！”

“高总，我明白。”刘建起身领命，身子站得笔直如枪，语气斩钉截铁，回答简练有力。

干部会议结束之后，周林生带着刘建，陪同高金东、黄德清和罗立三人前往宁西高铁银吴标段主要施工项目进行检查。这是高金东此行的第二个目的，也是对刘建这个新任总工程师的小考。

高金东一路检查下来，对于施工现场的情况比较满意，同时也对刘建的表现很满意——刘建对于各施工地点的情况了如指掌，包括施工技术难题、安全风险卡控、施工进度等。

“刘建，银市站改施工马上就要开始了。该项施工的难度，你比我更清楚，是继银市黄河大桥工程之后的第二块硬骨头，你一定要将它啃下来！”检查结束之后，高金东在上车前，寄予厚望地对刘建说道。

“是，高总！”

刘建闻言，像古代出征的战士一样，第一时间领命，表情坚定而充满斗志——他必须拿下银市站改施工！

刘建被任命为银吴项目部总工的当天下午，银吴项目部便将此消息向银吴指挥部和监理、咨询单位通报了。这既是履行程序，也是消除各单位对于王忠国因病离岗后的担忧。

当天下午，身为银吴高铁指挥部常务副指挥长的林云峰得知这个消息后，生气地抽了三支香烟，晚上还出去喝了顿酒。然而，即便如此，林云峰的心情都没有好起来，以至于第二天早上和林楠一起用早餐的时候，表情还很阴沉。

“爸，你怎么一大早起来就凶巴巴的，谁惹你了？”林楠察觉到了父亲的异常，忍不住问道。

“唉……”林云峰闻言，郁闷得直接放下了筷子，转身去客厅抽烟。

“爸，发生什么事情了？”林楠感觉不妙，也放下筷子，走过去问道。

“工作上的事。”林云峰皱着眉头吞云吐雾，随口答道。

“爸，宁西高铁银吴标段出事了？”林楠脸色微变。自从宁西高铁银吴标段开工之后，她专门负责关于此项工程进展的报道，若是该工程发生重大事情，她不知情的话，相当于工作失职。

“现在没出事，但以后指定出事。”林云峰忧愁地说道。

“为什么？难道是因为银吴项目部总工程师王忠国因病离岗的事情？”林楠先是不解，而后心中一动，联想到了什么。

“银吴项目部的真正灵魂是王忠国，如今王忠国因病离岗，中铁工程局北方公司竟然直接提拔工程技术部部长刘建接替王忠国，这不是胡闹吗？那刘建年纪轻轻，怎么能胜任得了这样的重任？中铁工程局好歹也是铁建领域的王牌局，除了王忠国就没其他专家了吗？真不知道他们的领导层怎么想的！”面对林楠的追问，林云峰终究还是没忍住吐槽了起来，说到最后更是气得掐灭了香烟。

另外一边，林楠听到刘建被提拔为总工程师之后，便两眼放光，双手交叉、攥紧，置于身前，整个人像是打了鸡血一样激动。

林云峰见状，眉头皱得更紧了：“小楠，你这是什么反应？”

“啊……爸，我觉得刘建接替王忠国挺好的啊。他是王忠国的爱徒，完美地继承了王忠国的衣钵，有能力，工作又认真……”林楠如梦惊醒，强行压制住内心的喜悦，一本正经地说道。

“你懂什么？”林云峰气呼呼地打断，没好气道：“刘建是王忠国的徒弟没错，但只有王忠国的傲气，没有王忠国的专业能力、经验和人生阅历，很难挑起银吴项目部施工组织的大梁，根本无法拿下银市站改施工。我要亲自盯控银市站改施工，若是出了问题，我也难辞其咎。”

“爸，你这是杞人忧天，我相信刘建一定可以组织好银市站改施工！”林楠当场反驳道。

“你凭什么相信他？”林云峰下意识反问，然后意识到了不对劲，又追问道：“小楠，我说你今天不对劲啊，怎么尽帮那个刘建说话？”

“爸，我只是说出我自己的看法。好啦，我要去拍摄了，再见。”

林楠说着，不等林云峰察觉到她的异常，便转身飞快地抓起沙发上的背包，像是受惊的小鹿一般朝外走去。

林楠出了家门，想到自己刚才的表现，有些心有余悸地拍了拍挺拔的胸脯，也不知道在担心什么。

“要不要打个电话给刘建祝贺一下，顺便讹他一顿饭？”林楠来到地下停车场后，突然心生念头，但又便放弃了，只是给刘建发了一条祝贺的短信。

宁西高铁银吴标段部开工之后，林楠除了几次报道之外，还在利用周末休息的时间拍摄纪录片。今天是周六，她要按照计划去施工现场进行拍摄。

接下来，一整天时间，林楠周转了三个施工现场，分别拍摄了三项不同的施工。林楠在最后一个施工现场，一直等到劳务工们收工，才停止拍摄，然后回到汽车里，开始观看今天的拍摄结果。

不知不觉中，天黑了，林楠的肚子饿得咕咕叫，但她没有离开，而是啃了几口饼子，喝了点水，继续观看拍摄的视频，准备全部看完之后再回家。

“嗷呜……”

当天色彻底黑下来之后，林楠突然被一声嘶吼惊醒。她下意识地放下摄像仪，循着声音来源看去，赫然看到前方出现了几匹狼。那些狼眼中泛着绿光，好不吓人。突如其来的一幕，吓得林楠脸色狂变，整个人直接僵在了座位上。

就在这时，那几匹狼又是一声嘶吼，然后急速朝着汽车狂奔而来。林楠见状，猛然惊醒，飞快地关上车门和车窗，然后启动汽车。

车灯亮起，照亮了前方的道路，那七匹狼也冲到了汽车旁边。其中一匹狼更是跃上了汽车前盖，整个身子扑在挡风玻璃上，一边凶恶地盯着林楠，一边用爪子抓着挡风玻璃。

“啊……滚开！”

林楠吓得尖叫一声，迅速启动汽车，结果汽车刚一启动便熄火了。这个发现，让林楠的身子再次一僵，心脏像是要跳出嗓子眼，脸上彻底被恐惧占据。

“冷静，林楠，你要冷静！狼在汽车外，没法伤到你，不用慌乱！”林楠在心中提醒自己，然后深深吐出一口闷气，等心中的恐惧减少一些后，不再去看趴在挡风玻璃上的恶狼，再一次尝试启动汽车。然而，如同刚才一样，汽车刚一启动便熄火了。

林楠心头再次一紧，但不再像之前那般惊慌，而是继续尝试。

一次，两次，三次，林楠一连尝试了三次，结果都如之前一样，等到第四次的时候，汽车完全无法启动了！

这个结果，让林楠心中刚刚驱散的恐惧又回来了。她看着趴在挡风玻璃上和环绕汽车游走的恶狼，只觉得像是突然之间坠入了地狱，恐怖至极。尤其是当恶狼嚎叫的时候，林楠头皮发麻，浑身汗毛竖起，冷汗完全浸透了她的衣裳。

“呼……呼……”

林楠一边大口喘气，一边擦着额头上的冷汗，待情绪再次稳定一些后，拿出手机拨打 4S 店的电话。自从她的汽车在沙漠冲浪之后多次出现问题，每次都是找 4S 店拖车维修。

“您……您好，我的汽车坏了，而且被狼群包围了，请……请求救援！”电话很快接通，林楠紧张而恐惧地说道。

“您好，林小姐，我们可以救援，但是您刚才说您的汽车被狼群包围了，只能等狼群离开后才能派人去拖车。”虽然 4S 店的工作人员对林楠很熟悉，但没有答应林楠的请求。

“如果狼群不离开呢？”林楠下意识地问。

“那……那我们也没办法，救援人员也不敢靠近。我建议您报警吧，让警察去驱赶狼群，然后我们派人过去。”4S 店的工作人员再次拒绝了林楠的请求，然后提出建议。

“好……好。”虽然林楠心中恐慌，并且对 4S 店不予救援有些生气，但也知道对方说得在理，便极力地控制住了自己的情绪，飞快地回了一句，然后不等对方回话，便挂断电话，拨打 110。

“您好，这里是 110 指挥中心……”

“您好，警察同志，我的汽车无法启动，并且被狼群包围了，请求救援！”林楠直接打断了对方的话，说出了自己的诉求。

“您好，女士，您千万不要打开车门，更不能离开汽车！请说明您现在的具体位置。”接听电话的警察先是提醒林楠，然后按照程序进行询问和记录。

“我在鸣沙加油站附近，距离银吴高铁施工现场不远，具体位置我也不清楚。”林楠下意识地答道。

“女士，你打开手机定位，查看一下具体位置，告诉我。”电话那头的警察再次做出提醒，“另外，我们警察没有驱赶狼群的经验，这件事情需要协调武警部门配合。至于拖车的事情，你需要联系 4S 店或者保险公司。”

“好……好，你们大概需要多久能到？”林楠蠕动了一下喉结，询问。

“这个要看武警部门的配合，正常情况下，一个小时左右可以赶到你那里。你现在需要做的是耐心等待，另外记住我刚才的提醒，绝对不能开车窗和下车，并且保持手机畅通，以便于我们随时可以和你联系。”警察做出回应，然后再次提醒。

“好……谢谢……”林楠表示感谢，然后还想说什么，却发现对方已经挂断了电话。

“嗷呜！”

趴在挡风玻璃上的恶狼是这个狼群的头狼，当林楠结束通话的时候，它再次嘶吼一声，吓得林楠一声尖叫，右手一抖，手机直接甩到了副驾驶的座位上，双手抱着自己，蜷缩成了一团。

头狼看到林楠恐惧的模样，目光戏谑，加大了撞击汽车挡风玻璃的力度，砰砰之声不绝于耳。

原本，林楠想闭着眼睛，忍着恐惧，等待警察和武警前来救援，听到头狼用狼爪撞击挡风玻璃的声音，整个人近乎崩溃，下意识地抓起了手机，想再次打电话给 110。

然而，等林楠拿起手机后，又恢复了一丝理智，知道自己哪怕再次给 110 打电话，也无法让警察和武警立刻赶过来。这让她恐惧乃至绝望，脑海里不由浮现出了父母的身影。

除此之外，她的脑海里还浮现出了刘建的身影。

这一刻，她不知道自己为什么会想到刘建，但当刘建的身影闪现之后，她几乎下意识地就拨通了刘建的电话，很快便听到了刘建那熟悉的声音："你好，林楠……"

"刘……刘建，我害怕！"林楠蜷缩着身子，惊恐地打断了刘建的话。

"林楠，你怎么了？"电话那头，刘建刚刚吃过晚饭，准备去洗澡，愕然听到林楠的话，猛地一下站起身，担心地问道。

"我……我在施工现场拍摄完之后，准备回家，结果发现汽车坏了，而且遇到了狼群。狼群将我的汽车包围了，正在砸挡风玻璃。"林楠尽量控制着自己的情绪说出目前的状况，但内心的恐惧让她的身子像是触电一般不断地颤抖，声音也有些发颤。

"林楠，千万不要下车，也不要开车窗！"刘建如同之前的警察一样，严肃地提醒林楠。

"我……我知道，可是我害怕狼会砸破挡风玻璃……"林楠惊恐地说出自己的担忧。

“林楠，不要怕，汽车挡风玻璃是钢化玻璃，狼是无法撞碎玻璃的。”刘建的语气平稳地开口道：“另外，你按照我说的去做，可以驱散狼群。”

“真……真的吗？”林楠有些不敢置信，毕竟就连警察刚才都没办法，需要求助于武警部门。

“相信我，按照我说的去做。首先，你把手机的灯打开，然后寻找狼群中的头狼……”

“怎么确定哪匹狼是头狼？”林楠打断刘建的话。

“头狼就是那匹吼叫的狼，它吼叫是在威慑猎物和发号施令。”刘建耐心地做出解释，然后继续说道：“你找到头狼之后，用手机灯光照着它，然后冷静地与它对视。记住，你一定要表现得镇定而冷静，不让它察觉到你的恐惧。若是你恐惧的话，头狼会更具侵略性，甚至会蔑视你，反之，它会产生狐疑，不会轻举妄动。”

“好。”林楠认真地记下了刘建所说的每一个字，然后连续三次深呼吸平静自己的情绪。做完这一切，她按照刘建所说，用手机灯光对准头狼，再次与头狼对视。

林楠的突然举动，让头狼先是有些惊愕，而后觉得自己被挑衅了，再次嘶吼了起来。刘建听到了狼吼声，立即出声提醒：“林楠，不要怕，静静地看着它，用眼神告诉它，你不怕它。”

“好。”

林楠惊得差点再次甩飞了手机，心中的恐惧再次上升，但刘建的声音像是带着魔力一般，让她心中的恐惧减少，整个人比起之前愈加冷静，继续与头狼对视。

头狼停止撞击挡风玻璃，狐疑地看着林楠，似乎有些不理解刚才还恐惧万分的林楠，为何突然之间变得如此镇定。

“林楠，继续与头狼对视，然后等头狼不安乃至焦躁的时候，连续摁汽车喇叭——这会让头狼受到惊吓，落荒而逃。狼是群居动物，一旦头狼逃走，狼群也会跟着离开。”刘建的声音再一次响起。

“我明白了。”林楠开口回应，又与头狼对视了十秒钟，然后猛地摁下汽车喇叭。

“嘀……嘀……嘀……”

“嗷呜！”

急促的汽车喇叭声陡然响彻荒漠，头狼如同刘建所说的一样，受到惊吓，直接跳下了汽车，并且惊慌地嘶吼了一声，带着狼群跑开了。

林楠看到这一幕，直接喜极而泣：“刘……刘建，狼群跑……跑了！它们真的跑了！”

“嗯，没事了。接下来，你打电话给 4S 店或者保险公司，让他们来救援拖车。”刘建微笑着说道：“另外，你把现在的位置用微信发给我，我过去找你，跟你一起等待救援。”

“好。”林楠几乎下意识地答应了下来，然后挂断电话，先是给刘建发了定位，然后才按照刘建所说的那样，给 4S 店打电话。等通话结束之后，林楠又想到了自己先前报警了，如今狼群离开，危机解除，无需麻烦警察和武警了，便又给 110 打了个电话，说明了情况。

做完这一切，林楠悬着的心彻底落了下来，整个人长长松了口气，将手机放在副驾驶位置上，怔怔地看着前方的道路。

这一刻，林楠脸上的恐惧消失得无影无踪，取而代之的是期待，期待刘建能够尽快赶到。就在她期待的同时，她的手机再次响了起来，拿起一看，发现是刘建的来电，便接通。

“林楠，我现在往你那边赶，你不要挂电话，我一边开车一边跟你通话。这样的话，你就不会害怕了。万一狼群再回来，我也可以教你再次赶走它们。”刘建率先开口说道，语气温柔。

“好，不过你开车要小心。”

耳畔响起刘建温柔而体贴的话语，林楠心中像是吃了蜜一样甜，身体里仿佛有一阵电流在流淌，泛起阵阵酥麻。

因为父母工作繁忙，林楠从小便养成了独立的性格，做人做事没有半点娇柔，像是一个女汉子，至今还没有谈过恋爱。那些曾经试图追求她或者家里介绍的相亲对象，很多都跟她处成了哥们。

然而，今天所发生的一切，直接击碎了林楠心中那份坚强，让她恐惧乃至绝望。而刘建协助她驱散狼群和刚才细心体贴的来电，让她第一次露出了该有的娇柔，甚至有种想扑进刘建怀中的冲动。

一个小时后，刘建先于4S店的工作人员赶到了林楠所在的地方。他没有直接开车接近林楠，而是沿着施工便道绕了一圈，确定狼群不在四周，才将车停到林楠的汽车旁，下车，挂断电话，微笑着冲林楠招手，示意林楠下车。

原本，漫长的等待，已经让林楠的情绪平静了许多，但当她看到刘建站在车外微笑冲自己招手后，那份冲动再次出现，并且像是洪水似的，瞬间淹没了她的理智。

冲动之下，她迅速推开车门，跳下汽车，直接扑在了刘建的身上。娇躯入怀，刘建的身子僵在原地，脸上充斥着惊愕，同时还有些不知所措。

与此同时，林楠双手紧紧地抱着刘建，脑袋贴着刘建的胸口，轻声呢喃：“刘建，谢谢你。”

“没事了，不需要跟我客气……”

刘建回过神，主观地认为林楠被吓坏了，于是揽住林楠的肩头，轻轻拍打着林楠的后背，进行安慰。

然而，不等刘建将后面的话说完，林楠突然扬起脑袋，踮起脚尖，俏脸主动凑近，用嘴唇堵住刘建的嘴巴，让刘建的话戛然而止。

四唇相接，刘建浑身剧烈一震，双眼瞪得滚圆，整个人彻底懵了——他做梦也没有想到，林楠竟然会主动吻他！

林楠察觉到刘建的异常，也意识到了自己的冲动，但没有像一般女孩子那般娇羞，而是后退一步，凝视着刘建的双眼，轻声道：“刘建，一直以来，我都不喜欢被人保护，我觉得一个人可以做所有事情。但遇到你之后，你保护了我两次，让我改变了曾经的观点——原来被人保护的感觉是这样美好，你愿意保护我一辈子吗？”

刘建一脸发懵地站在原地，怔怔地看着林楠，脑海一片空白。

为了要陪师傅王忠国走完人生最后一段路，帮助王忠国完成人生最后的一个心愿，刘建在结婚和参与宁西高铁银吴标段建设之间选择了后者，结束了多年的爱情长跑。

自从宁西高铁银吴标段工程开工之后，刘建将所有的心思都放在了工作上，压根没有再想过感情和婚姻的事情。哪怕他那次联系李颖，也不是藕断丝连，更不是想旧情复燃，只是想提醒李颖要慎重考虑与赵金龙结婚，结果被李颖嘲讽、羞辱，可谓是自讨没趣。

不光如此，刘建在过去这大半年的时间里，除了与单位的女同事接触之外，唯一接触的女人只有林楠了。他对林楠的印象很好，欣赏林楠独立自强的性格，也欣赏林楠干净利落的行事作风，认为林楠是一个非常优秀的女人，但也只是将林楠当成朋友。他没想过与林楠发展一段感情，更没有想过林楠竟然会主动向自己表白。

为此，当林楠主动送上热吻，并且表白后，刘建整个人是懵的。那抹香软荡漾在他的心头，他呆呆地看着近在咫尺的林楠，只觉得刚才所发生的一切如梦似幻，是那样的不真实。

“你……你不喜欢我啊？”

眼看刘建愣在原地，林楠伸手在刘建面前晃了晃，很直接地询问，看似一点也不在意答案，但心跳却瞬间加快，眼角肌肉也是疯狂跳动，心中紧张到了极致。

“不是。”刘建如梦惊醒，当即摇头，然后解释道：“林楠，这一切来得太突然，我……”

“上车吧，我怕一会儿狼群来了，我们俩会成为它们的腹中餐。”林楠调侃地打断了刘建的话，同时很主动地抓住了刘建的手，仿佛一瞬间就适应了从朋友到女朋友的角色转换。

“好。”刘建下意识地点头，然后与林楠上车。

刘建坐在车上，望着身旁的林楠，想到自己稀里糊涂就成了林楠的男友，依然有一种置身梦境的感觉。

林楠能够察觉到刘建的茫然，一脸认真地说道：“刘建，我知道今晚有些唐突了，但我这人就这样，有什么话藏不住，想做的事情绝不拖延。我喜欢你，喜欢被你保护的感觉，所以主动向你表白，你接受，我们就在一起，你拒绝，我们就继续当朋友。同样的，如果我们在一起之后不合适，那就分手。”

“林楠，能够被你喜欢和主动表白，我很幸运，也很开心，我愿意当你的男朋友。但你也知道我的工作性质，我很难抽出时间陪你。至少，在宁西高铁银吴标段施工结束前，我没法陪你，也无法娶你。”刘建凝视着林楠，一脸真诚地说道。

“我当然知道这些，但我不介意。我认为，两个人在一起，最重要的是互相喜欢、互相欣赏、互相理解、互相支持。至于陪伴，心灵和灵魂的陪伴才是真正的陪伴。一对不相爱的夫妻，天天同床异梦，那不叫陪伴！”林楠从吴振涛那里听说了刘建与前女友李颖分手的事情，但她没有提及，而是说出了自己的爱情观点。

这一次，不等刘建再说什么，前方亮起了灯光，一辆拖车朝着这边驶来，4S店安排的救援人员到了。很快，拖车停在了林楠的汽车前，但拖车司机没有立即下车，而是左顾右盼，似乎在确认狼群真的已经离开了。

“师傅，狼群已经走了。”刘建与林楠下车，向拖车司机喊了一声，然后与对方交涉了几句。

几分钟后，当林楠的汽车被拖走之后，刘建驱车带林楠离开了荒漠，问道：“想吃什么？”

“都这个点了，不想吃了，你直接送我回去吧。”林楠摇摇头，她今晚所经历的一切堪称跌宕起伏，此刻完全没有食欲。而且，她也知道，银市站改施工马上要开始了，刘建的工作很忙，每天起早贪黑，她不想占用刘建的时间，影响刘建的工作。

“你晚上一点东西都没吃怎么行？要不去夜市随便吃点夜宵？”

刘建提议。

“我在遇到狼群之前吃了饼子和乳瓜，不饿的。”林楠笑着摇摇头。

“好吧。”刘建不再坚持，直接驱车送林楠回家。

虽然林楠十分独立，但至今还是与父母住在一个叫梦圆的铁路小区。该小区是铁路系统的福利房，是20世纪初建造的，有些破旧了。

“刘建，我家就在进小区第一栋楼，你就在小区门口停车吧，不要开进去了。”当刘建驱车来到梦圆小区门口的时候，林楠开口说道。

“好。”刘建点头，靠着路边将车停下。

林楠解开安全带，下车后，没有立即离去，而是趴在车窗上，眨巴着大眼睛说道：“刘建，虽然我们有了恋爱关系，但你想娶我，恐怕会很困难。因为，我要的彩礼很贵。”

“有多贵？”刘建一脸愕然，脱口问道。

“宁西高铁银吴标段成为中国高铁的标杆——我等着你带着这份彩礼，娶我回家！”林楠微微一笑，潇洒转身，朝着小区大门走去。

刘建浑身一震，望着林楠离去的背影，咧嘴笑了起来。

黑夜中，他笑得像个傻子，也笑红了双眼。

第十六章　爆发冲突

原本，王忠国因病离岗，生命进入倒计时，对刘建造成了不小的影响，心情始终很压抑，只是不表现在脸上，而是将所有的精力都放在工作中。

刘建与林楠确定恋爱关系之后，并未沉浸在新的恋情当中，而是更加努力地投入了银市站改施工当中。将宁西高铁银吴标段建成中国高铁的标杆，既是师傅王忠国人生最后的心愿，也是他未来迎娶林楠的彩礼。

站改施工是对既有的火车站站区进行改造，包括拆铺线路、道岔及四电设备等，是一项极其复杂的施工，既要确保各专业之间无缝衔接，又要确保铁路行车安全。

按照铁路部门规定，站改施工主要涉及邻近营业线施工和营业线施工。邻近营业线施工，是指在营业线两侧范围内，新建铁路工程、既有线改造施工及地方工程等影响或可能影响铁路营业线设备稳定、使用和行车安全的施工作业。

营业线施工涉及内容很多，与邻近营业线施工最大的区别在于，前者需要封锁既有线路，在列车停运的情况下进行施工，需要铁路调度部门批准施工天窗。施工天窗是指铁路运行图中没有铺画列车运行线或调整、抽减列车运行线，为施工作业预留时间。

通常来说，车站列车运行的繁忙程度和施工天窗时间长短是呈反比的，需要施工单位争分夺秒，在极其有限的时间内完成施工，并且恢复线路和设备，达到线路开通、运营条件。

若是施工单位在天窗施工中无法按时开通线路的话，将会导致列车延误，酿成施工事故。若是施工单位在没有将线路和设备恢复到开通、运营条件，盲目开通施工线路的话，有可能导致列车脱轨、翻车等重大、特大安全事故。

在这样一种情形下，营业线施工的安全压力极大。相比而言，邻近营业线施工，只要做好与既有线路的隔离措施和既有设备的保护措施，安全风险很小。

银市站改施工开始后，银吴项目部按照施工组织方案先进行邻近营业线施工，在银市站内铺设了新的线路并安装了四电设备。在邻近营业线施工期间，刘建要求项目部和施工队在施工前全面进行施工安全风险研判，施工中严格进行施工安全卡控，施工后认真进行施工安全总结，确保了施工安全，没有发生一起事故。甚至，铁路安监部门在施工安全检查都很少发现问题，施工安全信息数量极少，被西北铁路局和银吴指挥部当成施工安全的典范。

这一切，让银吴高铁指挥部常务副部长对刘建的能力有了更进一步认识，但依然没有消除心中的担忧。曾经担任过工务系统领导的他很清楚，站改施工的关键在于营业线施工或者说天窗施工。

9 月 26 日，银吴项目部将进行银市站改第一次天窗施工，进行插入道岔作业，需要封锁线路，将既有线路的铁轨切断、抽出来，扒掉道砟，然后用吊车将预铺好的道岔放到指定位置，再将道岔与铁轨连接，最后填充道砟，恢复线路。除此之外，四电施工队还要在施工天窗期间进行接触网和信号改造施工。

为了确保施工万无一失，9 月 25 日晚上，刘建组织项目部人员、施工队主要成员召开施工准备会议。项目部对施工队进行了技术和安全交底，对每一道工序、每一个细节都进行了全面的交底。

9 月 26 日早上八点，刘建抵达施工现场，项目部人员和施工队作业人员全部到位。其中，施工队的作业人员统一穿着迷彩服，戴着安全帽，像是一群出征的战士，精气神极佳。

刘建抵达施工现场，先是做出指示，要求项目部人员对施工队的所有机械设备进行检查，然后联系项目部调度和驻站防护员，确认天窗施工的时间是否会有变动，得到回复没有变动——早上十点二十分到十二点二十分进行天窗施工，具体时间以西北铁路局调度部门批准的施工时间为准。

八点半的时候，黄德清带着中铁工程局北方公司安全部一名安全员抵达施工现场。他们是银市站改施工的包保盯岗干部，需要在天窗施工期间在现场进行督导、盯控。

“您好，黄总、吴工，现场施工准备就绪，等施工命令下达后就可以按照施工方案组织施工了！”黄德清抵达施工现场之后，刘建主动迎上进行汇报。虽然黄德清曾扬言要将刘建“踢出”银吴项目部，并且付诸行动，但刘建在汇报的时候没有带任何感情色彩，一副公事公办的态度。

“刘建，今天是银市站改第一次天窗施工，周林生为什么不来？”黄德清没有询问刘建施工准备工作情况，也没有对今天的施工提出要求，而是一脸不悦。

一方面，银市黄河大桥质量事故发生后，黄德清与周林生、刘建产生矛盾，心存不满。另一方面，公司领导到下面来检查和包保盯岗，项目经理通常都会积极陪同检查，并且进行宴请，甚至还会送烟和“信封”，表示尊重。而黄德清昨天就抵达了银市，周林生连面都没有露。

“黄总，周经理带队去西北铁路局协调去了，据说下午才能赶回来。原本，今天有一趟特运列车要通过，铁路局不给批复天窗施工，周经理恳请银吴指挥部的领导一起去找铁路局协调下来的，而且宁省的相关领导也特地给铁路局领导打了电话，等于特事特办。”刘建回答道。他口中的特运列车是指运输特殊货物和人员的列车，如军运。通常来说，特运列车通过某个地区的时候，铁路部门要停止一切施工，并且派人驻守和检查铁路线路、桥梁，确保特运列车安全通过。

“这么说，今天的施工天窗来之不易，你可要好好组织施工。”黄德清沉声道，然后不再理会刘建，径自点燃一支香烟。

“好的，黄总。银吴高铁指挥部和设备管理单位的人来了，我过去招呼一下。”刘建的看到前方走来一群人，开口对黄德清说道。

“好。”黄德清点头，然后继续站在原地吞云吐雾，并未与刘建一同上前迎接，仿佛这件事完全与自己没有任何关系似的。而事实上，作为公司的包保领导，黄德清除了在现场督导施工之外，还要协助项目部解决问题，包括施工协调。

在这样一种情形下，黄德清理应与建设单位、监理单位和设备管理单位的人打声招呼，甚至是建立好关系，以便于施工现场出现问题，可以当场协商解决。像黄德清此刻这样不理不睬，多少会让相关单位的人认为其摆领导架子，心中会不舒服，从而在施工中找项目部的问题，等于间接给项目部增添麻烦。

前方，银吴高铁指挥部常务副部长林云峰一马当先，总监范春海跟在其身后，后面是铁路设备管理单位的施工监管人员。只是一眼，刘建便看到各设备管理单位主管安全的副段长都来了。设备管理单位的副段长是副处级，而且是单位的班子成员，他们亲自带队，足以表明对今天天窗施工的重视。

刘建迅速迎上，挨个问好，同时让吴振涛给每人递了一瓶矿泉水。对此，无论是林云峰，还是各设备管理单位的人员都没有拒绝。

“刘总工，今天是银市站改第一次天窗施工，而且施工结束之后，会有一辆特运列车要通过银市，绝对不能出现任何差错，必须在确保施工安全的前提下，按时开通线路。”林云峰对今天的施工提出要求，言语之中多少透露出了几分担忧。

“刘总工，一旦线路无法按时开通，导致特运列车延误的话，就是事故，我们所有人都要挨板子，可不能掉以轻心。”银市工务段主管安全的副段长何小泉补充道。

“是啊。”

其他设备管理单位的人纷纷点头附和。他们既和林云峰一样，对刘建能否顺利组织完成今天的施工信心不足，同时也担心施工延误影响特运列车，酿成事故，承担责任。

“各位领导请放心，我们一定按时完成施工任务、开通线路。你们先聊，我去检查一下施工准备工作。”刘建当众表态，然后离开人群，按照自己所说的那样去检查施工前的各项准备工作，包括机械设备状况的复查。

当刘建离开之后，黄德清才带着安全部一位名叫吴军的安全员走了过来，和林云峰等人打招呼。虽然他不愿意参与施工协调的事情，但他是公司主管经营的副总，日后工程结算必然会和林云峰打交道，他不能不给林云峰面子。

刘建看到这一幕，并未在意，而是认真检查各项准备工作，同时与驻站防护员联系——铁路局调度所将天窗施工批复命令发送到车站，由车站通知施工单位和各设备管理单位，各单位的驻站联络员再通过对讲机通知施工现场。

九点四十分的时候，刘建接到驻站防护员的汇报：“刘总工，车站已完成施工登记，等待路局调度所下达天窗施工命令。”

“收到。”刘建先是做出回复，然后看了一眼时间，耐心等待施工命令下达。

十点二十分，铁路局调度所准时下达了施工命令，刘建接到驻站防护员的汇报，直接下达命令：“插停车牌，开始施工！”

“是！”

刹那间，现场响起了整齐划一的回答，声音响彻天际。上百名穿着迷彩服的劳务工，像是战场上接到进攻命令的士兵一般冲向了前方。

切割钢轨，松钢轨配件，扒道砟，抽枕木，上百名劳务工在带队队长的带领下，分工明确、井然有序地进行作业。接触网和信号施工队也按照施工方案开始作业。

包括林云峰在内的所有督导施工的人员站在不远处观看着，其中银市工务段的何小泉赞道："这刘建有两把刷子，施工组织不错。"

"这才开始，关键是插入道岔环节不能有问题。"

林云峰一针见血地指出关键。插入道岔的时候需要吊车司机准确地将道岔吊运到预定的位置，技术人员需要进行仔细检查、纠偏，确保方向不会出错，然后才能连接钢轨，进行线路恢复。这个环节，无论是吊车司机操作不到位，还是技术员检查、纠偏出现问题，都会导致道岔无法正确连接。

其他督导施工的人员都是暗自点头，认同林云峰的话。刘建也对此心知肚明，他早已让技术员架好了测量仪器，等道岔吊运到位后，要亲自核定道岔的各项数据。

时间一分一秒地流逝，整个施工完全按照施工方案进行，时间卡控精确到了分。

"吊车司机准备！"

不知道过了多久，当铺设道岔位置的钢轨、枕木、道砟都扒拉到两侧之后，刘建下达命令，亲自指挥吊车司机吊运道岔。

听到刘建的命令，早已做好准备的施工队技术员用钢丝绳套住道岔，然后纷纷离开，并对吊车司机打出一个起吊手势。吊车司机见状，熟练地操纵吊车，将道岔吊起，缓缓吊向道岔要铺设的位置。

一时间，原本喧闹的施工现场安静了下来，唯有吊车马达的轰鸣声，所有人的目光都随着道岔而移动。很快的，在众人的注视中，在吊车司机娴熟的操控下，道岔被吊运到铺设位置的上空，缓慢下落。

“砰——”

旋即，就当所有人认为施工会顺利进行下去的时候，吊车司机突然感到心脏一阵绞痛，操作随之出现问题，道岔猛然加快速度下落，直接砸在了线路路基上，发出一声闷响，完全偏离了预定的位置。

突如其来的一幕，几乎让所有人都是一怔，唯有刘建例外。刘建在道岔落下的第一时间冲向吊车，要指挥吊车司机重新将道岔吊起，放对位置。

“怎么回事？”

“吊车司机在搞什么？”

就在这时，众人从震惊中回过神，其中有督导的领导忍不住责备了起来——吊车司机最后让道岔加速下落、偏离位置，这是严重的操作失误。

刘建则冲到了吊车旁，赫然看到吊车司机面色发白，捂着胸口，无力地靠在驾驶位上，表情异常痛苦。看到这一幕，刘建意识到了什么，立刻爬上吊车，冲着吊车司机大声问道：“你怎么了？是不是心脏疼？身上有药吗？”

没有回答，吊车司机艰难地点了一下头，脸色愈加苍白，仿佛随时都会昏死过去。

刘建见状，立刻打开车门，飞快地在吊车司机的身上搜索，然后搜出一瓶速效救心丸，掏出一粒，给吊车司机服了下去。

做完这一切之后，刘建掐住吊车司机的人中穴，随后将吊车司机抱起，同时对冲过来的项目部和施工队人员大声喊道："打 120，让医院派救护车过来。另外，施工不要停，拆掉吊绳，组织劳务工用撬棍移动道岔，快！"

"是！"

包括吴振涛在内，无论是项目部的人，还是施工队的人，都不知道发生了什么事，此刻听到刘建的命令，下意识地做出回应。其中，施工队现场的负责人立刻拨打 120，而项目部的技术负责人则继续指挥工人施工。

同一时间，刘建则飞快地将吊车司机抱了下来，大声对身旁的吴振涛道："振涛，你掐住他的人中穴，不断加大力度，并且呼唤他，直到他皱眉为止！"

"是，师傅！"吴振涛下意识回应，然后学着刘建刚才的样子掐住吊车司机的人中穴。

刘建左手叠在右手上，用全身的力量，从吊车司机的右胸到左胸不停地滚压和按压，给吊车司机进行心脏体外按摩。这是心肌梗死突发的紧急处理办法。刘建曾担心王忠国会出现这样的状况，专门学习过，此刻正好派上用场了。

"刘建，他这是心肌梗死吗？情况严重吗？"就在这时，黄德清带着吴军跑了过来。他也有心脑血管的疾病，通过吊车司机的症状和刘建的紧急处理方式意识到了什么，脸上充斥着担忧。身为此次施工的包保盯岗领导，若是施工现场有人死亡，他是要承担责任的。

随着黄德清的话音落下，林云峰和总监范春海、各设备管理单位的人也跑了过来，担心地看着双眼紧闭、面色发白的吊车司机。

刘建没有回应黄德清，也没有去看林云峰等人，而是手握空拳，反复滚压在吊车司机膻中到华盖这个区域，刺激这两个穴位。这对于恢复心脏的肌肉有着非常大的帮助。

渐渐地，在刘建和吴振涛共同的抢救下，吊车司机的面色开始好转，同时因为疼痛皱起了眉头。

看到这一幕，刘建暗自松了口气，他知道吊车司机的命抢救回来了，而且速效救心丸很快就会起效，接下来没有生命危险了。

事实如同刘建所判断的一样，几分钟后，吊车司机彻底苏醒了过来，但刘建又继续做了两分钟抢救动作，才对吴振涛道："振涛，你继续掐着他的人中穴，让施工队的人将他送到站台，然后联系车站人员，让救护车开到站台上接他到医院进行救治。你亲自陪着施工队的人去医院，有什么情况及时向我汇报！"

"黄总，各位领导，吊车司机患有心脑血管疾病，刚才突然发病，目前已脱离生命危险，不用担心。"刘建对吴振涛做出指示后，立刻起身，擦了一下额头上的汗水，对黄德清、林云峰等人汇报道。

听到刘建的话，黄德清、林云峰等人均是暗自松了口气，然后将目光从吊车司机身上挪开。其中，林云峰皱起了眉头："刘总工，道岔偏离的位置有些大，靠人工挪动很困难，需要抓紧时间！"

"明白！"刘建点头，然后不再废话，立刻跑向前方，要亲自指挥挪动道岔。

黄德清等人见状，没再说什么。突如其来的变故，彻底打乱了施工计划，接下来，他们只能将希望寄托在刘建身上。

如同林云峰所说的一样，道岔偏离得有些远，而且外加道岔很重，根本无法直接用撬棍挪动，需要用压机将道岔抬起，然后再用撬棍垫在下面，慢慢进行挪动。哪怕刘建亲自指挥，也无济于事，等到道岔挪动到准确位置的时候，距离施工结束只有二十分钟了。

“立刻连接钢轨，填充道砟、捣固，恢复线路！”

刘建再次下达指示，然后顾不上擦头上的汗水，冲到林云峰等人面前，沉声道：“各位领导，现在距离施工只有二十分钟了。我们无法在这么短的时间内恢复线路满足开通条件，所以申请施工延长三十分钟。”

“不行！”

林云峰第一时间否决，道：“刘总工，你应该很清楚，今天有特运列车通过银市站，若是延长施工时间的话，势必会导致特运列车延误，这是决不允许的！”

“林总，您说的，我都知道，但我们必须保证线路满足开通条件，才能放行列车，否则会发生列车脱轨、翻车事故——这个责任没有人能够承担得起！”刘建冷静地说道。

“你……”林云峰气得脸色铁青，伸手指着刘建想说什么。

“林总，刘总工，这样吧，我们做两手准备。施工现场抓紧一切时间连接道岔，恢复线路，车站那边做好申请施工延点的准备。”不等林云峰说出后面的话，银市工务段副段长何小泉开口了。

按照铁路部门规定，无论准时消除施工命令，还是申请施工延长时间，都需要施工单位、设备管理单位一起在车站的施工登记本上签字，最后由车站调度员向铁路局调度所汇报。

银市车站副站长立刻附和："我同意何段的提议。"

"好的！"

虽然刘建知道，不可能在二十分钟内完成所有施工并让线路达到开通条件，但还是采纳了何小泉的建议，立刻联系驻站防护员，"陈工，做好申报施工延点的准备，时间延长30分钟！"

"是……是，刘总工！"驻站联络员已得知今天的施工绝对不能延点，此刻听到刘建的指示，有些震惊，但没敢多问。

与此同时，各设备管理单位的驻站防护员和车站调度也接到了施工现场督导领导们的指示，然后立刻开始在施工登记本上填写申请施工延点的内容。

施工现场，刘建联系完驻站防护员后，没与林云峰等人再说什么，快步走到前方，再次亲自指挥施工。

包括林云峰在内，现场那些督导施工领导们的表情都很难看，但也知道此刻再怎么责备刘建和银吴项目部都没有用了，只能期待项目部能够抢回时间。黄德清也意识到了问题的严重性，知道林云峰等人都在气头上，故意站得远远的。

十二点十分，驻站防护员用对讲机联系刘建："刘总工，如果要申请施工延长计划的话，现在就要上报了。另外，铁路局调度台刚才通知，非特殊情况，不给批复施工延长申请。"

林云峰就站在刘建的身旁，他听到了驻站防护员的汇报，不等刘建回复，便大声说道："刘建，不用申请施工时间延长，按照现在的状况，第一趟列车通过问题不大，等列车通过后，再利用第二趟列车到达前的时间，对线路进行调整、加固！"

“林总，只剩下十分钟了，在施工结束前，线路根本无法满足开通条件！”刘建正色道。

“你懂什么！谁告诉你，线路必须达到规定的条件才能开通？你知道以前新线开通的时候，有些线路的数据有多么差吗？不要死板教条，听我的！”林云峰怒斥刘建，同时说出自己的经验。

而另外一边，银市工务段的何小泉和车站那名副站长都没有说话。他们都看出，银吴项目部想在十分钟内将线路恢复至开通条件，已经不可能了。同时，他们也知道，林云峰所说的情况以前的确出现过，但存在很大的安全风险，不出事则已，一旦出事就是天大的事故！为此，他们都没有表态，打算等刘建和林云峰沟通完之后，再做定夺。

“陈工，立刻向路局调度台申请施工延长三十分钟，并说明原因，线路无法达到开通条件！”面对林云峰的怒斥，刘建无动于衷，他也没有再去征询各设备管理单位的意见，直接向驻站防护员做出指示。

“知道了，刘总工。”驻站防护员立刻回应。

“你……”林云峰气得浑身一抖，伸手指着刘建，一副要怒骂的样子。

“林总，我可以承担施工延点的责任，但无法承受列车脱轨、翻车的责任，您也承担不起！”刘建不卑不亢地与林云峰对视，直接打断了林云峰的话。

“你……你真是屁都不懂！”林云峰气得骂了一句脏话，然后气呼呼地走到黄德清身前，道：“黄总，施工结束之后，我要参加项目部的施工总结会，你通知周林生，让他必须到场！”

“好的，林总。”黄德清点头，心中明白，无论刘建一意孤行要延长施工时间，还是刚才当众顶撞林云峰，都让林云峰很生气，等于彻底将林云峰得罪了。

刘建也深知这一点，但他并不在意，更不后悔，而是又投入到了施工指挥当中。

十二点五十分，施工结束，线路完全满足开通条件，车站调度员向铁路局调度台申请消除施工命令。

“银吴项目部的人在搞什么？他们难道不知道影响特运列车的后果吗？等着定事故吧！”铁路局调度所的施工调度在消除施工命令的时候，气得不轻，无论是车站调度，还是银吴项目部的驻站防护员都没有吭声。

施工现场，刘建和林云峰等人并未立刻离开施工现场，而是按照规定在施工现场，盯着第一趟货运列车安然无恙地通过。之后，刘建又指挥作业人员对道岔、线路进行加固，直到第三趟列车通过后，才离开施工现场。

原本按照安排，施工结束后，银吴项目部要宴请今天参与施工督导的各单位人员，但包括林云峰在内所有人都知道，施工延误影响特运列车捅了大娄子，必然会定事故，故而均是心事重重地离开了。

结果如同他们所预料的一样，一个小时后，西北铁路局安监室下发了事故通报，银吴项目部今天施工延长时间被定为铁路 D 类事故，要求停工整改四天。除此之外，西北铁路局调度所取消了银吴项目部十一国庆期间的天窗计划。

原本，按照铁路相关部门的规定，非特殊情况，节假日期间不予批复天窗施工计划。但宁西高铁银吴标段工期紧，宁省各市县、部门和西北铁路局开绿灯，特事特办，西北铁路局调度所才批复了银吴项目部十一期间进行天窗施工的计划。今天，银吴项目部的天窗施工导致特运列车延误，造成铁路 D 类事故，西北铁路局调度所也受到了影响，调度所主任相当不满，直接下令要求取消银吴项目部十一期间的天窗施工计划。

下午四点，刘建参加完车站组织的施工总结会后，返回项目部。项目部会议室，林云峰、黄德清、周林生和总监范春海已经等候了。除此之外，还有项目部的全体成员、施工队的负责人。

“刘建，你知不知道，因为你的工作失职和一意孤行，造成了一起铁路 D 类事故，并且银市站改工程要停工整改四天，甚至连十一期间的天窗施工计划都被取消了？”刘建刚在项目部会议室入座，林云峰便劈头盖脸地训斥道。

“林总，您说的我都已经知道了。项目部今天在施工组织方面的确存在问题，只检查了机械设备的情况，没有检查作业人员的身体状况。吊车司机突发心肌梗死，导致道岔吊运出现问题，耽误了时间，造成了施工延误。我愿意为此次事故承担责任！”刘建当场表态愿意承担责任，并承认施工组织有问题。若是他知道吊车司机有心脑血管疾病，绝对要求施工队更换吊车司机。

“林总，项目部将吸取此次事故教训，举一反三，坚决杜绝此类问题再次发生！”周林生也当场表态。

“停工整顿四天，外加十一假期七天施工天窗被取消，等于工期延误十一天！”林云峰冷着脸，一字一句道：“接下来，我不管你们想什么办法，必须将耽误的工期抢回来！”

“林总，您很清楚，天窗施工必须在特定的时间内和线路封锁的前提下进行，想抢回工期不可能。”刘建当场反驳。

“怎么就不可能了？你们优化施工方案，增加施工人员和机械，每天施工多干一些，不就缩短工期了？”林云峰怒声反问。

“林总，我们的站改施工方案是经过反复论证、推敲、制订的，哪怕增加再多的施工人员和机械，也无法保证在确保安全的前提下，在每天 120 分钟天窗施工之内增加作业内容！”刘建沉声说道。

林云峰闻言，气得差点拍桌子，但没有再去看刘建，而是对黄德清和周林生说道：“黄总，周经理，银市站改工程必须严格按期完成所有施工任务，否则会影响到整体工期！而按期完工，这是上级领导的要求，也是政治任务，我不管你们项目部用什么办法，必须完成！”

“林总，哪怕是政治任务，也要确保施工安全和工程质量！”刘建不等黄德清和周林生开口，直接强硬表态。

“刘建！”周林生脸色一变，立刻开口阻止刘建继续说话，然后满脸歉意地对林云峰道：“林总……”

“周经理，该说的我都说了，我还有事，就不参加你们接下来的施工总结会了。”林云峰冷声打断周林生的话，气得站起身，直接离开。

黄德清见状，立刻与周林生一同起身，准备送林云峰离开。刘建没有动，他知道自己去送林云峰，对方也不会领情。而且，他从内心深处并不认可林云峰刚才那番为了赶工期、保政治任务不顾施工安全和工程质量的话。

“另外，黄总，周经理，我认为你们的项目总工政治觉悟不高、思想严重有问题。我们银吴指挥部会针对这个问题专门向贵单位发函，建议更换项目总工，从而确保本工程按照上级领导的要求按期完工！”林云峰出门前停下脚步，冷冷说道。

唰!

再次听到林云峰的话，周林生脸色一变，想说什么，结果林云峰完全不给他开口的机会，掀开门帘，头也不回地走了。

“林总，您不要生气，我会如实向高总、贺书记转达您的话，我们公司会认真考虑您和银吴指挥部的建议。”黄德清则是心中冷笑，快速朝着林云峰追去，一边走，一边回应。

周林生犹豫了一下，没有追上去，而是皱眉看着刘建：“刘建，你出来一趟。”

“好的，经理。”刘建点头，起身，跟着周林生走出会议室。

周林生站在会议室外，烦躁地吸了几口香烟，才面色难看地质问刘建：“你跟林云峰较劲干什么？”

“周经理，我没有跟他较劲。今天，无论是在施工现场，还是刚才在会议室，我所做的一切，都是为了确保施工安全。”

刘建迎上周林生的目光，脑海里浮现出王忠国躺在病床上的样子，一字一句道：“如果我们在施工中发生列车脱轨、翻车等重大、特大安全事故，无论最后工程质量有多么好，宁西高铁银吴标段都不可能成为中国高铁的标杆！”

“唉……刘建，我能理解你要帮你师傅实现愿望的心情，但你要明白一点，有位才有为。”

周林生深深叹了口气。他很清楚，黄德清、赵金龙一直想找机会报复刘建。刘建今天组织的施工发生铁路 D 类事故，而且彻底将林云峰得罪，等于主动将把柄送到黄德清、赵金龙的手中。

如果银吴指挥部真的发函给中铁工程局北方公司，建议更换项目总工，同时黄德清、赵金龙动用手中的资源报复刘建，那刘建就相当于腹背受敌，哪怕周林生力挺，刘建都极有可能会被撤职乃至调离银吴项目部。

届时，又何谈将宁西高铁建设成中国高铁的标杆？

第十七章　心如深渊

九月二十七日早上，中铁工程局北方公司总经理高金东面色难看地坐在办公桌前，身前摆着一份通报、一份事故分析报告和一份函。

通报是西北铁路局安监室昨天发给银吴项目部的。银吴项目部就事故通报进行认真分析，形成事故分析报告上报西北铁路局安监室，并抄送银吴高铁指挥部和中铁工程局北方公司。函则是银吴高铁指挥部发来的。

昨天，高金东得知银吴项目部银市站改天窗施工延长时间定为铁路 D 类事故后，专门给项目经理周林生打了一个电话，了解了事情的真实情况，并指示让周林生想尽一切办法协调林云峰和银吴高铁指挥部不要发函，结果没有想到，银吴高铁指挥部最终还是发函了。

银吴高铁指挥部在发来的函中指出了银吴项目部在银市站改天窗施工中存在的问题，重点提及了银吴项目部总工程师刘建思想政治觉悟不高，年轻、冲动，施工经验不足，强烈建议中铁工程局北方公司更换项目部总工，最好将刘建调离银吴项目部，避免影响后续施工。

这让高金东的心情很不好。毕竟，刘建才提拔三个月便撤掉的话，说明中铁工程局在提拔干部的时候太草率。同时，银吴高铁指挥部发函建议更换项目总工程师，等于插手中铁工程局北方公司人事工作。

当高金东手指夹着的香烟燃烧到一半的时候，办公桌上的手机响了。高金东闻声，瞥了一眼，看到来电显示“赵永刚局长”五个字后，立刻掐灭手中的香烟，接通电话：“您好，老领导。”

“金东啊，没有打扰你工作吧？”赵永刚笑着问道。

“没有，我这会儿正好抽烟呢。”高金东同样微笑着回应，丝毫没有流露自己真实的情绪，甚至还关心地问道：“对了，老领导，您最近身体怎么样？”

“金东有心了，我身体挺好的。”赵永刚先是回应了高金东，然后不再废话，直奔主题道，“金东，我给你打电话呢，是想告诉你一件事。”

“老领导，您说。”高金东意识到了什么，但选择揣着明白装糊涂。

“今天早上，银吴高铁指挥部的林云峰给我打了一个电话。我参与宝中线建设的时候跟他打过交道，后来一直没断联系，算是老朋友了。”

赵永刚略微停顿，便继续说道：“他在电话里跟我说了银吴项目部昨天发生事故的事情，抱怨公司新提拔的那个项目部总工年轻、冲动，完全不听指挥，一意孤行。他还问我那个刘建是不是有特殊背景，为什么公司会提拔那样一个生瓜蛋子担任项目部总工。”

“对不起，老领导，我们的工作没做好，让您被打扰了。”高金东闻言，瞬间读懂了赵永刚的弦外之音，但并未提及刘建的事情，而是向赵永刚道歉。

“金东啊，你这就客气了，不是打扰，只是老朋友之间聊天。我告诉他，那个刘建是王忠国亲自带出来的徒弟，也是公司精挑细选的，能力很强，这次只是意外。”

电话那头，赵永刚眼中精光闪烁，先是对刘建一顿吹捧，然后话锋陡然一转，“不过，林云峰那个家伙听不进去，他对那个刘建意见很大，说是要发函给公司，我让他不要发，影响不好。我打电话给你呢，是想问问你，银吴高铁指挥部发函了吗？”

“老领导，我刚收到银吴高铁指挥部发来的函。”高金东苦笑，同时心如明镜，赵永刚肯定知道银吴高铁指挥部已经发函了，甚至是在得知这件事情之后，才给自己打这个电话。

“唉，这林云峰还是跟当年一样啊，是头倔驴。”赵永刚叹了口气，道：“金东啊，这样吧，我再给那个林云峰打个电话，让他们息事宁人。另外，现任西北铁路局主管建设的副局长是我的小师弟，而且当年一起上过铁路系统的青干班。以后如果宁西高铁银吴标段工程出现什么棘手的问题，你可以跟我说，我这张老脸多少还有些用。”

“老领导，您要这么说，我以后没脸见您了。我怎么敢打扰劳烦您呢？您放心，从今往后，我们一定抓好施工安全和工程质量，避免同类问题再次发生。”高金东如实说道，心中明白，赵永刚无事献殷勤，非奸即盗。

赵永刚笑了笑，继续道：“金东啊，你这就客气了。这几年，你和公司没少照顾金龙，我这把老骨头再为公司发挥一点余热，也是应该的。”

“老领导言重了，是金龙优秀、能干，公司只是提供平台。”高金东说着，眉头不经意间皱起，眉目之间也涌现出了担忧。

“对了，金东，我一直觉得金龙缺少施工一线经验，他自己也很想去施工一线锻炼。如果有合适的机会，你将他丢到施工现场，条件越艰苦越好，让他好好磨炼。”赵永刚很随意地说道。

高金东先前的判断被印证，暗自叹了口气，但还是给予了回应：“好的，老领导，等有合适的机会让金龙下去锻炼。”

“好了，金东，我就不打扰你工作了。我这还有几瓶珍藏了三十年的酒，你什么时候有空了过来，我把小葛他们几个喊上，我们一起喝掉。”赵永刚口中的小葛是中铁工程局的一名副局长，是他所有门徒里混得最好的。

“好的，老领导。”高金东微笑着回应，但等通话结束之后，脸上的笑容瞬间荡然无存，取而代之的是一脸的凝重。原本他就在为要不要撤销刘建职务的事情纠结，没想到赵永刚竟然插手这件事情，而且话里话外意思很明确，要让赵金龙取代刘建。

高金东沉默良久，拿起办公电话拨通一个号码：“贺书记，你这会儿忙吗？不忙的话，我过去找你聊点事。”

“高总，我去你办公室谈吧。”贺建华要主动去找高金东。此时的国企与政府还有些区别，老总是一把手，党委书记是二把手。贺建华作为二把手，让高金东来自己办公室谈工作，肯定是不合适的。

很快的，贺建华来到高金东办公室，后者起身，给贺建华泡了一杯茶。

高金东坐回办公桌前，叹了口气道："贺书记，你应该也看到了银吴高铁指挥部发来的函了吧？"

"嗯，我刚看了那份函，正想找你谈这件事，结果你就给我打电话了。"

贺建华轻轻点头，然后直接发表自己的意见："我个人认为，银吴项目部昨天施工延长时间导致发生铁路D类事故，施工组织方面的确存在一些问题，但不至于撤掉刘建。第一，刘建刚提拔三个月，直接撤掉，说明我们人事工作有问题。第二，刘建接任项目部总工以来，表现一直很好，尤其是银市站改前期的工作，完成得相当出色。第三，昨天事故发生的主要原因是吊车司机突发心肌梗死，导致道岔吊运位置偏离。如果不是刘建及时抢救，吊车司机死在施工现场的话，问题更加严重。最后，我个人认为建设方直接发函要求我们更换项目部总工，手伸得也未免太长了。"

"唉，我一开始的想法和你一样，但刚才接到了老领导赵永刚的电话……"高金东叹了口气，一脸凝重地将刚才接到赵永刚电话的事情告诉了贺建华。

贺建华听后直接皱起眉头，沉默了将近半分钟，才抬头，正色道："高总，恕我直言，赵金龙根本不能胜任银吴项目部总工一职，更无法组织银市站改施工。另外，如果仅仅因为昨天的铁路D类事故便将刘建撤职乃至调离银吴项目部，势必会寒了刘建的心，也会在基层造成负面影响。"

"贺书记，说实话，如果只是外部因素，我肯定继续支持刘建的，但内部因素……"

高金东说到这里有些郁闷，点燃一支香烟，狠狠吸了两口，才继续说：“在刘建犯错且建设单位发函的前提下，如果赵永刚找局里，局领导施压的话，我们顶不住压力。”

“高总，你的意思是？”贺建华问道。

“我的想法是这样，我们先尝试保护刘建，如果实在顶不住压力，将刘建调离银吴项目部，但保留级别，去其他项目部担任副经理兼总工程师。赵金龙调任银吴项目部任副经理兼总工程师，但银市站改工程施工组织由赵新社负责。”高金东一口气说出自己的想法，但心中发堵，很是憋屈，这不是他想要的决定。

“赵新社当过工务段副段长，有丰富的线路维修和站改施工经验，让他去负责银市站改施工倒是没什么问题。而一旦银市站改施工顺利完成，宁西高铁银吴标段的两项重难施工都完成了，那赵金龙就算是当摆设，也影响不大了。”

贺建华一边思索一边开口，然后叹了口气：“这样安排倒是可以，但就是会寒了王忠国刘建师徒的心。王忠国身患癌症，坚守施工一线，立志要将该工程建设成中国高铁的标杆，刘建为了帮他师傅完成人生最后的心愿，在施工现场拼命——他们为这项工程付出太多了！”

“是啊。”高金东面色难看地点头，然后沉吟了一下道：“这样吧，我们暂时保留想法，等召开党委会，看看其他同志的意见，再做定夺。”

“好。”贺建华点头，他和高金东一样，都不想寒王忠国刘建师徒的心，但哪怕他们是这个单位的一把手、二把手，也不是能够决定所有事情。

下午四点钟，中铁工程局北方公司召开党委会议，讨论关于银吴项目部银市站改施工铁路 D 类事故的处理决定。

“高总、贺书记，昨天事发之后，我在施工现场尝试与银吴高铁指挥部常务副指挥长林云峰协调，后者态度非常坚决，要求必须更换项目部总工，今天直接给我们发函了。”

会议开始后，匆忙赶回来的黄德清，率先开口发表意见：“我个人认为，发生了这样的事情，刘建已经不适合担任银吴项目部总工了，甚至不宜继续留在银吴项目部，否则会加深与林云峰的矛盾。林云峰是银吴高铁指挥部的常务副指挥长，主管施工，若是我们项目部与他关系搞僵，今后的施工很难开展，而且也会影响到后面的工程决算和工程款支付！”

“我认为黄总说的在理。”主管安全的副总也开口了，他对于刘建这次造成铁路 D 类事故很不满。

“刘建这次太冲动了。”纪委书记也发表了自己的意见。

紧接着其他班子成员先后开口，均是认为应该将刘建调离银吴项目部。

虽然高金东、贺建华对于这个结果有一定心理准备，但当听到众人的话后，还是忍不住对视一眼，均是在对方的眼中看到了无力。他们都很清楚，除了黄德清于私之外，其他人都是站在公司大局出发的——刘建与银吴高铁指挥部常务副指挥长林云峰发生争执、产生矛盾，确实影响不小，波及太广！

因为参会人员很快统一了意见，这次党委会只开了一个小时便结束了，最终形成会议纪要：将刘建调离银吴项目部；赵金龙调任银吴项目部副经理兼总工；银吴项目部成立银市站改会战小组，党支部书记赵新社担任组长，全面负责银市站改施工，赵金龙担任常务副组长。

高金东没有立即让办公室印发会议纪要，而是决定等十一国庆节后再印发，这是为了确保银吴项目部人员调整有一个平稳的过渡。

会议结束后，高金东点燃一支香烟，让办公室主任龙真给周林生打电话，通知党委会的决定。结果，不等高金东将一支香烟吸完，周林生便将电话打了过来。

“高总，公司怎么能做出这样的决定？虽然刘建犯了错误，但也不至于被撤职甚至是调离项目部吧？还有，赵金龙是什么货色，大家心里没数吗？他怎么能当项目部总工程师？”电话接通，周林生率先开口，一连串询问像是机关枪扫射似的，速度极快，完全不给高金东回答的机会，情绪十分激动。

“周林生，你在质疑公司班子还是党委会？”高金东掐灭香烟，冷声反问。

“高总，我没有那个意思，我就是觉得公司这样的决定，太欺负人，也太寒人心了！”周林生憋屈地说道。

“那你告诉我，怎么处理才合适？或者说什么样的处理决定能让你满意？”高金东继续问。

“高总，我就是一干活的，没那本事。”周林生闻言，先是自嘲一笑，然后一脸坚决地表态，“但我声明一点，如果将刘建调离银吴项目部，我将辞去银吴项目部经理一职，谁愿意干谁来干！”

“周林生！”

高金东本来心情就很烦躁，听到周林生的威胁，顿时怒喝一声，然后道：“我知道你对公司的决定有异议，但你是银吴项目部的经理，更是一名党员，你得以大局为重！你不同意刘建调离银吴项目部，那么我问你，你能保证赵金龙取代刘建成为项目部总工程师后，刘建心中不会有怨言，不会带情绪工作？你能保证刘建继续留在银吴项目部，后面不会和林云峰发生冲突？”

这一次，周林生张了张嘴，想说什么，却无力反驳。他可以保证刘建被撤职后不会带情绪工作，但他无法保证刘建不会继续与林云峰发生矛盾冲突。

因为，刘建与林云峰的矛盾并非个人恩怨，而是因为工作理念不同，前者不惜一切代价确保施工安全、工程质量，立志要将宁西高铁银吴标段建设成中国高铁的标杆，后者将施工进度放在第一位，确保要完成政治任务。两人都是为了工作，但这种工作理念的冲突，是最难调和的。

“我刚才通知办公室了，会议纪要等十一国庆节后再下发。在此之前，你不要告诉刘建，确保项目部平稳过渡。另外，你这两天认真考虑一下，接下来如何团结新的班子，今后的工作该如何开展，尤其是如何抓好银市站改施工的各项工作！”高金东补充了一句，并且做出指示。

“好。”周林生有力无气地回了一句，然后直接挂断了电话。这是他第一次主动率先挂断高金东的电话。

与此同时，刘建并不知道自己即将被调离银吴项目部。此刻的他正驱车赶往梦圆小区拜访林楠的父母。

这是林楠主动提议的。

林楠知道银市站改施工发生了 D 类事故，但并不知道其中缘由，更不知道刘建与林云峰爆发激烈冲突，以至于林云峰让银吴高铁指挥部发函给中铁工程局北方公司，建议更换刘建这个项目部总工。她想让刘建借着拜访自己父母的机会，让父亲林云峰今后多照顾刘建，以便于刘建更好地开展工作。

另外一边，林云峰并不知道自己女儿新谈的男朋友是刘建。而刘建同样不知道林云峰是林楠的父亲。他与林楠恋爱后，忙得几乎没有时间陪伴林楠，心中有愧，所以哪怕是在停工整顿期间，也同意按照林楠的提议，去拜访林楠的父母。

五点五十分，林楠站在小区门口，看到刘建驱车驶来，冲刘建招了招手："开进来，楼下有停车位。"

"好。"刘建回应了一句，然后按照林楠的指挥，将车停在了林楠家楼下的停车位上，然后从后备箱里拿出准备好的四样礼物——烟、酒、茶叶和一套化妆品。

"我帮你拎两件。"林楠见状，主动拎起化妆品和烟，道："走吧，我妈在做饭，我爸在喝茶，你正好陪他喝茶聊聊天。"

"好。"刘建点点头，然后跟着林楠走进单元门，来到二楼201门口。

"爸，开门。"林楠刚才出门有些着急，没有带钥匙，便一边敲门一边呼唤林云峰。

客厅里，林云峰听到林楠的声音，起身走到门前，打开房门，一眼便看到了站在门前的刘建。刘建也看到了林云峰，他微微张着嘴巴，但叔叔二字直接卡在了喉咙里。

"爸，这是……"

林楠主动介绍刘建，结果话刚出口，便看到自己父亲和刘建两人大眼瞪小眼，脸上均满是震惊。这让林楠的话说到一半停了下来。

几秒钟后，林云峰率先回过神，问道："林楠，这位就是你男朋友？"

“是的，爸。”林楠点头，然后主观地认为林云峰和刘建两人看到彼此太震惊了，便不好意思地解释道：“不好意思，爸，我没有提前告诉你我的男朋友是刘建，是担心影响到你们的工作……”

“林楠，你听着，我决不允许你跟他谈恋爱，更不可能同意你嫁给他！”林云峰直接打断林楠的话，语气斩钉截铁。

“爸，你这是？”林楠一脸发懵。

“刘建，你请回吧，我们家不欢迎你！另外，带上你的东西！”林云峰没有回答林楠，而是将目光投向刘建，直接下了逐客令。

再次听到父亲的话，林楠直接急眼了：“爸……爸，你干什么？”

“你自己问他。”林云峰冷着脸回了一句，然后直接关上了房门，将刘建拒之门外，并且不让闻声赶来的林楠母亲开门。

刘建深吸一口气，竭力地调整了一下情绪，然后道：“林楠，我下楼跟你说吧。”

“好。”林楠闻言，恢复了几分理智，意识到刘建与林云峰之间有问题，便轻轻点了点头，跟着刘建下楼。

“刘建，你和我爸是不是在工作中产生了矛盾？”林楠下楼后彻底恢复冷静，她将礼物放到刘建汽车的后座上后，主动开口问道。

刘建点头，然后没有任何隐瞒，一五一十地将自己昨天与林云峰发生冲突的经过告诉了林楠，包括自己那样做的原因，但并没有说出林云峰声称给中铁工程局北方公司发函的事情。

“我说我爸见你发那么大脾气，原来是这样。你也知道，我爸当过工务处处长，放不下架子，特好面子，你那样当众顶撞他，他肯定生气。”林楠听完刘建的讲述，先是松了口气，然后笑道：“你放心，我会让他消气，接受你的。不过，他现在在气头上，不好跟他说，只能明天了。”

说到这里，林楠紧紧握住刘建的手：“对不起，刘建，今天让你受委屈了。”

“没事。”刘建摇摇头，然后道：“你快回去吧，我回银市站改工程项目部据点了，正好还有一堆事要处理。”

“好，我这边搞定了给你打电话。”林楠点头，然后挥手与刘建告别，目送刘建驱车离开，才转身上楼。

林楠回到家中后，气鼓鼓地瞪了林云峰一眼，一言不发，直接回到自己的卧室，将房门反锁。虽然她答应刘建说服林云峰放下与刘建的矛盾，但不代表她对林云峰之前的所作所为不生气。同时，她这也是和林云峰斗智，给林云峰施加压力，以便于明早的谈话达到自己的目的。

第二天一大早，林楠便爬了起来，穿着睡衣走出房间，看到林云峰坐在餐厅里用早餐，气鼓鼓道：“爸，你把你闺女的男朋友撵走了，连一句话都没有，像是没事人一样，心可真大呐。”

“我不是让你去问他了吗？难道他没告诉你？”林云峰抬头，皱眉看着林楠。

“刘建都跟我说了。没错，刘建当众顶撞你，让你没面子，但你也不至于直接将他轰走吧？”林楠生气地说道。

“小楠，我不让你们在一起，将他赶走，并非因为他当众顶撞我，让我没面子。”林云峰轻轻摇头。

“那因为什么？”林楠不由一怔。

“两个原因。”

林云峰放下筷子，沉声道："如我曾经所说，他没有学到王忠国的一身本事，却将王忠国一身傲骨学成了傲气，做事冲动、固执，一意孤行，一点都不懂得变通，这样的人未来很难有大作为。"

"爸，不是所有人都像你们官场中人那样圆滑。刘建有原则，有底线，为人正直，这正是我喜欢他的地方，我也没有指望他未来有什么大作为！"林楠不满道。

"就算是这样，你们也不可能在一起了。"林云峰皱着眉头。

"为什么？"林楠追问。

"今天早上，我让指挥部发函给中铁工程局北方公司建议更换银吴项目部总工程师……"林云峰说道。

"爸，你怎么能这样做？"林楠瞬间急眼，大声吼道。

"刘建思想政治觉悟太低了，继续担任银吴项目部总工会惹出大麻烦，到时候所有人都要受影响。"林云峰说出自己的理由。

"爸，我告诉你，刘建不是思想政治觉悟低，而是他立志要帮助王忠国完成心愿，将宁西高铁银吴标段建设成中国高铁的标杆，所以不惜一切代价确保施工安全和工程质量！"林楠像是一头被激怒的狮子，冲着林云峰大声吼道。

林云峰从未想过刘建的动机是这样的，顿时有些发懵。

林楠则是平复了一下情绪，再次开口道："爸，你立刻让人撤回那份函！"

"晚了，一个小时前，中铁工程局北方公司副总黄德清打电话跟我说，他们召开了党委会，班子成员达成一致，决定将刘建调离银吴项目部！"林云峰皱着眉头说道。

“什……什么？”

林楠闻言，直接愣在了原地，泪水情不自禁地涌出眼眶。直到这一刻，她才明白，为何林云峰说自己不可能和刘建在一起的另一个原因了——刘建因为林云峰被调离银吴项目部，无法帮助王忠国完成心愿，怎么可能继续和她在一起？

“小楠……”

林楠的母亲见状，连忙上前给林楠递纸巾，同时递给林云峰一个眼神，示意林云峰不要继续气林楠了。

林楠没有接母亲递来的纸巾，而是红着眼，流着泪，浑身颤抖地吼道：“林云峰，刘建被调离银吴项目部是你一手造成的，我不管你想什么办法，必须将他留下来！否则，我跟你断绝父女关系，永远不回这个家！”

“你……”

耳畔响起女儿的话，望着女儿那一脸决然的表情，林云峰惊得直接站了起来，想说什么，但不等他开口，林楠便转身回了自己的房间，将房门紧锁。

“你说你干的什么事？”林楠母亲见状，冲林云峰埋怨道。

“你去劝劝她。”林云峰眉头紧锁。

“小楠的性子你不知道吗？她性格刚烈，说一不二，除非你将那个刘建留下来，否则她肯定不会原谅你。”林楠的母亲说道。

“中铁工程局北方公司已经做出决定了，我怎么留？而且，那个刘建确实不适合担任项目部总工！他异想天开想将宁西高铁银吴标段建设成中国高铁的标杆，完全不顾施工进度，到时候无法完成领导要求的工期怎么办？这个责任，谁能承担得起？”林云峰反驳，同时坚持自己之前的决定，或者说坚持自己的工作理念，以完成上级领导要求的工期为前提。

林楠母亲无言以对，幽幽叹了口气，走向林楠的卧室，敲门呼唤林楠，试图给予林楠安慰。卧室里，林楠没有回应自己的母亲，也没有继续哭泣，而是擦干眼泪，拿出手机拨打刘建的电话。

“对不起，刘建，我不知道我爸让他们单位给你们公司发函，建议让人更换你的事情。”电话接通，林楠率先向刘建道歉。

“没关系，你爸只是在工作理念上和我有冲突，并非故意针对我，你也不要跟他生气。”刘建闻言，非但没有生气，反而劝说林楠，生怕这件事会影响到她与林云峰的关系。

“刘……刘建……”

听到刘建安慰自己的话语，林楠心中的自责和内疚呈直线上升，泪水再次布满双眼：“我爸跟我说，你们公司已经决定将你调离银吴项目部了。我刚才跟他说，让他想尽一切办法挽救这件事情，你那边也找找人……”

刘建闻言，脸色瞬间大变，以至于没有回应林楠，便直接挂断电话，然后颤抖着拨通项目经理周林生的电话：“周经理，您在哪？我找您谈点事。”

“刘建，我在返回西市的路上，你有事直接电话里说。”周林生察觉到了刘建语气的异常，隐隐觉得刘建可能知道了要被调离银吴项目部的事情，但又觉得不应该。毕竟，高金东亲自下令，要求暂时对这个消息保密。

“周经理，我听说公司要将我调离银吴项目部？这是真的吗？”刘建开门见山地问道。

“嗯。”周林生闻言，先是一怔，然后稍作沉吟，还是承认了这件事情。虽然他不知道刘建是从哪里听说的这个消息，但既然刘建问了，那他就不能继续隐瞒了。

周林生轻轻的一个“嗯”字，如同一记重锤砸在了刘建头上，让刘建一阵发懵，身子剧烈一晃，两腿发软，差点栽倒在地。

“呼……呼……”

随后，刘建大口呼吸，竭力地稳定自己的情绪，然后才开口，但声音依旧在颤抖：“周经理，公司撤我职务，我接受，但能不能让我继续留在项目部，给你当工程技术部部长？”

周林生沉默。他当时给高金东打电话，也是这个想法，但最终被高金东否决了。

“周经理，您曾跟我说，只要您在银吴项目部当项目部经理，我就一定是您的工程技术部部长！您还记得吗？算我求您，将我留下来，好吗？”眼看周林生不说话，刘建的心瞬间沉了下去，但他没有放弃，而是彻底抛弃自己的尊严和一身傲骨，恳求周林生，试图做最后的挣扎。

“刘建，当初高总有意让我担任宁西高铁银吴项目部经理时，让我提议项目部主要人员，我第一个提到的就是王忠国和你。你知道为什么吗？”

周林生答非所问，然后不等刘建开口，便继续道：“因为，当年我在参与一项施工的时候，因为工程质量出现问题，造成重大损失，留下了这辈子最大的污点，我不想在宁西高铁银吴标段重蹈覆辙。而且，我也想将宁西高铁银吴标段建设成优质工程。你和王忠国都是工匠，坚守工匠精神。有你们负责施工组织和技术工作，工程质量就有保证，我可以放心。”

刘建沉默，他知道周林生的话还没说完。

“刘建，我不瞒你。因为你的工作变动，我跟高总大吵了一架。我提出要留下你，但高总跟我说，除非你能保证赵金龙取代你担任项目部总工后，你没有怨言，不带情绪工作，同时向银吴高铁指挥部常务副指挥长林云峰妥协，不再发生矛盾冲突，否则不同意我留下你。”周林生继续开口，面色难看，心情压抑，言语之中充满着无力感。

再次听到周林生的话，刘建张着嘴，脑袋左右晃动两次，想说什么，却不知该如何回答周林生。因为，他知道赵金龙压根不懂技术，也没有施工现场经验。这样一个人，担任项目部总工，施工组织必然会出问题，工程质量根本无法保证。

而林云峰一心要保政治任务，如果刘建向林云峰妥协的话，等于要将施工安全和工程质量排在施工进度后面。

在这样一种情形下，哪怕刘建留下来担任工程技术部部长，也不可能将宁西高铁银吴标段建设成中国高铁的标杆。

“刘建，对不起。”周林生能够感受到刘建的痛苦，开口向刘建道歉。

“周经理，这件事不怪您，谢谢您为我争取。”刘建闭了一下眼睛，然后深深吐出一口闷气，非但没有怪周林生，反而进行感谢。

听到谢谢两个字，周林生心中愧疚瞬间飙升到极致，心情压抑地直接挂断了电话，忍不住道：“这叫什么事？”

另外一边，刘建刚挂完电话，手机又震动了起来，来电显示是王忠国妻子蒋秀芳的来电。刘建见状，深吸一口气，调整了一下情绪，然后接通电话："师母。"

"刘建，你师傅走了。"

电话那头，蒋秀芳一边轻轻抚摸着王忠国灰暗、干瘪、粗糙的脸庞，一边拿着手机，低声对刘建说道，竭力不让泪水流下。女儿王玲紧紧抓着王忠国皮包骨头的双手，号啕大哭。

蒋秀芳那微弱的声音落入刘建耳中，如同一道晴天霹雳，震得他浑身剧烈一震，右手一抖，手机瞬间滑落，然后只听"砰"的一声，摔在混凝土地面上，屏幕裂开，通话直接中断。

刘建缓缓蹲下身子，没有去捡起屏幕碎裂的手机，而是慌乱地从口袋里摸出香烟，抽出一支，却双手颤抖怎么也点不着。

他放弃点烟，将头埋在膝盖中，一米八几的魁梧身躯蜷缩成一团，没有撕心裂肺地哭喊，也没有泪流满面地悲恸，只是将脸庞藏起来，不让任何人看到。

第十八章　白与红

三天后，祖国将迎来六十七岁生日，人们将迎来期盼已久的十一长假，举国上下都弥漫着欢庆的气息。

如同春节一样，宁西高铁银吴标段在节假日期间照常施工。其中，银市站改已停工整顿完毕，但被取消了天窗施工，只能进行邻近营业线施工。

虽然施工照常进行，但银吴项目部班子成员全部于9月30日返回了西市。他们要先参加王忠国的追悼会，再参加赵金龙的婚礼。

10月1日，祖国六十七华诞，是王忠国出殡的日子，也是赵金龙与李颖大婚的日子。

刘建是项目部各部部长当中唯一返回西市的，但只参加王忠国的葬礼。9月30日晚上八点，刘建乘坐项目部的车抵达西市，直接让司机童恩利在下高速后将他送到了殡仪馆。

刘建带着童恩利抵达王忠国的灵房时，灵房里有四人，蒋秀芳、王玲和王忠国的妹妹王红燕、外甥徐帆。其中，王玲和徐帆披麻戴孝，蒋秀芳和王红燕除了穿孝服之外，都戴了孝。

原本按照现代礼仪，妻子无需在丈夫去世后戴孝，但蒋秀芳与王忠国感情深厚，愿意为王忠国戴孝。

眼看刘建和童恩利来到灵房前，蒋秀芳和王红燕立刻起身，向刘建、童恩利鞠躬，王玲和徐帆两人则跪在地上磕头。他们用这种方式感谢刘建与童恩利两人来送别王忠国。

刘建与童恩利先是上前搀扶蒋秀芳、王红燕，然后均是跪在王忠国的遗像前。

“对不起，师傅，我来晚了。”

刘建跪在垫子上，望着王忠国的遗像和后方的棺材，轻声开口。他得知王忠国去世的消息后，想第一时间赶回西市，但银市站改正在停工整顿期间，有许多工作要完成，他无法离开。

此刻，刘建凝视着王忠国的遗像，脑海里尽是自己最后一次与王忠国离别的情景，心中压抑许久的悲痛直接爆发，眼泪瞬间夺眶而出。他红着眼，流着泪，重重地给王忠国磕了三个头，上了三炷香，然后走到蒋秀芳和王玲身前，蹲下身子，一只手抚摸着王玲的脑袋，一只手握住蒋秀芳的手，轻声道：“师母，玲玲，对不起，节哀。”

听到刘建的话，王玲又失声痛哭了起来，而蒋秀芳则是捂着嘴巴，浑身颤抖着，尽量不让自己哭出声。从内心深处而言，她们母女两人多少是有些怪刘建的，怪刘建没有及时将王忠国的病情告诉她们。她们不止一次想，如果王忠国不是选择保守治疗的话，也许会治好。毕竟，这世上还是有奇迹存在的，癌症病人也有治好的，谁能保证王忠国就不是上天眷顾的那个幸运儿？但她们也知道，无论是对病情保密，还是选择保守治疗，都是王忠国的决定。

足足一分钟后，刘建才起身，然后转身对童恩利道：“童哥，你回去休息吧。”

“好，刘部，我明天早点赶过来，你有事随时给我打电话。”童恩利点头，他知道自己留下来没什么意义。

刘建将童恩利送走之后，又重新回到灵房，对蒋秀芳、王红燕道：“师母、王阿姨，你们也回去休息吧，我跟玲玲和小帆守着。”

蒋秀芳闻言，没有回应刘建，而是将目光投向冰冷的棺材，一脸的不舍，完全没有起身离开的意思。王红燕见状，上前安慰道：“嫂子，明天还有很多事要处理，我先陪你回去吧。”

“好。”蒋秀芳声音嘶哑地应了一声，她知道王红燕说得在理。明天是王忠国出殡的日子，她们要为王忠国召开追悼会。届时，王忠国生前的亲朋好友都要来，蒋秀芳需要迎接每一个人。话音落下，蒋秀芳在刘建和王红燕的搀扶下起身，朝着灵房外走去，几乎是一步一回头。

蒋秀芳和王红燕乘车离开后，刘建再次回到灵房，看到王忠国的外甥在看手机，而王玲则是一脸呆滞地跪在那里，如同一尊木雕，一动不动。刘建径直走到王玲身旁，扶住王玲的肩膀道：“玲玲，没有人来的时候不用一直跪着。”

王玲任由刘建将她扶起，坐在椅子上，扭过头，双眼通红，眼泪汪汪地看着刘建：“刘哥，我爸去年去宁省之前跟我说，让我抓紧找男朋友结婚，我不知道他得病的事情，所以没将他的话当回事。他要是跟我说，我就上心了，怎么也要让他亲自给我主持婚礼，见见我未来的老公……”

刘建能够感受到王玲那痛彻心扉的悲伤，但又不知道该如何安慰，只是轻轻拍着王玲的肩头。

“刘哥，你说我爸图了个啥？”王玲抹了一把眼泪，满脸不解地看着刘建，“他身患癌症，不去治疗，带病坚守在施工现场，将自己最后的生命都奉献给了单位和工作，到头来除了让亲人悲痛之外，能得到什么呢？”

“玲玲，你爸这样做，是想为家乡做贡献，想将宁西高铁银吴标段建设成中国高铁的标杆。这是他想留下的作品，也是他人生最后一个愿望。”

刘建说着，忍不住看向王忠国的遗像，“只是很可惜，他没有坚持到最后，但他用这种方式传承了老一辈铁路建设者的工匠精神！”

“刘哥，你觉得值得吗？”王玲无法接受这个理由。

“值得。”刘建很干脆地点头。

“为什么？”王玲追问。

“玲玲，你爸曾说过，人生在世，有些东西比生死更重要，比如坚守心中的信仰。”刘建收回目光，凝视着王玲，一字一句道：“20世纪那个战火纷飞的年代，那些革命先烈为了赶走侵略者，在战场上抛头颅、洒热血，很多人战死沙场。你说他们为了什么？又想得到什么？从个人角度来讲，他们没有想过得到任何回馈。他们只是为了让中国人民挺直脊梁站起来，让中国站起来！”

这一次，王玲没有说话。身为九零后的她，出生在改革开放的春风里，享受了中国改革开放四十年发展红利带来的幸福生活，物质上从来不缺，有着极强的个人主义，体会不到刘建所说的那种集体主义和奉献精神，但被刘建在心中种下了一颗种子。

王忠国的追悼会第二天早上九点在殡仪馆最大的一个追悼厅里举行。早上七点钟的时候，王忠国的遗体被精心处理后，放进了追悼厅的水晶棺材里。追悼厅外摆了上百个花圈。因为地方不够，花圈无法全部摆下，最后只能将一些花圈堆在一起。

八点过后，便陆续有人抵达追悼厅了。来宾统一穿着黑色或暗色的衣服，他们抵达后，在追悼厅门口领取了白花，别在胸口，等待着追悼会的开始。

八点三十分的时候，以周林生为首的银吴项目部班子成员全部到了，他们已经知道了刘建要被调离项目部的事情，但包括周林生在内，所有人见到刘建之后，都对这件事情只字不提。刘建也没有主动询问，但他能够感受到周林生那份发自内心的自责与内疚，甚至看到周林生几次欲言又止。

八点四十分的时候，中铁工程局副局长葛瑞明和办公室主任也到了。以高金东、贺建华为首的西北分公司班子成员也全部到齐，陪在葛瑞明身后。

葛瑞明曾是赵永刚一手提拔起来的，后来工作表现突出，被铁建领域的大领导赏识，攀上高枝，在赵永刚退休后步步高升，四十七岁便成为了中铁工程局的副局长。很多人都认为葛瑞明极有可能在未来将职务前的副字变为正字，担任一把手。

葛瑞明在高金东等人的陪同下来到追悼厅门口后，没有立刻去领取白花，而是走向了王忠国的几名身份显赫的同学。

王忠国是恢复高考后第一批大学生。那一年的大学生含金量十足，很多人成为了共和国过去几十年里各个领域的中流砥柱。王忠国的同学之中也有这样的人，而且不止一个，他们都官至副局级以上。他们今天统一放下工作、放弃休息，从天南地北赶到这里，既是为了送别王忠国，也是致敬王忠国——宁省日报关于王忠国的那篇报道在铁路系统内部形成了巨大的影响力，甚至很多单位都发起了向王忠国学习的活动。

对葛瑞明而言，他今天来到这里，既是代表单位来参加王忠国的追悼会，也是为了利用这个机会结交王忠国那几位身份显赫的同学。

当葛瑞明与王忠国那几位同学交谈的时候，高金东、贺建华和中铁工程局北方公司的办公室主任陪着，其他西北分公司的班子成员都很识趣地没有跟过去。

一时间，葛瑞明等人成为了众人的焦点，几乎吸引了所有人的目光，颇有几分喧宾夺主的意味。

虽然刘建在工作岗位上已经磨炼了好几年，见惯了这种场面，但他还是有些不舒服，向周林生等人打了声招呼后，率先转身进入了追悼厅，去陪伴蒋秀芳、王玲母女两人。

八点五十五分，以葛瑞明为首的众人先后进入追悼厅，其间，无人开口说话，脚步声也压得很低。随着众人进入，追悼厅里响起了哀乐，右前方的大屏幕上开始闪现王忠国生前不同时期的照片。

九点钟的时候，所有前来参加王忠国追悼会的人全部进入了追悼厅，总人数超过了 200 人，黑压压的一片，几乎挤满了整个追悼厅。众人听着哀乐，不由自主地将目光投向了躺在水晶棺材里的王忠国。望着王忠国那皮包骨头的样子，有人眼圈发红、悄然抹泪，有人表情悲痛，也有人表情凝重。

随后，哀乐停止，刘建拿着追悼词，在众人的注视下，缓缓走向追悼厅西北角。看到这一幕，几乎所有人都很疑惑——按照习俗，理应由王忠国的女儿读追悼词。

“各位来宾、亲朋好友，我叫刘建，是王忠国的徒弟，受我师娘蒋秀芳和妹妹王玲的委托，主持今天的追悼会。浮云含悲，天空垂泪。今天，我们怀着万分悲痛的心情，沉痛悼念我师傅王忠国同志逝世……”

刘建将众人的表情尽收眼底，先是解释了一句，然后竭力地控制着自己的情绪，开始当众念追悼词，语气低沉，声音压抑。

几分钟后，刘建按照追悼词的内容介绍完王忠国平凡而又不平凡的一生，没有立刻走下去，而是目光环视四周，继续说道：“各位来宾、亲朋好友，众所周知，我师傅在去年十一月就查出自己身患胃癌，但选择带病参与宁西高铁银吴标段施工，将自己最后的生命和心血全部奉献在了该项工程当中。

“在宁西高铁银吴标段开工之前，我就知道了他的病情，也是除了主治医师之外唯一的知情人。那一天，我在选择与女友结婚还是参与宁西高铁银吴标段建设之间摇摆不定，心情很糟糕，于是约我师傅在一家烧烤店喝酒，想听取他的建议。结果，我们还没开始喝，碰到了他的主治医师。主治医师将他训斥了一顿，我才知道他得了胃癌，而且是晚期。

“当时，我问他，他得了那么严重的病，为什么不去治病，反而坚持要参与宁西高铁银吴标段建设？他回答了我，以下是他的原话。”

刘建说到这里，停顿了一下，然后陡然提高声音，“我们搞建筑的其实和搞艺术的没有区别，都是工匠，都想留下传世之作。人都有一死。死对我而言，并不可怕。我因为年轻时候的决定，错过了京沪高铁和港珠澳大桥建设。如果我能在临死之前，将宁西高铁银吴标段建设成中国高铁的标杆，我会含笑九泉！相反，如果让我放弃参与宁西高铁银吴标段建设，在医学治疗中苟延残喘，我会死不瞑目！

“那一天，他说完这段话后，让我陪他喝人生最后一杯酒。我没有陪他喝那杯酒，而是选择陪他走完人生最后一段路，陪他完成人生最后心愿——将宁西高铁银吴标段建设成中国高铁的标杆！很遗憾，他没有坚持到最后。”

刘建说到这里，双眼通红，但他强忍着不让泪水留下，声音嘶哑地继续道：“最后，感谢大家前来参加我师傅王忠国的追悼会！”

耳畔响起刘建的话，望着躺在水晶棺材里皮包骨头的王忠国，在场所有人都被触动了，有人更是低声哭泣了起来。其中，高金东、贺建华和周林生三人表情极其难看。这一刻，他们都明白刘建为何放弃多年的恋情，最终决定参与宁西高铁银吴标段建设的原因了。他们觉得自己做了昧良心乃至人神共愤的事情，心中充满了自责，但同时还有深深的无力——他们很想将刘建留在银吴项目部，让刘建继续担任银吴项目部总工，帮助王忠国完成人生最后的愿望，但事已至此，他们有心无力！

刘建对着所有来宾深深鞠了一躬，然后拿着追悼词，走到蒋秀芳和王玲母女两人身后站定。他担心两人会因为悲痛过度昏厥，随时做好搀扶两人的准备。

随后，人群开始移动，挨个跟蒋秀芳、王玲母女两人握手，给予安慰，并向王忠国的遗体做最后告别。在整个过程中，蒋秀芳和王玲母女两人压根没有听清来宾们安慰的话语，她们只是站在那里机械地与每一位来宾握手，泪水如同断线的珠子一般从脸庞滑落。到最后，蒋秀芳和王玲两人的身子都有些发软了，若非刘建在后方搀扶着两人，两人会直接瘫软在地上。

“忠国！”

“爸！”

当所有来宾向王忠国的遗体告别，离开追悼厅之后，蒋秀芳、王玲母女两人哭着扑向了王忠国的遗体，然后瘫软在水晶棺材旁，号啕大哭。当殡仪馆的工作人员要将王忠国的遗体运去火化的时候，蒋秀芳、王玲母女两人哭得撕心裂肺，近乎昏厥。刘建泪流满面地搀扶着两人，阻止两人起身去追王忠国的遗体，那会影响殡仪馆工作人员的工作。

十几分钟后，当刘建陪着蒋秀芳、王玲母女两人走出追悼厅的时候，包括葛瑞明、高金东和贺建华在内的绝大多数来宾都走了，但以周林生、赵新社为首的项目部班子成员全部留了下来。这让刘建略感意外。因为，他知道赵金龙与李颖今天大婚，周林生、赵新社等人都要去参加婚礼。

“刘建，我们一会儿送王总工入土。”就在刘建惊讶的同时，周林生带着赵新社等人走了过来，主动开口，心中有千言万语，但最终只说了这样一句话，其他的话语化作一声叹息，吞回了肚子里。

“嗯。”

刘建轻轻点头，然后陪着蒋秀芳、王玲母女两人去领取王忠国的骨灰。

“赵书记，不瞒你说，我不想去参加赵金龙的婚礼了。”望着刘建与蒋秀芳、王玲离去的背影，周林生心情压抑，语气低沉地说道。

“周经理，大局为重，如果你不去的话，不光是赵金龙，公司乃至局领导都会认为你和整个项目部班子对赵金龙有意见，这不利于班子团结，也不利于我们今后的工作。”赵新社当即劝说，说到最后，表情变得极为坚定，“虽然我们无法将刘建留下来，但我们可以尽十二分力去帮助王忠国同志完成人生最后的心愿，将宁西高铁银吴标段建设成中国高铁的标杆！”

“必须！”

周林生缓缓吐出两个字，语气斩钉截铁。其他项目部的班子成员虽未开口，但也是一脸坚定。

与周林生等人不同，葛瑞明、高金东、贺建华等人离开殡仪馆之后，直奔西市凯宾斯基酒店参加赵金龙的婚礼。尽管高金东、贺建华两人本意是不想参加，但他们要陪葛瑞明，还要给赵永刚面子，不得不去。

与此同时，接亲的车队已经在前往凯宾斯基酒店的路上，赵金龙与李颖坐在最前方的劳斯莱斯花车后排，相互依偎。

“小颖，单位领导找我谈话的时候，我特地申请等国庆之后再对我的工作进行调动，这样不影响我们去马尔代夫度蜜月。”赵金龙搂着李颖，温柔地说道。

“金龙，你真好。”李颖闻言，心中充满幸福与甜蜜，主动亲吻了赵金龙。

这一刻，她浑然忘记了，当初刘建要去参与宁西高铁银吴标段建设时是多么的生气与绝情。

那一天，她对着刘建疯狂嘶吼，说恨刘建一辈子，并且摘下钻戒，砸在了刘建的脸上，认为刘建是为了当银吴项目部工程技术部部长和未来仕途，放弃了爱情和婚姻，抛弃了她。

现在，赵金龙要去银吴项目部任职，李颖非但没有任何怨言，反而感到幸福，认为赵金龙为了跟她度蜜月，不惧得罪领导，特地申请将工作调动延后。

她没有想过赵金龙的工作调动是为了镀金和仕途，也不可能知道刘建则是为了陪那个即将入土的老人完成人生最后一个心愿！

十一点的时候，接亲的车队抵达凯宾斯基酒店。在一片喜庆和欢乐中，赵金龙将李颖抱下婚车，走进酒店，即将走进婚姻的殿堂。

徐娇娇和父亲徐爱华也接到了赵金龙和李颖的婚礼邀请，两人刚乘车抵达酒店的停车场，恰好看到了前面那一幕。

“爸，中央八项规定不是严禁领导干部和子女大办婚宴吗？为什么赵金龙还这么大张旗鼓地办婚礼，婚车用劳斯莱斯，而且还在凯宾斯基酒店？”羡慕之余，徐娇娇有些疑惑地说道。

“娇娇啊，规定是对人的。如果是一般的领导干部，自然是不敢这样声势隆重地举办婚礼，但他是赵金龙，是前中铁工程局副局长赵永刚的儿子，他可以这么办。而且，中铁工程局的葛瑞明副局长和西北分公司的领导都会前来参加赵金龙的婚礼。”

徐爱华振振有词道：“另外，据我所知，等赵金龙的婚礼结束之后，他要取代刘建成为银吴项目部总工，刘建将被调出银吴项目部！”

“啊……”听到这个消息，徐娇娇有些震惊，直接惊呼出声，然后下意识地问道：“为什么？”

“如我刚才所说，因为赵金龙是赵永刚的儿子！那个刘建乃至死去的王忠国之前所做的一切，都是在给赵金龙做嫁衣！赵金龙将在这次镀金之后，仕途一路高升。我们只要抱住他的大腿，财富将会像滚雪球一样成倍增长——这就是我不惜血本与赵金龙搞好关系的原因！”徐爱华意气风发地说道，那感觉仿佛已经看到了自己银行账户上的数字飙升了似的。

“爸，还是您厉害！”徐娇娇由衷地赞道。

“娇娇啊，这也是我曾经坚决拒绝你和那个吴振涛在一起的原因。与能力相比，背景和资源才是立足之本——有些人出生的起点比这世上百分之九十九以上的人的终点还要高。当今社会，草根想出人头地跟买彩票中大奖没什么区别，像刘建和吴振涛那种不懂人情世故、死板的草根，想出人头地，绝无可能！”徐爱华趁机教育徐娇娇，他知道自己的女儿还没有彻底忘了吴振涛。

果不其然，再次听到徐爱华的话，徐娇娇的脸色猛地一变，没有吱声。徐爱华见状，也不再多说，直接带着徐娇娇下车，前往婚礼现场。他相信女儿终究会明白这个社会的规则，理解自己的一片苦心。

十一点三十分，赵金龙和李颖的结婚典礼在酒店金碧辉煌的大厅里举办，客满高堂，隆重而喜庆。王忠国的葬礼在荒无人烟的墓地进行，送行者寥寥无几，冷清而悲凉。

十二点，在宾客们欢呼和祝福声中，赵金龙和李颖的结婚典礼结束，携手走进婚姻的殿堂，迎接幸福美好的生活。在蒋秀芳、王玲母女撕心裂肺的痛哭声中，王忠国被下葬，前往另一个世界，陷入永久的睡眠。

刘建跪在王忠国的墓前，看着王忠国的遗像，久久不肯离去。

“对不起，师傅，刘建无能，无法帮您完成人生最后一个愿望，但我会像您一样，站好最后一班岗！”

夕阳西下，刘建对着王忠国的墓碑重重地磕了一个响头，然后擦掉眼泪，大步朝着墓地外走去，准备乘坐项目部的汽车返回银市站改施工现场。

夕阳下，他的步伐坚定，就像是曾经选择陪伴王忠国去参与宁西高铁银吴标段建设时一样。

第十九章　峰回路转

10 月 1 日当晚，刘建便返回了银市站改施工项目部据点。第二天一大早，刘建如同往常一样早早起床，召开每天的施工准备会，并在会议结束之后，佩戴安全帽，前往施工现场盯控施工。

吴振涛跟在刘建身后，望着刘建那挺直的背影和坚定的脚步，心中发堵。昨晚，徐娇娇给吴振涛发了一条短信，告诉他中铁工程局北方公司已经决定将刘建调出银吴项目部，赵金龙将担任银吴项目部总工程师，让吴振涛好自为之。吴振涛接到短信后，压根不相信，直接回复了三个字——不可能！徐娇娇当场给吴振涛打了电话，让吴振涛自己去找刘建求证，然后便挂断了电话。

"师傅，我能问您一件事吗？"

当刘建进入施工现场停下脚步后，吴振涛鼓足勇气上前问道。他从昨晚开始就一直在纠结要不要向刘建求证，此刻最终还是没有忍住。

“什么事？”刘建问。

“师傅，我听徐娇娇说，那个赵金龙要取代你成为银吴项目部总工，而你要被调离银吴项目部，这是真的吗？”吴振涛开门见山地问道，然后屏住呼吸，一脸紧张地看着刘建。

“嗯。”刘建轻轻点头，他没有选择隐瞒吴振涛。

“师傅，王总工为了宁西高铁银吴标段建设，带病坚守施工一线，奉献最后的生命，可谓是鞠躬尽瘁死而后已。你为了帮助王总工完成人生最后的心愿，废寝忘食地工作，确保了施工安全和工程质量，如今却要被赵金龙取代——就因为赵金龙有一个好老子吗？这世道还有公平可言吗？”

吴振涛心中为刘建感到不忿和憋屈，同时热血上头，激动得双拳紧握，浑身颤抖，那感觉恨不得冲到中铁工程局北方公司的领导面前为刘建打抱不平。

刘建沉默，思索该如何回应吴振涛。理智告诉他，他接下来的回答将会影响到吴振涛的三观，甚至会对吴振涛今后的人生造成重大影响。

……

与此同时，一辆不起眼的红旗轿车驶入了距离银市站改施工现场不远处的火车站广场停车场，两名男子从车中走下。其中，走在最前面那人穿着一件灰色的夹克，里面搭配着灰色的衬衣，下身是一条西裤，脚下却是一双老旧的黑色运动鞋。他已上了年纪，额头上爬满了皱纹，两鬓斑白，但精气神不错，双目炯炯有神，走路的时候抬头挺胸，步伐沉稳有力。

他是宁省省委书记徐宁，今天在没有通知任何部门的前提下，带着秘书到银市站改施工现场视察。

徐宁的秘书是一名佩戴着眼镜的中年男子，他拎着一个公文包和水杯，跟在徐宁身后。

正值十一假期，乘坐火车的旅客很多，火车站广场人来人往。由于徐宁今天出行没有警卫人员保护，秘书一脸警惕地看着四周，映入眼帘的是各种旅客，三五结伴而行。

“真希望宁西高铁能够早日开通啊，这样我们乘坐高铁去旅游，能节省很多时间，可以多逛一些地方。”

“是啊，据说等宁西高铁开通之后，去西市只需要三个小时，我们早上出发，中午就能到了，周末晚上可以赶回来。”

“说起这个，我就郁闷。我去年过年回家，跟高中同学聚会，跟他们说我们这里还没通高铁，他们都觉得不可思议。”

几名大学生背着双肩包，一边朝着车站入口走去，一边聊天，言语之中满是对宁西高铁开通的期待。

“小风啊，咱们的高铁怎么还没开通啊？”

“爸，高铁正在建设呢，2018 年就能开通了。”

“2018 年啊，那我这把老骨头应该能赶上，到时候体验一下坐高铁的感觉。”

“爸，你瞎说什么呢？你身体这么好，不要说 2018 年，就是 2020 年也没问题啊。等咱们这高铁开通了，我专门休公休，陪你坐高铁去旅游，想去哪就去哪，方便得很。”

另外一边，一名女子与父亲也在谈论宁西高铁开通的事情。

徐宁带着秘书，朝着银市站改施工现场走的同时，听到旅客们的话，忍不住感慨道：“看来百姓们很期待宁西高铁能够早日开通啊。”

“是的，书记。”秘书点头回应。

徐宁不再多说，带着秘书，加快脚步来到银市站改施工现场入口，直接走了进去。

“你们是什么人？施工重地，严禁外人进入，你们看不到吗？谁允许你们进来的？”

吴振涛确认刘建要被调离银吴项目部之后，心中为刘建感到憋屈，情绪激动，此刻看到有外来人员进入施工现场，顿时伸手指着徐宁和秘书吹鼻子瞪眼地呵斥道。

愕然听到吴振涛的训斥，刘建扭过头，看到徐宁和其秘书，感觉两人气度不凡，同时隐约觉得自己在哪里见过徐宁，但一时想不起来。

徐宁瞬间停下脚步，伸手拦住要上前的秘书，面带歉意地说道：“不好意思，我们违反规定了。”

“既然你们知道违反规定了，还不出去？”吴振涛继续呵斥，然后要上前将徐宁和其秘书撵出施工现场，结果发现有人比他更快。

晨晖下，刘建径直走向了徐宁和其秘书。他在吴振涛开口的同时，终于在脑海里搜索到了关于徐宁的记忆，想到了徐宁在宁西高铁（宁省段）动员大会上剪彩、宣布工程开工的情形。

“您好，徐书记，我是银吴项目部总工刘建，也是银市站改施工的负责人。我们项目部要求，任何人进入施工现场都必须佩戴安全帽。小吴年轻气盛，见您没戴安全帽，态度有些恶劣，还请您见谅。”刘建在距离徐宁一米的地方停下脚步，镇定开口，先是介绍自己的身份，然后解释吴振涛训斥徐宁的缘由，整个过程不卑不亢，身子笔直如枪。

“既然你知道是徐书记来视察工作，还不阻止你的属下？”徐宁的秘书一脸难看地质问刘建。自从他担任徐宁的秘书以来，还是第一次见有人敢呵斥徐宁。而且，刘建知道徐宁的身份，但没有阻止属下，也没有对刚才的行为进行道歉，这让他觉得很奇怪，同时也有些生气。

“小陈，我们违反了规定，施工现场工作人员制止我们是应该的。”徐宁皱眉训斥了秘书一句，然后看着一脸不卑不亢的刘建，一脸赞赏道：“刘建同志，实在抱歉，我们违反了施工现场的规定。刚才，那位小同志及时阻止我们，做得很对，也证明你们施工现场的管理很到位。”

“谢谢徐书记理解。”刘建表示感谢，然后扭头对吴振涛道：“振涛，你去项目部据点取两顶安全帽！”

“是，师傅！”吴振涛已意识到徐宁和其秘书来头不小，心中有些发慌，听到刘建的指示，第一时间领命，然后急速奔向项目部据点。

“徐书记，我正好利用小吴去取安全帽的时间向您介绍一下银市站改施工的情况吧？”刘建开口请示，没有因为徐宁是省委书记而改变规定，也没有因为徐宁突然视察工作而乱阵脚，表现得十分镇定。

“好。”徐宁点头，眼中的赞赏愈加明显。

“徐书记，银市站改施工是宁西高铁银吴标段工程两个重难点施工之一，工程量大、施工安全压力大、工期紧。目前，我们项目部已经完成了一半以上的邻近营业线施工，进入营业线施工阶段……”

刘建指着施工现场入口的五牌一图，不急不躁，沉着冷静地向徐宁介绍着银市站改施工项目和目前的施工状况。

“刘总工，什么是邻近营业线施工和营业线施工？”徐宁通过五牌一图知晓了工程概况，然后开口冲刘建问道。

“徐书记，邻近营业线施工和营业线施工是铁路施工的专业术语，施工将影响既有的铁路线路使用。通俗来说，前者在做好施工防护的前提下进行施工，对铁路运营影响不大，而后者需要在特定的时间内封闭铁路线路，停止列车运行。”刘建做出通俗的解释。

“你刚才说银市站改已经进入营业线施工阶段了，今天什么时候封闭线路？”徐宁颇有兴趣地问道，他对铁路施工并不了解，如果时间允许的话，想亲自观看施工。

“徐书记，原本按照施工计划，我们今天的确要进行营业线施工。不过，我们在 9 月 26 日施工时发生了铁路 D 类事故，西北铁路局取消了我们的营业线施工计划。”刘建如实答道。

愕然听到刘建的回答，徐宁的秘书诧异地看着刘建，只觉得刘建是一个怪胎。正所谓家丑不可外扬，哪有人主动说自己的问题的？尤其是领导视察工作，基层单位的人都是尽挑好的说。不光是秘书，就连徐宁本人都有些诧异，他愣了一下，然后问道：“刘总工，可以跟我说说你们 9 月 26 日的事故吗？”

“徐书记，您来视察工作，我如实向您汇报情况是应尽的职责。9 月 26 日的事故是这样……”刘建诚恳地回答，将事故的过程向徐宁做了汇报。

“刘总工，老百姓的生命财产安全大于天，你及时救治了吊车司机，这是大幸事，但也暴露出了你们施工管理中存在的问题，对施工人员的身体情况掌握不够清楚。”徐宁点评道。

“是的，徐书记，我们会吸取事故教训，加强施工管理，确保不会再出现同类问题。”刘建点头，然后见吴振涛将安全帽带了过来，便伸手接过，分别递给徐宁和其秘书。

徐宁接过安全帽，很熟练地戴上，笑着道："走吧，刘总工，带我们看看施工现场。"

"好的，徐书记。"刘建点头，然后在前面带路。

"小陈，我看完施工现场之后要在这里召开一个现场会议，通知胡明同志、银市主要同志、宁西高铁指挥部和银吴标段指挥部的主要同志来项目部参加会议。会议时间定在九点三十分。"徐宁走了两步，看了看时间，扭头对身后的秘书安排道。

"好的，书记。"徐宁的秘书第一时间领命，然后立刻拿出手机，传达会议通知，然后一路小跑追上刘建和徐宁。

刘建一边走，一边向徐宁介绍施工现场的情况。徐宁带着秘书跟在刘建身后，只看不说。片刻后，当刘建停止介绍后，徐宁走向一名年迈的劳务工。那名劳务工身材有些瘦弱，背着一袋道砟，弓着身子行走，步伐却很稳。

"老师傅，累不累？"徐宁等年迈的劳务工将道砟放下后，走上前，一脸亲切地问道。

"还好，不算累。"年迈的劳务工擦了擦额头的汗水，先是回应了徐宁，然后冲刘建龇牙笑道："刘总工，您来了。"

"天气热，注意多喝水。"刘建笑着回应。

"好咧。"年迈劳务工一脸灿烂笑容。

"老师傅，你今年多大了？"徐宁能够感受到年迈劳务工脸上是发自内心的笑容，而且对刘建很尊重。

"我今年五十八了。"年迈劳务工说道。

“你这么大年纪了，怎么还在工地上干活呢？”徐宁问道。

“没办法，家里孩子多，老大结婚了，日子过得不怎么样，老二刚大学毕业，还在找工作，老幺才读大二，得赚钱供她上学，另外看看能不能帮老二存点钱，好帮他买房娶媳妇。”

年迈劳务工叹了口气，额头的皱纹几乎挤压在了一起，眉目之间也涌现出了几分忧虑，但旋即目光又格外坚定，似乎坚信能够通过辛勤劳动改变家庭的状况，“再苦两年，等这里的活干完，老幺也念完大学了，我就能享福啦。”

“工地工钱给得及时吗？伙食怎么样？”徐宁关心地问，他这次视察银市站改施工现场，除了想了解工程情况之外，也是想了解民工群体的情况。

“工钱给得很及时。这里要谢谢刘总工，他定了规矩，项目部每次付款，老板必须给我们支付工钱。伙食也挺好的，隔两三天就能吃到肉。这也是刘总工要求的，他很关心我们的伙食，而且每隔三天都会到我们民工食堂吃饭。另外，逢年过节，刘总工还会让项目部给我们送鸡、送羊，改善伙食。今年七月建党节的时候，项目部还给我们送了西瓜，是宁省有名的硒砂瓜，那瓜可甜咧！工友们都说，遇到刘总工这样的领导是我们的福气，在这里干活心里都很踏实！”年迈的劳务工先是回答了徐宁的问题，然后再次冲着刘建咧嘴，憨厚地笑了笑。

耳畔响起年迈劳务工的话，望着对方那憨厚而开心的笑容，徐宁能够感受到对方那份真诚，而且也想起了，自己跟着刘建一路走来，所有劳务工见到刘建后，都是一脸憨厚开心的笑容。

“老师傅，不影响你干活了，注意安全。”徐宁笑着冲年迈的劳务工挥了挥手，然后与刘建继续往前走，边走边说道：“刘总工，你很关心劳务工，劳务工对你也很拥戴。”

“徐书记，劳务工是我们工程建设的主力军，他们远离家乡来这里干活，一年都回不了一次家，很不容易，不能亏了他们。他们的需求其实很简单，就是工钱和伙食。只要及时支付工钱，他们就会放心踏实地干活。伙食有保证，他们吃饱肚子不想家。至于拥戴谈不上，就是将心比心，相互理解。”刘建答道。

“有道理。”徐宁闻言，若有所思地点了点头，然后道：“刘总工，你们的施工组织还是不错的，施工人员统一服装、佩戴防护用品，精神面貌很好。现场施工材料摆放整齐，安全警戒线横平竖直，大型机械施工也有专人防护。”

“谢谢书记对我们工作的肯定。”刘建感谢道。

“刘总工，你身为宁西高铁银吴标段项目部总工程师，应该对工程的整体施工情况很清楚吧？”徐宁又问道。

“是的，徐书记，我除了盯控银市站改施工之外，还负责整个工程的施工组织和技术工作,对整体情况十分清楚。”刘建很肯定地回答道。

“好，那你到项目部跟我说说工程的整体情况。”徐宁做出安排。一直以来，他视察工作都喜欢从基层干部职工的口中了解情况。而且，他通过刚才和刘建的接触，能看出刘建是一个务实的诚实人，可以从刘建嘴中了解整个工程施工的最真实情况。

“好的，徐书记。”刘建点头，然后带着徐宁和其秘书前往项目部据点的会议室。

随后一个小时里，徐宁在秘书的陪同下，一边喝茶，一边听取刘建关于宁西高铁银吴标段工程施工情况的汇报，偶尔会问几句，气氛十分轻松，不像是领导听取汇报，更像是朋友之间聊天。

“刘总工，你认为宁西高铁银吴标段建设最大的问题或者说难题是什么？”徐宁听完整个汇报之后，一针见血地问道。

“徐书记，我个人认为，当前施工存在的最大问题是施工安全、工程质量和施工进度之间的矛盾。”刘建脱口给出回答，然后又补充道：“这个问题是所有工程建设项目的问题，但在本工程中尤为突出。”

“为什么？”徐宁问。

“因为上级部门将本工程定义为政治工程，执行部门将它当成政治任务，将施工进度凌驾于施工安全和工程质量之上。”

刘建一脸坦荡，毫不忌讳地说出原因，然后又补充个人见解，“作为一名施工管理者，我个人认为，施工安全和工程质量的重要性应该在施工进度之上。因为，我们的工程需要接受时间和人民的检验！”

耳畔响起刘建的话，徐宁的秘书脸色再次一变，只觉得刘建胆子太大了，竟然敢说如此敏感的问题。而徐宁则是眉头一挑，陷入沉思。

随后，不等徐宁再说什么，一辆辆汽车先后在银市站改施工项目部据点的院子里停下。主管宁西高铁工程宁省段的胡明副省长率先从车中走下，然后与银市的主要领导、宁西高铁指挥部指挥长、西北铁路局宁省办事处主任和银吴指挥部常务副指挥长林云峰一行人，走进会议室。刘建第一时间起身迎接，但胡明等人都没有在意，而是纷纷向徐宁问好，表情均略显凝重。

一方面，他们都主观地认为，徐宁微服私访视察宁西高铁银吴标段施工现场，组织召开现场会议，必然是发现了问题。另一方面，他们进入会议室后，都看到徐宁的表情十分严肃。

“大家坐。”徐宁微微颔首，回应胡明等人。

胡明等人入座，纷纷拿出会议本，等待会议开始。其中，林云峰在入座时不安地看了刘建一眼，生怕刘建向徐宁汇报了不该说的事情。

“同志们，在你们来到这里之前，银吴项目部总工程师刘建同志带着我参观了银市站改的施工现场。我临时决定召开这个现场会议。很抱歉，打乱了你们的工作安排。”待众人纷纷入座后，徐宁率先开口，先是对突然召集会议表示抱歉，然后说明会议的目的，“我组织召开这个会议，是想让我们大家对工程的施工情况有一个全面的了解，同时查找问题，解决问题。下面，同志们挨个发言，说说自己所了解的情况。在大家发言之前，我提一点要求，空话、套话不要说，讲事实、谈重点、说问题。先从地方政府同志开始。”

“书记，宁西高铁宁省境内施工开始之后，我先后五次到施工现场进行视察、调研，每周听取相关部门的汇报……”

主管宁西高铁宁省境内工程的胡明率先开口发言，先是汇报自己所做的工作，然后谈了工程的整体情况和存在问题。他在接到秘书汇报之后，便第一时间让秘书通知宁西高铁指挥部将最新的工程施工情况上报，并在来的路上看了汇报材料。

随后，银市主要领导和宁西高铁指挥部、西北铁路局宁省办事处的领导发言中关于工程情况的内容大同小异，并分别从施工安全、工程质量和施工进度方面提了问题，保证全力支持工程建设，确保该工程能够在保证施工安全和工程质量的前提下，按期完工。

“徐书记、各位领导，我是银吴指挥部的林云峰。洪云海指挥长出差了，由我代表银吴指挥部参加会议。”轮到林云峰发言的时候，他先是介绍了自己的身份，然后说明指挥部一把手洪云海没有来参会的原因，才开始正式发言，“本工程自开工以来，在宁省各市区、相关部门和宁西高铁指挥部、西北铁路局的大力支持下，基本按照倒排工期完成了施工任务，但在此期间发生了一起严重的质量事故和一起施工安全事故。事故发生后，上级部门和相关领导高度重视，我们第一时间组织监理单位、咨询单位、施工单位召开事故分析会，查找原因，进行整改，坚决在后面的施工中杜绝了同类问题出现。截至目前，本工程存在的最大问题是因为9月26日的安全事故，导致银市站改的施工计划被打乱，工期变得很紧张。但我们坚信，在宁省各市区、相关部门和宁西高铁指挥部和西北铁路局的大力支持和督导下，宁西高铁银吴标段一定可以在保证安全和质量的前提下，按期完工！”

话音落下，林云峰紧张而不安地看了徐宁一眼，发现徐宁将目光投向了刘建：“刘建同志，你就不用汇报了。”

“好的，徐书记。”刘建点头。胡明等人则是心中一动，明白刘建已经单独向徐宁汇报过了。

“同志们，你们刚才各自都谈了很多。看得出，大家都很重视宁西高铁宁省段的建设，也做了很多工作，并提到了一些问题。”徐宁先是对众人的发言进行了简练的总结，然后话锋一转，道：“但我认为，大家在谈问题的时候，还不够深入。或者说，只谈了表面问题，没有追本溯源去探索本质。在这一点上，刘建同志做得很好。”

徐宁这一开口，所有人都不约而同看了刘建一眼，心中好奇刘建到底做了什么。刘建不为所动，一脸认真地做着记录。

徐宁喝了口茶，继续说道：“在会议开始之前，我问刘建同志，本工程存在最大的问题是什么。他告诉我，是施工安全、工程质量和施工进度之间的矛盾。我认为他说得很对，这是本工程乃至所有工程建设最核心的矛盾！他还说，上级部门将本工程当成政治工程，执行部门将它当成政治任务，将施工进度凌驾于施工安全和工程质量之上，这是不对的！”

随着徐宁这番话出口，几乎所有人的表情都凝重了几分，心中不同程度地责怪刘建说话不注意分寸。徐宁将众人的表情尽收眼底，然后再次看了一眼刘建：“刘建同志，告诉在座的同志，你为什么认为不对。”

“是，徐书记。”刘建做出回应，然后坐直身子，毫不在意众人目光中的不满，一字一句道：“各位领导，我之前曾向徐书记说过，作为一名施工管理者，我个人认为，施工安全和工程质量的重要性应该在施工进度之上。因为，我们的工程需要接受时间和人民的检验！”

“工程需要接受时间和人民的检验，这和我们领导干部的工作必须无愧于党、国家和人民有异曲同工之妙。如果一项工程完工后经不起时间和人民的检验，那它就是失败的。所有参与该工程的建设人员、管理部门乃至当地政府是失职的。”徐宁接着开口，语气严肃了几分，整个会场的气氛也变得压抑了起来，所有人都认真做着记录，不敢触碰徐宁的目光，林云峰更是冷汗直流。

“我记得《宁省日报》曾报道过银吴项目部王忠国同志的事迹，他曾是银吴项目部的总工程师，也就是刘建同志现在的职务。报道说，王忠国同志身患癌症，带病上岗，坚守施工一线，是为了完成人生最后一个愿望，将宁西高铁银吴标段建设成中国高铁的标杆！”徐宁说到这里，语气略微柔和了一些，但依然毋庸置疑，“我认为，王忠国同志完美地诠释了“鞠躬尽瘁”“死而后已”这八个字，他的敬业和奉献精神值得我们所有人学习。同时，王忠国同志人生最后的人生愿望值得我们所有人深思。中国高铁技术和运营里程已经领先世界，宁省是全国最后建设高铁的省份之一。我们在建设过程中可以学习、借鉴其他省份建设高铁的丰富施工经验，采用最先进、科学的施工技术，为什么就不能将宁西高铁宁省段建设成中国高铁的标杆？基层同志有敢于引领、争创一流的精神，我们领导干部为什么就没有想到这一点？”

“我认为，今天，除了刘建之外，包括我自己在内，我们在座的所有同志，都应该反思自己。我们的工作不够务实，我们的思想不够解放，我们的创新意识不够强。”

徐宁说到这里停顿了一下，然后做出指示，“下面，我对宁西高铁宁省段建设提几点要求，请相关同志、部门抓好落实。第一，统一思想。今后，宁西高铁宁省段建设不存在政治工程和政治任务，优先确保施工安全和工程质量，科学合理安排施工工期，力争将其建设成中国高铁的标杆……”

听到这里，刘建心头一震，两眼发热，眼中有水雾弥漫。虽然他无法继续留在银吴项目部，帮助师傅王忠国实现人生最后一个愿望，但他相信，既然省委书记徐宁做出这样的指示，那接下来所有参与宁西高铁银吴标段建设的人都会将王忠国的愿望当成奋斗目标，这会大大增加实现愿望的希望。

会议结束后，刘建走在人群最后方，送徐宁等人离开。徐宁即将走到汽车前的时候，突然转身，在众人疑惑的注视下，径直走到刘建身前，主动伸手握住刘建的手，道："刘建同志，谢谢你帮我们查找出了工作中存在的问题。"

"徐书记，您言重了。要说谢谢，我应该谢谢您，谢谢您认可我师傅王忠国的理念，助他完成人生最后的愿望。"刘建说着，松开手，后撤一步，对着徐宁深深鞠了一躬，不为自己，而是帮王忠国感谢徐宁。

"刘建同志，实话告诉你，我今天之所以来这里视察工作，就是因为看到了关于你师傅王忠国同志的报道。"

徐宁扶起刘建，然后双手搭在刘建的肩膀上，一脸赞赏道："你很好地继承了王忠国同志的衣钵。你们师徒二人参与宁西高铁银吴标段建设，是该工程之幸，也是宁省之幸！"

"徐书记，我只是做了本职工作，愧不敢当。"刘建摇头。

徐宁闻言，眼中赞赏更浓，他没再说什么，只是拍了拍刘建的肩膀，然后转身带着众人乘车离开。

汽车里，林云峰第一时间拿出手机，给银吴高铁指挥部指挥长洪云海打电话，既是汇报今天的会议情况，也是想和洪云海商量撤回发给中铁工程局北方公司那份关于更换项目部总工的函。

今天，徐宁不但认可刘建的理念，而且将刘建的理念当成宁西高铁银吴标段建设今后的工作目标，甚至当着众人的面赞誉刘建参与宁西高铁银吴标段施工是该工程之幸，甚至是宁省之幸——若是刘建被调走，无异于和徐宁唱反调，也等于推翻了今天的会议精神。

"洪总，会议结束了……"

很快，电话接通，林云峰调整了一下情绪，将会议情况向洪云海做了汇报，并提议撤回前几天发给中铁工程局北方公司的函。

“林总，这件事是我们太草率了，你立刻给中铁工程局北方公司的高金东打电话，协调处理这件事。”

洪云海接到电话后，也是感到一阵后怕，他无法想象，若是徐宁知道银吴高铁指挥部发函给中铁工程局北方公司建议更换刘建这件事会发生什么，但他知道，这件事绝对不能让徐宁知道，刘建绝对不能调走！

“好的，洪总。”

林云峰立即领命，同时认为自己几天前提议发函更换刘建，是这辈子工作以来最愚蠢的错误，很有可能要闯大祸，肠子都悔青了！

第二十章　正义不会缺席

当徐宁在银市站改项目部据点结束现场会议的同时，周林生来到了中铁工程局北方公司总经理高金东的办公室。

“高总、贺书记。”

周林生进门之后，发现党委书记贺建华也在，明白两位领导这是要同时跟自己谈话，让自己抛开心中的成见，团结银吴项目部班子，抓好项目部今后的工作。

“林生，坐。”高金东说着，丢给周林生一支香烟。

周林生接住香烟，点着，深吸了一口，一声不吭，等待两位领导开口。贺建华笑着问道：“林生，我听说你昨天参加赵金龙的婚礼，菜还没上就走了？”

“是的，书记，我临时有急事需要处理，就提前走了。”周林生点头，他昨天抵达赵金龙和李颖的婚礼现场后，随了礼就离开了。

“真有事？不是因为对赵金龙有意见？或者说对公司安排赵金龙取代刘建担任项目部总工程师有意见？”高金东目光犀利地盯着周林生，像是能够看穿周林生心中所有秘密。

“高总，我昨天走的时候，特地跟赵金龙打了招呼。”周林生答非所问。

“林生，我和高总都知道，你对赵金龙有意见，也对公司这次安排不满。我也不瞒你，我和高总也不想调走刘建，但只能顾全大局。”贺建华安抚道：“你也一样，要放下心中的成见，以大局为重。”

周林生低头不吭声，他知道刘建要被调走已是板上钉钉的事情了，哪怕自己将嘴皮子磨破，两位领导也不会改变决定。

就当高金东也要开口给周林生做思想工作的时候，他的手机震动了起来，拿起一看，发现是银吴指挥部常务副指挥长林云峰的来电，便接通：“你好，林总。”

“你好，高总。”

林云峰礼节性地回应了一句，便直奔主题：“你应该知道会议的事情了吧？”

“会议？林总，你说的是什么会议？”高金东疑惑地问。

“高总，徐宁书记今早视察了银市站改施工现场，刚才组织高明副省长，银市、西北铁路局、宁西高铁指挥部主要领导在项目部据点召开了现场会议，我也参加了会议。看样子，你还不知道这件事？”林云峰十分诧异，这么大的事情，高金东没道理不知道。

下一刻，不等高金东回话，周林生的手机响了起来，打破了办公室的安静。周林生拿出手机，看到是刘建的来电后，便起身去办公室外接听电话。

“周总，我暂时还不知道这件事。徐宁书记视察完施工现场后专门组织召开问题，是不是施工现场有问题？”高金东愣了好几秒钟，直到周林生离开，才一脸不安地问道。

“那倒没有，相反，徐宁书记高度赞扬了银市站改施工现场管理很到位，尤其对银吴项目部总工程师刘建大加赞赏，并认可、采纳了刘建的工作理念——先确保施工安全和工程质量，再考虑施工进度。”林云峰的语气有些复杂。

高金东闻言，心中的不安和担忧荡然无存，取而代之的是兴奋，脸上也露出了笑容：“林总，这是因为你和银吴指挥部督导到位。”

“高总，你就不要埋汰我了。徐宁书记可是说，刘建帮他和所有参会领导查找出了工作中存在的问题。还说王忠国刘建师徒参与宁西高铁银吴标段建设，是该工程之幸，也是宁省之幸——要说督导，刘建督导我还差不多。”

听到高金东的话，林云峰觉得自己像是被打了一记无声的耳光，脸上火辣辣的，但还是硬着头皮说道：“我打电话给你，是想跟你说，我们指挥部撤回前几天发的函，请贵单位将那份函销毁，同时希望贵单位对这件事保密，不要外传。”

“好的，林总。”

高金东第一时间做出回应，脸上的笑容愈加明显。如果不是银吴指挥部那份函，他会考虑顶着巨大压力将刘建留在银吴项目部。如今，不但银吴指挥部要撤回那份函，而且宁省省委书记徐宁对刘建给出了不可思议的评价。如此一来，不要说赵永刚已经退下，哪怕赵永刚在位，甚至担任中铁工程局一把手，也绝不敢让他儿子赵金龙取代刘建！

“高总，什么事情这么高兴？”贺建华将高金东的表情尽收眼底，能够感受到高金东的喜悦，见高金东挂断电话，便忍不住开口问道。

“贺书记，刚才银吴指挥部常务副指挥长林云峰给我打电话，告诉我……”

高金东言简意赅地将情况告知了贺建华，然后道：“现在好了，我们不用为难和违心了。”

“刘建真是好样的，不但将自己留在了银吴项目部，而且给我们公司和中铁工程局挣足了面子！”贺建华兴奋地赞道。

贺建华的话音刚落，办公室的门被推开，周林生去而复返，汇报道：“高总、贺书记，我刚接到刘建的电话，他说宁省省委书记徐宁今早去银市站改施工现场检查，并且组织相关领导召开了现场会议。”

“林生啊，这下你放心了吧？”高金东笑着问。

“高总，放心什么？”周林生一头雾水。

“刘建没有告诉你徐宁书记检查和开会的具体细节吗？”高金东问道。

“没有，他只是说施工现场没有任何问题，然后告诉我，徐宁书记在会上定调，接下来，宁西高铁银吴标段建设优先施工安全和工程质量。”周林生摇摇头，然后说出刘建在电话里汇报的内容，同时疑惑地看着高金东、贺建华。

“刘建不愧是王忠国同志的传人，工作踏实、为人低调。”贺建华闻言，心中一阵唏嘘，如果换成其他人，早就邀功了。

高金东深深地点头，然后对一脸发懵的周林生道：“林生啊，刘建今天奉献了一场精彩的演出。来，你坐下，我们一起听他讲早上的演出。”

话音落下，高金东亲自拨通刘建的电话，道：“刘建，我刚接到消息，徐宁书记今早到银市站改施工现场视察工作，并组织召开了现场会议。”

“是的，高总，我刚才已经打电话向周经理汇报了这件事情。”刘建答道。

“刘建，你现在将整个事情从头到尾说一遍，不要漏掉任何细节，尤其是有关徐宁书记的部分。”高金东说道，然后打开免提，以便于接下来刘建所说的每一句话可以让贺建华和周林生听到。

“好的，高总，今早八点十分，徐宁书记带着秘书来到银市站改施工现场……”

虽然刘建不知道高金东为何想知道所有细节，但还是按照高金东的指示，将整个事情的来龙去脉一五一十地做了汇报。包括徐宁未佩戴安全帽进入施工现场被阻拦，找自己单独聊天，会上、私下所说的每一句话。

哪怕高金东、贺建华两人已经知道徐宁对银吴项目部的工作十分满意并认可了刘建的工作理念，但他们听到刘建的详细汇报，还是感到震惊和兴奋。而周林生则像是打了鸡血一样激动，当场喊道：“刘建，好样的！”

“刘建，我知道你这两天听到了一些流言蜚语。今天，我向你保证，没有人会取代你——你会一直担任银吴项目部的总工直至工程结束！你安心工作，努力帮助你师傅完成人生最后一个愿望，将宁西高铁银吴标段建设成中国高铁的标杆！”高金东回过神，一字一句开口，给刘建吃定心丸。

“谢……谢谢高总。”刘建闻言，先是一怔，然后明白自己被留下来多半和徐宁来视察工作有关。

“刘建，要说谢谢，应该是我和贺书记、周经理谢谢你，谢谢你没有让我们做违心和违规的事情。除此之外，我还要代表公司谢谢你和你师傅王忠国同志，你们是公司的骄傲，我们以你们为荣！”高金东发自肺腑地说道。

“高总言重了。”

刘建谦逊回应，整个人依然沉浸在继续留在银吴项目部的喜悦之中。对他而言，赞扬也好、荣誉也罢，他都不在乎，他只想留在银吴项目部，帮师傅王忠国完成愿望。

林云峰回到家的时候已经是中午了。林楠和母亲在餐厅一同吃午饭，见林云峰进门，直接将碗筷放下，起身，冷着脸，走向自己的卧室。她自从那天与林云峰大吵一架之后，就再也没有跟林云峰说过一句话，也没有给过林云峰好脸色。

林云峰看到女儿的举动，苦笑着问：“小楠，还生我气呢？”

“砰——”

回应林云峰的是一声闷响，林楠回到卧室，重重关上了房门。

林楠的母亲听到摔门声，下意识起身要责备林云峰，但被林云峰用手势阻止。林云峰换好拖鞋，一边走向林楠的卧室，一边说道：“小楠，不要生气了，最新消息，刘建不会调离银吴项目部。”

“真……真的吗？”林楠几乎第一时间拉开房门，满脸激动地看着林云峰。

那一天，她与父亲大吵一架之后，第一时间去找了刘建。当时，她满脸自责地抱着刘建，一个劲地说对不起，结果刘建告诉她，只是与林云峰工作理念不合，林云峰也没什么错，然后告诉了林楠王忠国去世的消息。那天晚上，林楠坐在黄河边，默默地陪了刘建好几个小时。

那晚回来之后，林楠担心刘建要与自己分手，但又不知该如何挽留——刘建要离开银吴项目部，而且很大程度上是因为她父亲，两人在一起的可能性很小。因为这一切，她在过去几天里，一直没有给刘建打电话，只是在微信上安慰刘建，而且只提及王忠国去世的事情。

此刻，她听到刘建要留在银吴项目部，这意味着她和刘建的感情还有挽回的余地，怎能不激动？

“千真万确。”林云峰点头。

“爸，谢谢你。”林楠以为是父亲为了帮助自己挽回恋情，想办法留下了刘建。

“小楠，你不要谢我，这事跟我无关。换句话说，我没有能力决定刘建的去留。”林云峰苦涩一笑，说出缘由，“徐宁书记今天去银市站改施工现场检查并召开了现场会议。他在会上极力推崇刘建的工作理念，并给予了刘建高度评价。在这种情形下，除非刘建犯下不可饶恕的错误，否则是绝对不会被调走的。”

“原来是这样啊。”林楠闻言，变脸比翻书还快，当下冷哼道：“我早就跟你说了，刘建完美地继承了王忠国传承的工匠精神，工作认真、负责，能力很强，你现在信了吗？”

“是我糊涂了。”林云峰轻轻叹了口气。

“这些话不要跟我说，你去跟刘建说，甚至，你要向刘建道歉！”

林楠冲林云峰翻了个白眼。

“好，你找个时间将刘建请到家里，我跟他道歉，然后好好喝一顿酒。”林云峰笑着道。

林楠本来只是说气话，此刻听到林云峰真的要道歉，当下愣在了原地。就连林楠的母亲都有些诧异：“云峰，这可不像你的风格啊。”

“我这人是要面子，但刘建是小楠的男朋友，未来很有可能成为我们的女婿，我向他道歉，也属正常。”林云峰苦笑着回应妻子。

“不光因为这个吧？”林楠母亲一脸笑意。

林云峰点头道：“嗯，关键是刘建今天的表现和徐书记的话点醒了我。我这些年在领导工作岗位干得太久了，太重视政治觉悟，爱惜羽毛，结果聪明反被聪明误。党员干部做好自己的本职工作，为人民服务才是最重要的。宁西高铁不应该被当成政治工程，而是民心工程，造福于人民！”

“爸，刘建到底做了什么？”林楠顿时睁大了眼睛，脸上充满着好奇。

“你自己问他去。”林云峰笑着摆了摆手，然后转身走向餐厅吃饭。

林楠闻言，立刻回到自己的卧室，激动地拨通刘建的电话，率先开口道：“刘建，我刚听我爸说，你要留在银吴项目部了，真替你感到高兴。”

“谢谢。”电话那头，刘建也沉浸在喜悦之中，听到林楠的话，笑着说道。

“谢谢就免了，我今晚找个地方给你庆祝一下吧？”林楠主动邀约，准备挽回自己搁浅了好几天的爱情。

“好。”刘建也觉得这件事情值得庆祝，而且他在过去几天里因为工作调动和王忠国离世，心情糟糕，忽略了林楠，甚至都没有怎么回复林楠的微信，理应补偿林楠。

当天晚上，刘建第一次陪着林楠吃了西餐，喝了一瓶红酒，然后找代驾将林楠送到梦圆小区门口。林楠在后座上，第二次主动吻了刘建，然后红着脸下车，走了几步后又调头回来，趴在车窗上，双眼迷离地看着刘建：“我爸说了，从今往后，除非你犯下不可饶恕的错误，否则不可能被调离银吴项目部。你要加油好好干，早点带着彩礼来娶我。”

“嗯。”刘建点点头，伸出略显粗糙的手，轻轻抚上林楠的脸庞，“回去早点休息。”

“好，你也是。”

林楠冲刘建挥了挥手，像一只欢快的小鸟一般，又蹦又跳地进入了小区，然后停下脚步，转身，安静地看着刘建的汽车离开，脸上弥漫着幸福的笑容。

随后几天里，刘建又将所有精力放在了工作上，一边抓好银市站改邻近营业线施工，一边为10月8日的天窗施工做准备工作。除此之外，他还抽出一天时间，沿着整个宁西高铁银吴标段检查了一遍，查找各个施工点存在的问题，并与盯控负责人商讨解决方案。

十一假期一晃而过，当很多人在10月8日带着假期的愉悦和对工作的抗拒重返工作岗位的时候，刘建已经组织进行银市站改的第二个天窗施工了。

第二次天窗施工时间依旧还是早上十点二十到中午十二点二十，一共120分钟。或许是因为上次天窗施工发生铁路D类事故的缘故，或许是因为徐宁视察了银市站改施工现场并组织相关领导、单位召开了现场工作会议，这一次天窗施工，宁西高铁指挥部一名常务指挥长、银吴高铁指挥部的洪云海统统到了。

就在银市站改第二次天窗施工开始之前，中国铁建总公司正在召开党委会议，要对上月工作进行总结，同时对下月和未来一段时间的工作进行部署。

“同志们，今天我们召开党委会议。在会议正式开始之前，我说一件事情。10月2日，宁省省委书记徐宁对中铁工程局中标的宁西高铁银吴标段银市站改施工项目进行了视察，并召开了现场工作会议。徐宁书记在会上对宁西高铁银吴项目部的工作给了高度评价，并盛赞了该项目部副经理兼总工，同时也是银市站改施工现场负责人刘建同志。”

中国铁建总公司党委书记、总经理孟红雷坐在会议桌前，率先开口，说了宁省省委书记徐宁视察银市站改施工现场、召开现场会议的事情。

耳畔响起孟红雷的话，所有参会人员都是眼前一亮，尤其是分管宁西高铁银吴标段工程建设的副总裁，心中很是高兴。

然而，就在这时，孟红雷的表情突然变得极其严肃，话锋也随之一变：“我今天在党委会上说这件事，不是想让大家知道宁省领导对我们大家赞赏，而是想告诉大家一件事——当天，除了徐宁书记之外，胡明副省长、银市主要领导、银西高铁指挥部和西北铁路局银市办事处主要领导都参会了，但中铁工程局的参会人员只有项目部副经理兼总工刘建一人！”

随着孟红雷这番话出口，所有人的表情都为之一变，他们意识到了问题所在，会议室原本轻松的氛围瞬间变得有些压抑了。

果不其然，孟红雷不等有人开口，便冷声道："如此高规格的一个会议，中铁工程局乃至西北分公司的主要领导同志没有参加，甚至就连项目部经理都不在，这合适吗？"

"孟总，我会后立刻调查此事。"主管宁西高铁银吴标段工程建设的副总裁脸色一变，立刻回应道。

"我已经让孙主任调查了，下面让孙主任告诉大家，为什么中铁工程局和西北分公司的领导乃至银吴项目部经理都没有参加会议。"孟红雷沉声说道。

"我今早收到宁省省委办公厅抄送的会议纪要后，将会议纪要上报孟总，孟总指示我调查此事。经调查，10 月 1 日是原宁西高铁银吴项目部副经理兼总工王忠国同志出殡的日子，中铁工程局副局长葛瑞明，西北分公司和项目部班子成员全部参加了王忠国同志的追悼会。"

办公厅主任孙云鹏说到这里，停顿了一下，然后表情严肃道："除此之外，当天中午，他们还参加了中铁工程局北方公司经营部副部长赵金龙的婚礼。其中，银吴项目部经理周林生没有参加婚宴，其他所有人都参加了婚宴，并在婚宴上饮酒，无人于当天前往银吴项目部施工现场。"

"同志们，虽然徐宁书记视察银市站改施工现场和召开现场会议在事前没有任何通知，但节假日期间没有领导干部包保检查，中铁工程局的领导干部作风和管理是有问题的！"孙云鹏的话音刚落，孟红雷再次开口，直接发表了自己对这件事情的看法。

纪委书记雷正闻言，当下道："孟总，我今早刚接到一个实名举报，就是关于中铁工程局北方公司经营部副部长赵金龙的。举报材料显示，赵金龙的婚礼在西市五星级酒店举办，相当奢靡，严重违反中央八项规定。除此之外，赵金龙还经常出入高档饭店、私人会所和高尔夫俱乐部等场所，并涉嫌受贿，而且数额巨大，拥有豪车、别墅。”

“一个分公司的副部长这样为所欲为，中铁工程局的管理确实存在大问题。”一名副总裁也开口表态。

“赵金龙的父亲是原中铁工程局副局长赵永刚。”雷正补充道。他早已掌握了赵金龙的一些信息，并且在会前特地向孟红雷做了汇报。而他在会上提出关于赵金龙的事情，也是孟红雷指示的，目的是让班子成员在党委会上统一思想、达成一致，彻查此事。若非如此，他不可能当众说出纪委暗中掌握的信息。

果不其然，孟红雷闻言，冷着脸、皱着眉，寒声道：“雷书记，你会后亲自负责调查这件事情，就以赵金龙的婚礼为突破口，顺藤摸瓜，深挖细查，一查到底。无论是谁，只要违法违纪，必须严惩，绝不姑息！”

“好的，孟总。”纪委书记雷正当场领命。

“另外，雷书记，此次调查必须做好保密工作，调查组人员必须签订保密协议。若有人泄密，严格按照规定处理。”

孟红雷又做了补充，然后目光环视众人，提醒道：“我们在座的其他同志也一样，必须严格遵守保密规定——在这件事情调查结果出来之前，我不希望除了纪委调查组和我们之外，还有其他人知道这件事。”

这一次，会场鸦雀无声，所有人都一脸凝重。因为，他们都知道，这次调查工作将关系到中铁工程局的政治生态和领导干部廉政作风，影响重大。

当天下午，中铁建总公司纪委成立了赵金龙事件调查组，雷正亲自召开了会议，明确了工作内容和工作纪律。晚上八点，调查组全员乘飞机前往西市。

两天后，10 月 10 日十八点，由香港飞往西市的航班准时在西市国际机场降落。赵金龙李颖两人下飞机后，肩并肩，各自拉着两个行李箱，有说有笑地朝着出口走去。他们利用国庆假期在马尔代夫度过了一个幸福的蜜月，并在香港停留了一天，买了一堆奢侈品，装满了两个箱子。

“老公，我刚回来就想再去一趟马尔代夫了，那里的海太美了。好喜欢跟你一起漫步沙滩。”李颖在等待海关检查的时候，依偎在赵金龙身上，脑海里浮现着自己与赵金龙在马尔代夫度蜜月的点点滴滴，一脸向往地说道。

“亲爱的，等宁西高铁银吴标段完工，我就陪你去。到时候，公休、调休加一起可以休息很多天。”赵金龙笑了笑，施工一线的工作人员在施工期间是严禁休公休假的，一般都是等工程竣工后补休。

“好的，老公。”

李颖开心地点点头，她听赵金龙说过职业规划，知道赵金龙将在宁西高铁银吴标段工程竣工之后，顺利完成镀金，将前往中铁工程局局机关担任某个科室的科长。

几分钟后，赵金龙与李颖过海关检查时，检查人员看到两人带了一堆奢侈品，表情十分诧异。等海关工作人员检查完毕后，李颖一边拉着箱子，一边小声冲赵金龙问道：“老公，咱们是不是买多了？”

“不多，咱不差钱，你喜欢什么就买什么。”赵金龙高高昂着头，像是一只骄傲的孔雀，他喜欢这种由权势和金钱带来的快感。

就在这时，前方走来四人拦住了赵金龙和李颖的去路。赵金龙见状，一脸豪横道：“你们眼瞎吗？”

“赵金龙，我们是中国铁建总公司纪委的，这是我的证件。”为首之人冷着脸掏出自己的证件，放在赵金龙的面前。

“您……您好……”

赵金龙脸色瞬间大变，眉目之间涌现出了深深的恐慌，与之前嚣张跋扈的样子截然形成了反差。

“我们正在调查一些事情，需要了解一些情况，请你和你妻子到我们工作的酒店接受问话。”为首的中年男人收回自己的证件，面无表情地说道。

“好，不过，我跟我妻子刚度蜜月回来。我想给家人打个电话，报个平安，免得他们担心。”

经历了一开始的恐慌过后，赵金龙略微镇定了一些，他知道纪委这是要调查自己，想将这件事情告诉自己的父亲赵永刚，让父亲想办法救自己。

“赵金龙，按照规定，在谈话结束之前，你不能联系任何人。至于你和你妻子平安归来的消息，我们会通知你的家人。”为首中年男子摇摇头，然后大手一挥，身后三人直接上前控制赵金龙和李颖。

“好……好的。”

赵金龙脸色发白，后背直冒冷汗，下意识做出回应，然后与李颖拉着两箱奢侈品，低着头，恐慌不安地跟着四名中国铁建总公司的纪委工作人员离开机场，完全没有了先前的嚣张跋扈。

晚上十点，中国铁建总公司下派的纪委工作人员率先结束对李颖的询问，然后将包括手机在内的私人物品交还给李颖。李颖满脸恐慌和不安地走出问询室，双腿有些发软。

这一切，只因为她在接受询问的过程中，得知有人对赵金龙进行了实名举报。举报内容涉及赵金龙诸多违法违纪的事情，包括大办特办婚礼，出入高档会所，拥有与收入不符的高档汽车、别墅等，甚至当场打开了他们购买的两箱奢侈品，其中有一块百达翡丽手表，价值上百万元。

“我老公呢？”李颖出了问询室，才回过神，忍不住问道。

“赵金龙还在继续接受询问，你先回去吧。”纪委工作人员说道。

“好。”

听到纪委工作人员的回答，想到纪委工作人员询问自己的那些问题，李颖意识到了事情的严重性，便离开了酒店，第一时间拨通了赵永刚的电话。

“小颖，你们的航班没有晚点，怎么电话一直打不通？”电话接通，赵永刚率先开口问道。几个小时前，赵金龙的母亲无法打通赵金龙和李颖两人的电话，然后又查到两人乘坐的航班没有晚点，急得团团转。

“爸，我和金龙刚出海关检查出口，就被金龙单位纪委的人带走问话……”李颖恐慌不安地回道。

“金龙被纪委的人带走了？”赵永刚脸色顿时大变。虽然他知道儿子赵金龙生活作风放荡，但对赵金龙贪腐的事情并不了解。

“是的，爸，纪委的人还问了我很多问题……”李颖不安地说道。

“小颖，你现在立刻到我这里来，当面说！”赵永刚恢复了冷静，主观地认为是赵金龙与李颖的婚礼太过奢侈引起了纪委的注意，同时打断了李颖的话，决定当面询问李颖。

四十分钟后，李颖来到赵永刚的住处，还未来得及放下行李，便被赵永刚带进书房。

“小颖，你将你和金龙被纪委带走的过程和纪委工作人员询问你的问题全部告诉我。”赵永刚直奔主题。

“爸，我和金龙刚出海关检查口就被带走了。对方声称是总公司纪委的。”李颖如实答道。

“你……你确定是总公司纪委的人？”赵永刚双眼瞪得滚圆，满脸不敢置信。

“爸，我确定，对方还给金龙看了证件。”李颖很肯定地说道。

“你说说具体情况。”赵永刚的眉头死死拧在一起，形成了一个川字形，表情前所未有的凝重。原本他认为是赵金龙的奢侈婚礼违反中央八项规定被纪委调查，结果李颖说是中铁建总公司纪委的人，这让他推翻了之前的猜测——总公司纪委绝不可能因为一个副科级干部违规操办婚礼进行调查。

甚至，以赵金龙的身份，哪怕犯事，也是由中铁工程局北方公司纪委调查。而如今，总公司纪委派人下来调查赵金龙，而且没有中铁工程局局纪委的工作人员协助，这等于是暗中调查。这一切，让他意识到了问题的严重性——自己儿子绝对犯下了不可饶恕的罪行！

“纪委的工作人员先是询问我和金龙结婚当天的情况，邀请了多少宾客，酒席什么规格等。之后，他们又将金龙的奔驰 G500 轿车、别墅照片给我，问我是否知道。我一开始说不知道，但他们说有我和金龙乘车、进入别墅的照片和监控视频，让我老实交代，这样对金龙有好处。我当时整个人都懵了，慌乱之中说汽车和别墅都是金龙的。最……最后，他们还问我，箱子里装的那些奢侈品都是谁买的，哪里来的钱，我说都是金龙买的。” 李颖第一次见赵永刚如此严肃，整个人变得更加恐慌与不安，不敢有丝毫隐瞒。

听到这里，赵永刚心头“咯噔”一声，整个人像是泄气的皮球，无力地靠在了座椅的靠背上。哪怕他已经有了一定的心理准备，但赵金龙的罪行远远超出他的想象。而且，这些还只是李颖知道的，李颖不知道的还有多少？赵永刚不知道，但他知道自己的儿子已经彻底坠入了腐败的深渊。

“爸……爸，问题是不是很严重？”

李颖看到赵永刚的反应，心中的恐慌呈直线上升，整颗心瞬间提到了嗓子眼上，声音都在发颤。虽然她的父亲也是处级干部，但她对于反腐和纪委工作了解颇少，以为赵永刚可以解决赵金龙遇到的问题，如今看到赵永刚的反应后，意识到事情远比想象中的复杂，问题的严重性超出了她的认知范围。

就在这时，赵金龙的母亲满脸恐慌地带推开书房门：“老……老赵，想办法救救金龙！”

“怎么救？”赵永刚一脸痛心道：“他做的事情严重违反了党纪国法，没人可以救他！”

耳畔响起丈夫的话，赵金龙的母亲两眼发黑，两腿一软，直接瘫在了地上，哭丧着道：“你……你认识那么多人，找人托关系都不行吗？”

“子之过，父之责，金龙走到今天，是因为我们太娇惯和纵容他了。”赵永刚答非所问，脸上充斥着懊悔，整个人像是瞬间被抽走了精气神，一下苍老了许多。

随后，就当赵金龙的母亲不甘心地还想说什么的时候，门铃声响了起来。突如其来的门铃声，显得格外清晰和刺耳，一时间让书房里安静了下来。

“小颖，有客人来了，你去开门。”赵永刚睁开眼，开口打破书房里的安静。

“好……好的，爸。”

李颖惊惶不安地说着，转身快步走到房门前，打开房门，赫然看到两名面色严肃的中年男人，其中一人正是之前与李颖进行谈话的纪委工作人员田光。

“我们找赵永刚同志了解情况。”田光直截了当道。

“请……请进。”李颖说着，侧开身子，让两人进来，然后恐慌不安地带着两人走向书房。

“你好，赵永刚同志，我们是总公司纪委的。有人实名举报你儿子赵金龙违法违纪的事情，我们正在调查，需要找你了解一些关于你儿子的情况，请你跟我们去酒店接受谈话。”田光来到书房，开门见山地向赵永刚说明来意，并亮出自己的证件。

“好的。”赵永刚轻轻点了点头，然后起身去换了身衣服，跟着田光和另外一名纪委工作人员离开了家。

“妈……妈，我们现在怎么办？”当赵永刚离开后，李颖六神无主地冲赵金龙的母亲问道。

“完了，金龙完了！”赵金龙母亲眉目之间也充满着恐慌，那感觉仿佛天塌了一般，同时还有深深的疑惑，“小颖，你知道是谁实名举报了金龙吗？”

“妈，我不知道，纪委的工作人员没说。”

李颖下意识地说着，然后脑海里瞬间浮现出刘建的身影，立刻慌乱地掏出手机，当着赵金龙母亲的面直接拨通了刘建的电话，“刘建，你是不是实名举报金龙了？”

“李颖，我听不懂你在说什么。”电话那头，刘建刚召开完当日的施工总结会，准备去洗澡，听到李颖的话，有些茫然。

“有人实名举报金龙，金龙现在正在接受纪委调查！”李颖大声说道。

刘建闻言，先是一怔，然后道：“李颖，我没有举报赵金龙。”

“刘建，你不用装了，你不想让金龙取代你成为银吴项目部副经理、兼总工程师，所以实名举报金龙，对吧？”李颖情绪激动地说出自己的主观臆测。

“李颖，你想多了。”刘建皱起了眉头，他没有想到，自己在李颖心中竟然是这样的形象。

李颖突然情绪崩溃，带着哭腔道：“刘建，你撤回对金龙的举报好不好？”

“李颖，不管你信不信，我可以很明确地告诉你，我真的没有实名举报金龙。另外，按照你所说，纪委已经开始调查赵金龙了，那么，哪怕举报的人想反悔也晚了。”刘建沉声说道。

李颖闻言，当场哭了起来：“刘……刘建，就当我求你好不好？”

这一次，刘建没有回应李颖。李颖的情绪已经崩溃了，完全是在无理取闹，这让刘建心中多少感到有些悲哀——李颖这个电话彻底玷污了他们曾经那段感情。

“刘建，你的情绪看起来不太好，出什么事了？”周林生察觉到刘建的异常，走过来问道。

“周经理，没事。”刘建轻轻摇头。

“你不擅长撒谎，说吧，出什么事了？我看能不能帮上你。”周林生说道。

“周经理，真没事。”刘建说着，然后见周林生直勾勾地看着自己，便叹了口气道：“赵金龙被人实名举报，正在接受纪委调查，李颖怀疑是我干的，给我打了一个电话，求我撤回举报。”

“刘建，通过这件事，我可以肯定一点。哪怕你不是为了帮助你师傅完成心愿，离开李颖也是对的。”

周林生闻言，先是一脸愕然，然后拍了拍刘建的肩膀，道：“至于赵金龙出事。正义也许会迟到，但永远不会缺席。我曾经跟你说过，他早晚要出事。正所谓，人在做，天在看，赵金龙贪污腐败不说，为了镀金，还要动用关系将你从银吴项目部调走，实在是罪有应得！”

第二十一章　恍然大悟

几天后，黄德清和赵金龙正在接受纪委调查的消息传出，在中铁工程局引发不小的轰动。

除此之外，还有一件事情在铁建乃至整个铁路系统影响巨大——某铁路大桥桥墩垮塌，造成两节客运列车车厢倾覆坠河的重大事故。

该事故发生时，某客运列车正在行进中，列车司机明显感到车厢在向下沉，于是强制刹车，为旅客转移提供了时间，未造成人员死亡。尽管如此，铁路系统各单位高度重视此次事故，不但开展了为期一个月的"安全质量大检查"活动，而且将该事故当成安全警示教育的案例，要求所有在建的铁路工程项目施工单位进行学习。该事故还上了热搜，在网上引发了热议，很多网民都认为，如果不是司机及时刹车，后果不堪设想。

吴振涛在网上看到了这则新闻，第一时间联想到宁西高铁银吴标段银市黄河大桥的质量事故，感到一阵心有余悸，然后用微信将新闻转发给了徐娇娇，想让徐娇娇明白自己师傅刘建当初的决定是对的。吴振涛前脚刚转发完新闻，后脚便接到了徐娇娇的电话。

电话接通后，吴振涛听到徐娇娇在哭泣，先是一怔，然后立刻问道：“娇娇，你怎么了？”

“我……我爸腿摔断了……”徐娇娇哭着说。

“娇娇，你在哪，我去找你！”吴振涛当机立断，决定请假去找徐娇娇。

……

宁省医科大学附属医院骨科住院部。

徐爱华躺在病床上，双腿打着石膏，双眼无神地看着屋顶，眉目之间充斥着不安。这份不安，来源于赵金龙、黄德清两人被纪委调查。

身为中铁工程局北方公司最有实力的施工队老板之一，徐爱华和赵金龙、黄德清两人之间关系很紧密，很多工程能够拿到，完全靠两人‘帮忙’。

自从赵金龙、黄德清两人被纪委调查后，徐爱华便成天魂不守舍，担心自己会被卷入赵金龙、黄德清两人的腐败案，结果在检查某工程施工现场时，一不留神踩空，摔断了双腿。

如今，医生已经为徐爱华做了手术。手术很成功，只要徐爱华接下来好好治疗、康复，以后还能像正常人一样走路。

为此，他并不担心自己的双腿，但担心自己会因为贿赂赵金龙、黄德清两人拿工程项目而遭受牢狱之灾，从而失去自己辛辛苦苦打下的家业。

一方面，如果他卷入赵金龙、黄德清两人的腐败案，会对宏远建筑工程有限公司的声誉有影响，公司很有可能会被列入中铁工程局乃至整个铁建领域施工单位的黑名单。

另一方面，宏远建筑工程有限公司从某种意义上来说算是家族企业，主要由徐爱华和弟弟徐发财负责，股权结构是七三分。徐爱华担心自己坐牢之后，弟弟徐发财会直接将公司占为己有。

是的，徐爱华在巨大的利益面前，连自己的弟弟都不信任。

或许是因为徐爱华思考得太入神，连徐发财推门走入病房都没有察觉。徐发财见哥哥精神恍惚，关心地问道："哥，你是不是哪里不舒服？"

"没有。"徐爱华回过神，轻轻摇了摇头，然后问道："发财，施工现场最近事情多，你去处理事情吧，我这边有娇娇看着，没事。"

"哥，娇娇从小到大都被你捧在手心里疼着、护着，哪会照顾人？何况，她对医院办理相关手续都不清楚。"徐发财苦笑，自从徐爱华出事之后，他一直在为徐爱华的事情操心，这几天都没怎么睡觉，双眼里布满了血丝。

徐爱华无言以对，他想到徐娇娇昨晚陪护他输液的时候，直接趴在病床上睡着了，最后还是自己用呼叫器喊护士来换药。

"哥，我这几天想了想，有些想法想跟你聊聊。"徐发财坐在病床旁，给徐爱华削了一个苹果，斟酌了一下说道。

"你说。"徐爱华将到嘴边的苹果放了下来，若有所思地看着徐发财。

"哥，我们退出铁路施工这个领域吧。"徐发财面色复杂地开口。

“退出？”徐爱华一脸警惕，“发财，你什么意思？”

“哥，公司这几年能够发展壮大，主要是依靠中铁工程局。而我们能够在中铁工程局拿到项目，除了公司施工能力之外，还因为赵金龙、黄德清两人。如今，这两人被纪委调查，我们在中铁工程局的主要关系网断了，今后想到拿工程就不会那么容易了。”

徐发财一脸认真地说出这几天的想法，“另外，赵金龙、黄德清两人出事，极有可能将你和公司卷进去。一旦出现这种情况，公司将会被中铁工程局乃至整个铁建领域的单位列为黑名单，今后无法再干铁建工程了。”

“哪怕退出也要等到我们被卷入赵金龙、黄德清的案子之后！”徐爱华一脸阴沉，心中还抱有侥幸，认为赵永刚会想尽一切办法保住赵金龙。那样一来，他也不会有事。

“哥，你因为赵金龙、黄德清的案子，这些天吃不好、睡不着，成天提心吊胆，甚至摔断了双腿，如果今后再出点事，怎么办？”徐发财心痛地说道。

“难道我们选择退出，就能确保不会被卷入赵金龙和黄德清的案子吗？”徐爱华冷着脸反问。

“哥，这是我想跟你说的第二点。既然你和公司卷入这起案子几乎是板上钉钉的事情，不如你主动去投案自首，争取宽大处理。”徐发财咬了咬牙说道：“我们公司除了在投标拿项目行贿之外，其他方面都是遵纪守法的，而且施工能力算是业界一流。我查过有关法律法规，按照这种情形，如果你主动投案自首，只会判几年……”

“混账！”徐爱华怒喝一声，直接打断徐发财的话，“你这是想让我去坐牢，然后自己将公司占为己有吧？”

“哥……哥，你怎么会这么想我？我这么做可都是为了你和孩子们！”徐发财惊得目瞪口呆，足足过了好几秒钟，才回过神，面色难看地解释道：“我的想法是，这几年，我盯着把在建的工程收尾，等你出来之后，我们改行，做点其他的。如果你到时候不想再动弹了，也没关系。以我们的财富，足够我们和孩子们这辈子衣食无忧了。”

这一次，徐爱华没有说话，只是阴森地盯着徐发财。

“哥，如果你怀疑我有私心，可以在你去投案自首之前对公司的股权进行变更，转到娇娇那里。你甚至可以将全部的股权全部转到娇娇名下！”徐发财感受到哥哥的不信任，心中凄凉，开口补充道。

“有用吗？如果你有私心，完全可以将公司资产套现、转移，留下一个空壳。”徐爱华毫不回避地表达了自己的疑心。

“哥，你……”徐发财心中悲痛，一时竟不知该说什么。

“你什么都不要说了，我是不可能去投案自首的，公司也不会退出铁建施工领域。不过，你刚才说的股权变更，倒是可以做。这几天，我让财务理一下公司的财务状况，然后对股权进行变更，同时将财产分清楚。”徐爱华冷冷道。

“哥，你觉得怎么合适怎么处理吧。”徐发财感到一阵悲哀，起身，佝偻着身子，缓缓走出病房。

走廊里，吴振涛手上拎着一箱宁省本地产的枸杞奶和一盒牦牛壮骨粉，与徐娇娇两人肩并肩朝着病房走来。

徐娇娇看到徐发财低头从病房里走出，立刻迎了上去：“叔。”

“您好，叔叔。”吴振涛也微微弯腰向徐发财打招呼。

“娇娇，我出去透透气。”徐发财心里有些堵，低声说了一句，便朝着电梯口走去。

徐娇娇见状，有些疑惑，但并未询问其中缘由，而是应了一声，然后便带着吴振涛走进了病房。

“谁让你把他带来的？让他给我滚出去！”病房里，徐爱华因为刚才的事情，心情极度糟糕，见到女儿带着吴振涛进门，当下低吼道。

“爸，振涛得知你出事之后，十分担心你的身体状况，一定要来看你。”徐娇娇立刻上前，解释道：“另外，你不要再因为银市黄河大桥工程的事情怪罪振涛了，他当初也是为了我们好。而且，事实证明，他当初是对的。”

“娇娇，你被他灌了什么迷魂汤？”徐爱华睁大眼睛，一脸不可思议地瞪着自己的女儿。

“爸，这两天，有一座铁路大桥桥墩垮塌，造成两节客运列车车厢倾覆坠河，施工单位的相关人员都被抓走了。如果我们当时没有及时拆除有问题的桥墩、进行返工，发生这样的事故的话，后果不堪设想。”徐娇娇说着，拿出手机，打开微信，点击吴振涛发的那条新闻链接，进入新闻面，递到徐爱华面前。

徐爱华扫了一眼标题，便收回目光，冷冷道：“就算是这样，我也不想见到他，更不会同意你们继续在一起！”

“徐叔叔，我今天来看您，既是担心您的身体情况，也是要转达周经理的话给您。”吴振涛料想到自己与徐爱华会是这样的局面，并未感到惊讶和难堪，而是很坦然地上前，将礼盒放在墙角，站在床边，正色道。

“周林生让你转达什么话？”徐爱华闻言，瞳孔陡然收缩。理智告诉他，周林生让吴振涛转达的话，多半和赵金龙、黄德清的案子有关。

“周经理说你的路走错了，施工单位想做大做强，最终靠的是硬实力，而不是歪门邪道。你这些年被名利蒙蔽了双眼，坠入权钱交易的深渊无法自拔，并坚信可以一直这样下去。结果你花费巨大代价获得的人脉统统没了。”吴振涛不再像曾经面对徐爱华时那样唯唯诺诺，而是站直身子，一脸正色，铿锵有力地转达周林生的话，“他还说，他了解黄德清。黄德清是一个胆小如鼠的人，既然被纪委带走调查，用不了多久就会全盘托出。而以赵金龙做的那些事情，赵永刚救不了赵金龙，这世上也没人能救得了赵金龙——所谓的人网，在法网面前不堪一击！”

徐爱华心中一动，根据他所得到的信息，铁建总公司纪委的确是先控制的黄德清，然后才带走赵金龙。

“另外，徐叔，我师傅劝您主动投案自首，争取宽大处理。”吴振涛又补充道。

“说完了吗？说完了，就滚出去！另外，从今往后，不允许你再找我家娇娇！”徐爱华听到投案自首四个字，直接被刺激到了。

“徐叔，我知道，您看不上我，觉得我配不上娇娇，尤其是在我跟了我师傅之后。因为，您觉得我会像我师傅一样，变成一个不懂得变通的窝囊废，这辈子都会没出息。但在我看来，我师傅和王忠国总工一样，他们并非不懂变通，只是淡泊名利，坚守本心，追求理想。也许，他们这辈子不能大富大贵，但他们在自己擅长的领域为国家和社会做贡献，得到回馈，赚的每一分钱都很干净，每天都能睡个好觉。他们可以为了心中的理想去奋斗一辈子，精神世界很富有！他们的人生在您眼中很平凡，甚至没出息，但在很多人眼中很伟大。他们是我的榜样，我会努力成为他们那样的工匠！”

再次面对徐爱华的训斥，吴振涛挺直脊梁，一脸正色道：“我也不会因为您的阻拦，就放弃追求娇娇。我会尽我最大的努力去追她、爱她、保护她！如果她因为我选择做我师傅那样的工匠而离开我，我无怨无悔！”

“爸，我不会离开振涛！”徐娇娇当场表态。

“娇……娇娇，你……”徐爱华气得浑身一抖，伸手指着徐娇娇，想破口大骂，但话到嘴边，察觉到了徐娇娇脸上所表现出的坚定，又呆住了。

“爸，你总是教导我，人的一生应该追求功名利禄，并要因此而不择手段。以前，我认为你是对的，但你这次出事之后，我觉得你错了。”

徐娇娇红着眼，流着泪，轻声道：“如振涛刚才所说，王忠国、刘建那样的人不能大富大贵，但他们一生两袖清风，问心无愧。你呢？是，你赚了很多钱。可是，赵金龙、黄德清出事之后，你成天魂不守舍，并因此而摔断了双腿。你有没有想过，如果你那天不是摔断腿，而是丢了命，我怎么办？你以为你留给我那么多钱，我就会幸福吗？妈走得早，如果你再走了，我活着怎么可能会幸福呢？”

徐爱华沉默了。他的妻子在徐娇娇十岁的时候便离开了，是他既当爹又当娘，将女儿拉扯大，一直视女儿为掌中宝，想尽一切办法为女儿创造最为优越的生活条件。

此刻，望着女儿那泪流满面、伤心欲绝的模样，徐爱华觉得自己的心脏像是被人用锋利的匕首戳得支离破碎。同时，徐发财和刘建之前所说的一切，女儿哭着说出的那番话，润物细无声地摧毁着徐爱华的人生观价值观和信仰。

“爸，古人说，人这一生，财禄净，夜能寐，便足以。当我看到你因为赵金龙、黄德清两人出事，成天成夜睡不着觉，一根接一根抽烟时，我很着急，也很心疼。当我看到你因为这件事，摔断双腿，满身是血地推进抢救室的时候，我觉得天都塌了。”

徐娇娇哭成了泪人，声音在发颤，“我不想再发生这样的事情了。哪怕我们没有钱，只要我们能够吃饱饭、穿暖衣，就可以了。我想要的是你健康平安，我想看到我的孩子喊你外公时，你开怀大笑的样子，我想陪你度过后半辈子，为你养老送终。这是我想要的幸福。”

“娇……娇娇，你真的这样想吗？”徐爱华无力地闭上双眼，只觉得心中的坚守在动摇，乃至崩塌。

“是的。”徐娇娇坚定地点了点头，然后蹲在窗前，用力地握住徐爱华的手，哭着说，“爸，你去投案自首，我和振涛等你出来给我们主持婚礼，好不好？”

“好。”

徐爱华睁开双眼，红着眼，轻声回应。

这一天，他听到女儿的心声后，恍然大悟，挣扎着从深渊中爬出，像是凤凰涅槃，去迎接新生。

第二十二章　落下帷幕

纪委办案需经过案件线索管理、初步核实、立案审批、调查取证、案件审理、处分执行、被调查人的申述、案件监督管理八道办案程序。

原本赵金龙一开始坚信父亲赵永刚可以救自己，在接受审讯的时，拒不交代问题，让案子进展缓慢，但后来因为黄德清全盘托出，外加徐爱华主动投案自首，交代与赵金龙权钱交易的事情，令案件进展神速，只用了不到一年时间便结案。包括赵金龙、黄德清因违法犯罪被判刑，还有人受到不同程度的党内和行政处分。其中，中铁工程局北方公司的高金东、贺建华都负有领导责任，均是被党内严重警告、行政记大过处分。徐爱华因主动投案自首交代所有违法犯罪的事情，从轻处罚，判了八年，罚金1000万元。若非如此，按照他的行贿数额，已达到行贿罪“情节特别严重”的认定范围，要判10年以上有期徒刑。

刘建并没有关注这起案件的进展，甚至连案件结果出来都不知道。

在过去将近一年的时间里，他全身心地投入宁西高铁银吴标段工程建设，顺利啃下了银市站改这块硬骨头，并且在去年 9·26 事故之后，再也没有发生一起事故，圆满地完成了各项施工任务。建设单位、监理单位、配合单位乃至宁西高铁指挥部和银吴高铁指挥部都给予了银吴项目部和刘建本人极高的评价。

就在赵金龙等人被宣判的当天，银市站改施工全部完成，刘建组织项目部人员撤除项目部据点。吴振涛趁着没人的时候找到刘建："师傅，娇娇她爸判了，我想请两天假去陪陪她。"

"判了几年？"刘建问道。虽然他没有关注赵金龙等人的案子，但也听吴振涛说过徐爱华主动投案自首的事情。

"娇娇她爸判了八年，赵金龙二十八年。"吴振涛不但回应了刘建，还提及了赵金龙的判刑情况。

"那你去好好陪陪她。如果她情绪不好的话，就多陪几天。银市站改施工和银市黄河大桥施工都结束了，接下来就是线上铺轨、站房建设、信号通信施工，这些施工难度较小，不用像以前那么忙。"刘建说道。

"谢谢师傅，两天足够了，同事们都没休息，我不能搞特殊。等我回来之后，多分担一些工作。"吴振涛摇头道。

"先去忙吧。"刘建笑着拍了拍吴振涛的肩膀，待吴振涛离开之后，忍不住暗想：李颖今天一定很难过吧？

心中闪过这个念头，刘建有种打电话安慰李颖的冲动，但旋即又放弃了。赵金龙被纪委带走之后，李颖曾打电话给刘建，认为是刘建实名举报了赵金龙，并且恳求刘建撤回实名举报。那一天，刘建十分失望，最后没有做任何解释，直接挂断了电话。而自那一天过后，李颖再也没有与刘建联系过。

李颖亲自出席了开庭，而且在法庭宣判之后见到了赵金龙。赵金龙穿着囚服，身上已没有半点不可一世的样子，取而代之的是一脸萎靡不振，暮气沉沉。

“孩子我流掉了。”眼看赵金龙见到自己，一声不吭，李颖主动开口道。

愕然听到李颖的话，赵金龙那张死气沉沉的脸上陡然涌现出了愤怒的表情，他猛地抬头，怒目瞪着李颖：“谁让你这么做的？”

“这是我自己的选择。”李颖回答道。

“你经过我的允许了吗？”赵金龙面目狰狞。

“需要经过你允许吗？还是你想让我把孩子生下来，告诉他，他的爸爸是一个贪污犯，被判了二十八年。从他出生到成年，他的爸爸都无法陪伴他。”李颖红着眼反问。

赵金龙哑口无言。

“我今天来这里，除了出庭之外，也是想和你办理离婚手续。”李颖继续说道。

“你……”赵金龙再次暴怒，恨不得起来暴打李颖一顿。

“你知道，我需要陪伴。当初，我跟刘建分手，就是因为他要参加宁西高铁银吴标段建设，无法陪伴我。”李颖说到这里，怔怔地看着赵金龙，“二十八年太久了，我等不了。”

“婊子，你休想！”赵金龙听到李颖的话，尤其是听到刘建两个字后，像是被踩到尾巴的猫，直接炸毛。

“你不同意，我可以向法院起诉离婚。”听到婊子两个字，李颖感到心脏一阵绞痛。

“滚！”赵金龙怒不可遏地大吼。

李颖见状，知道不可能征得赵金龙的同意了，便不再废话，而是对赵金龙身后的工作人员说了句谢谢，便心灰意冷地离开了。

“李颖，原本我不应该再去打扰你的生活，但有件事情我还是想提醒你。对你而言，赵金龙不是合适的结婚对象。”

走着，走着，李颖没来由地想起了刘建曾发短信提醒自己的话，心中涌现出深深的懊悔。

如果时光可以倒流，她一定不会选择和赵金龙在一起，更不会选择与赵金龙结婚!

……

2018 年 10 月 25 日，宁省成立六十周年，宁西高铁银吴标段建设才进入收尾阶段，无法开通运营献礼。对此，无论是宁省，还是铁总都没有处罚和责备，相反宁省省委书记徐宁还在会上专门提到，宁西高铁宁省段建设，继续按照 2016 年 10 月 2 日现场会议精神，优先确保施工安全和工程质量。

宁西高铁指挥部、银吴高铁指挥部先后组织银吴项目部传达、学习了徐宁的讲话精神，并要求银吴项目部在确保施工安全和工程质量的前提下，追赶施工进度。

2019 年 6 月，宁西高铁银吴段完成了静态验收。2019 年 7 月，宁西高铁银吴段完成了联调联试和动态检测工作。无论是静态验收，还是动态检测，都是一次性通过，几乎没有任何问题。这震惊了宁西高铁银吴标段验收委员会的全体成员。

在当天的验收会议上，刘建代表宁西高铁银吴项目部进行了发言，总结了宁西高铁银吴标段建设，同时表态将在最短的时间内完成验收检查出那些细小问题的整改工作，力争让高铁早日飞驰在宁省境内。

“刘建同志，我参与过包括京沪、武广在内所有中国高铁建设的验收工作。宁西高铁银吴标段是所有高铁线路验收中，存在问题最少，工程质量最高，标准最高的高铁线路，完全称得上中国高铁的标杆！”

刘建的发言结束后，担任验收委员会主任、来自铁总的老专家，摘掉眼镜，一脸敬佩地看着刘建，先是点评了宁西高铁银吴标段的建设，然后冲刘建竖起大拇指，道：“你们能够在偏远的西北地区，建设出这样一条高标准的高铁线路，堪称奇迹。我代表宁西高铁银吴标段验收委员会向你和宁西高铁银吴项目部表示祝贺，也向你们致敬！”

“啪啪……”

随着那名铁总专家的话音落下，全场参会人员纷纷鼓掌，向刘建和银吴项目部表示祝贺。其中，身为银吴高铁指挥部常务副指挥长的林云峰，一脸骄傲地将双手拍得通红，那感觉恨不得当场告诉所有人，刘建即将成为自己的女婿！

“谢谢。”

掌声落下，一向低调谦逊的刘建，欣然接受了那名铁总专家的盛赞，起身对着那名铁总专家和在场所有参会人员鞠躬感谢。

功夫不负有心人。

宁西高铁银吴标段成为了中国高铁的标杆！

这一天，他等了太久！

宁西高铁银吴标段验收和安全评估工作结束之后，刘建的工作变得轻松了许多。他抽空带着林楠回了一趟西市，见了自己的父母。父母对林楠很满意，并在几日后跟随刘建来到银市，登门拜访林楠父母，商量刘建与林楠结婚的事情。

“爸，能不能协调一下，让我和刘建在宁省第一趟运营的动车组列车举办婚礼？”订婚宴上，林楠冲父亲林云峰问道。

“小楠，你为什么要在动车组列车上举办婚礼？”林云峰一脸不解，其他人也是如此。

“我和刘建是在宁西高铁银吴标段建设中相遇、相识、相恋。刘建将宁西高铁银吴标段建设成中国高铁的标杆当作迎娶我的彩礼。我想将宁省高铁开通的日子当成我们结婚的日子，将宁省第一趟运营的动车组当成我们的婚礼现场。”林楠扭头，含情脉脉地看着刘建，轻声说道。

“好，我去找银市客运段协调这件事。宁西高铁银吴标段将和宁省另外一条中吴城际铁路同时开通运营，开通运营文件会至少提前一周下发文件。一周的时间，足够你们做婚礼准备工作了。”林云峰当场答应下来，他觉得林楠的这个提议非常好。

不光是他，刘建和其父母，还有他和林楠的直系亲属，都认为这个提议很好，那个日子很有纪念意义。

2019 年 12 月 29 日，这是宁西高铁银吴标段正式开通运营的日子。

上午九点三十分，一列动车组列车停靠在 1 号站台，银市车站一片喜气洋洋。旅客们通过检票，来到站台上，却没有像往常一样上车，而是站在站台上，开心而兴奋地拍照、录制视频，然后上传到微信朋友圈、抖音等社交平台，标题大同小异——宁省有高铁了！

来自各地的记者，寻找着不同年龄的人进行采访，并通过不同的角度拍摄宁省高铁开通运营的盛况。

上午十点，伴着一声长鸣，停靠在银市车站的动车组列车朝着中市方向开出。宁西高铁银吴标段和宁省城际铁路中吴段合并而成的“银市至中市段”高铁正式开通运营，标志着宁省进入高铁时代。

动车组列车的1号车厢铺着红色的地毯，摆着花篮，挂着气球，被布置成了临时的婚礼现场。刘建和林楠双方的父母、亲朋好友和关系要好的同事，统统在场。林楠穿着婚纱站在车厢一头，挽着父亲林云峰的胳膊。刘建西装革履，手捧鲜花，站在车厢另一头，等待着结婚典礼开始。

“各位来宾，很高兴你们能够在百忙之中抽空来参加刘建先生和林楠小姐这场特殊的婚礼。下面请新郎刘建先生去迎接新娘林楠小姐。”十点三十分，结婚典礼在一片喜庆中开始。

听到主持人的话，刘建昂首挺胸，手捧鲜花，面带笑容，迈着沉稳的步伐走到林楠身前，单膝跪在车厢的地毯上，将手中的鲜花递在林楠身前。林楠满脸幸福笑容地接过鲜花，林云峰微笑着将女儿的手交给刘建，什么都没有说，只是拍了拍刘建的肩膀。

随后，刘建拉着林楠的手走向车厢中间。一时间，闪光灯不断亮起，除了现场的亲朋好友之外，还有《宁省日报》的记者拍照，准备在刘建与林楠的结婚典礼结束后，对这场特殊的婚礼发表一篇报道。

“下面，有请新郎的父亲刘平安先生向新郎、新娘送上祝福。”当刘建拉着林楠的手走到车厢中间后，主持人再次开口。由于时间和场地限制，刘建与林楠的结婚典礼程序简化，只保留了新郎、新娘发言和双方父母代表向新人送祝福的环节。

“各位来宾，亲朋好友，首先感谢你们来参加刘建与林楠的婚礼。”刘健的爸爸刘平安走上前接过话筒，先是表示感谢，然后一脸欣慰地看着刘建与林楠道：“以前，我经常对刘建说，无论你做出什么样的决定，爸妈都会支持你；无论你遇到什么样的困难，爸妈都是你最坚强的后盾。今天，我在这段话的你字后面加一个们字，送给我的儿子和儿媳！”

“啪啪……”

随着林云峰的话音落下，车厢里响起了热烈的掌声，刘建与林楠向刘平安鞠躬感谢。刘平安这段话虽然简短、朴实，但代表了一位父亲最厚重的爱。

刘平安送上祝福之后，林云峰走过来，接过话筒，同样先是感谢了在场的来宾和亲朋好友，然后才道：“因为我和妻子工作繁忙，在女儿成长的过程中，给予她的关心和照顾不够，让她在很小的时候就养成了独立生活的习惯。等她大学毕业工作之后，我和她妈妈经常催她谈男朋友，但她每一次都告诉我们，我一个人什么都能做，要男朋友干什么？”

听到林云峰这番话，现场的宾客都笑了起来，就连林楠本人也笑了。

“后来，女儿告诉我们，她谈了一个男朋友，并且要带男朋友来拜访我们。我们当时都很高兴，也很期待女儿的男朋友会是怎样一个人。2016 年 9 月 27 日那一天，女儿带着男朋友来到了我家，但连家门都没有进，就被我撵走了。”

林云峰继续开口，脸上笑容逐渐消失，取而代之的是深深的歉意，“因为，女儿的男朋友是刘建！而在 9 月 26 日，我和刘建因为工作理念不同，在工作现场发生激烈争吵，不欢而散。那件事让我对刘建有很大的偏见。

那一天，刘建走后，女儿跟我大吵一架，差点跟我断绝父女关系。几天后，省委徐宁书记视察银市站改施工现场，肯定和赞同了刘建的工作理念——优先确保宁西高铁银吴标段建设的施工安全和工程质量，再考虑施工进度，让该工程今后能够接受得住时间和人民的检验，力争将该工程建设成中国高铁的标杆。徐宁书记还在会上给予了刘建高度评价，同时也点醒了我，让我找回了共产党人为人民服务的初心。

今年七月，宁西高铁银吴标段进行验收，来自铁总的专家在会上明确表示，该工程是中国高铁的标杆，并向以刘建为代表的银吴项目部表示祝贺和致敬！

“今天，在这里，我要向刘建说的第一句话是对不起。这是一个迟到的道歉。”

林云峰说到这里，摆手阻止刘建开口，继续说道：“第二句话，我希望让我骄傲的女婿，将婚姻当成一项工程，用工匠精神去经营，打造优质婚姻！第三句话，祝你们白头偕老，永结同心！”

“啪啪啪……”

热烈的掌声再次响起，几乎所有人都被林云峰的真诚和刘建、林楠两人这段曲折的感情感动，同时纷纷将目光投向了刘建与林楠两人，等待着两人的发言。

林楠率先上前，接过父亲林云峰递来的话筒，含情脉脉地看着刘建，嘴角上扬，微笑道：“如我爸刚才所说，我从小到大独立惯了，从来没有被人保护过，结果遇到刘建之后，被他保护了两次。他让我体验到了被保护的滋味很美好，我主动向他表白，问他是否愿意保护我一辈子，他同意了，这就是我们的爱情故事。”

“新郎官，新娘刚才的话虽然带着几分调皮的味道，但我们所有人都能感受到她对你浓烈的爱和欣赏，你有什么想说的？”主持人接过林楠的话，冲刘建问道。

“感谢宁西高铁银吴标段工程，它让我师傅实现了人生最后一个愿望，也让我遇到了人生中的挚爱！”刘建接过话筒，深吸一口气，朗声开口。

车厢里再次掌声如雷，所有人都想到了那位已经去世的老人，也想到了那位老人感人的事迹。

当天下午，刘建和林楠招待完宾客之后，连衣服都没来得及换，一同来到了银市高铁黄河大桥，站在了大桥一端的一块石碑前。

石碑上刻着字，除了关于大桥的介绍之外，还提及了王忠国身患癌症、带病坚守在银市黄河大桥施工现场的事迹。

“师傅，今天是宁西高铁银吴标段正式开通使用的日子，也是我和林楠的大喜之日，算得上双喜临门。我来不及赶回西市看你，就来了这里。”

刘建跪在石碑前，拧开一瓶白酒，倒了一杯，洒在石碑前，“师傅，你不能参加我和林楠的婚礼，喜酒我给你带过来了，你先喝一杯！”

“师傅，第二杯，我陪你，让我们共同庆祝宁西高铁银吴标段正式开通运营！”

刘建说着，将第二杯酒洒在石碑前，然后扬起脖子，像是喝水一样将瓶子里剩下的白酒往嘴里灌，直到酒瓶里滴酒不剩才停下。他放下酒瓶，双眼泛红地凝视着石碑，眼前浮现出了王忠国临走前那干瘦的模样，颤声道：“师傅，你在下面好吗？”

耳畔响起刘建的话，身穿婚纱的林楠感到一阵心疼，当即走过去，蹲下身子，伸手抱住刘建，将脑袋贴在刘建的后背上，轻声道："刘建，你继承了你师傅的工匠精神，将宁西高铁银吴标段建成了中国高铁的标杆，他在九泉之下一定很开心。"

"呼——"

风声响起，刘建和林楠不约而同地抬头，看到一列动车组列车宛如一道白光，从银市黄河大桥另外一端飞驰而来。

画面定格。

夕阳下，那对新婚夫妇在石碑前相互依偎着，一动不动地看着动车组列车呼啸而过。